La coupable

GUY DES CARS

L'OFFICIER SANS NOM	J'ai lu 331/3*
L'IMPURE	J'ai lu 173/4*
LA DEMOISELLE D'OPÉRA	J'ai lu 246/3*
LA DAME DU CIRQUE	J'ai lu 295/2*
LE CHÂTEAU DE LA JUIVE	J'ai lu 97/4*
LA BRUTE	J'ai lu 47/3*
LA CORRUPTRICE	J'ai lu 229/3*
LES FILLES DE JOIE	J'ai lu 265/3*
LA TRICHEUSE	J'ai lu 125/3*
AMOUR DE MA VIE	J'ai lu 516/3*
L'AMOUR S'EN VA-T-EN GUERRE	J'ai lu 765/2*
CETTE ÉTRANGE TENDRESSE	J'ai lu 303/3*
LA MAUDITE	J'ai lu 361/3*
LA CATHÉDRALE DE HAINE	J'ai lu 322/3*
LES REINES DE CŒUR	J'ai lu 1783/3*
LE BOULEVARD DES ILLUSIONS	J'ai lu 1710/3*
LES SEPT FEMMES	J'ai lu 347/4*
LE GRAND MONDE-1	J'ai lu 447/4*
LE GRAND MONDE-2	J'ai lu 448/4*
SANG D'AFRIQUE	J'ai lu 2291/5*
DE CAPE ET DE PLUME-1	J'ai lu 926/3*
DE CAPE ET DE PLUME-2	J'ai lu 927/3*
LE FAUSSAIRE (DE TOUTES LES COULEURS)	J'ai lu 548/4*
L'HABITUDE D'AMOUR	J'ai lu 376/3*
LA VIE SECRÈTE DE DOROTHÉE GINDT	J'ai lu 1236/2*
LA RÉVOLTÉE	J'ai lu 492/4*
LA VIPÈRE	J'ai lu 615/4*
LE TRAIN DU PÈRE NOËL	
L'ENTREMETTEUSE	J'ai lu 639/4*
UNE CERTAINE DAME	J'ai lu 696/5*
L'INSOLENCE DE SA BEAUTÉ	J'ai lu 736/3*
LE DONNEUR	J'ai lu 809/2*
J'OSE	J'ai lu 858/2*
LE CHÂTEAU DU CLOWN	J'ai lu 1357/4*
LA JUSTICIÈRE	J'ai lu 1163/2*
LE MAGE ET LA BOULE DE CRISTAL	J'ai lu 841/1*
LE MAGE ET LE PENDULE	J'ai lu 990/1*
LE MAGE ET LES LIGNES DE LA MAIN	
... ET LA BONNE AVENTURE	
... ET LA GRAPHOLOGIE	J'ai lu 1094/4*
LA FEMME QUI EN SAVAIT TROP	J'ai lu 1293/3*
LA COUPABLE	J'ai lu 1880/3*
LA FEMME SANS FRONTIÈRES	J'ai lu 1518/3*
LA VENGERESSE	J'ai lu 2253/3*
LE FAISEUR DE MORTS	J'ai lu 2063/3*
JE T'AIMERAI ÉTERNELLEMENT	
L'ENVOÛTEUSE	J'ai lu 2016/5*
LA MÈRE PORTEUSE	
L'HOMME AU DOUBLE VISAGE	
LE CRIME DE MATHILDE	J'ai lu 2375/4*
LA FEMME-OBJET	
LA VOLEUSE	J'ai lu 2660/4*

Guy des Cars

La coupable

Éditions J'ai Lu

© Guy des Cars, 1980

LES DERNIERS MOMENTS

La princesse était perdue. Ce ne serait plus qu'une question d'heures et peut-être même pas. Allongée sur son lit d'agonie, la grande dame donnait l'impression d'avoir déjà trouvé le repos éternel. Avant de se retirer quelques minutes plus tôt, après une ultime consultation, les trois médecins l'avaient bien dit :
— C'est la fin...
Et pourtant, ce n'était pas le coma. De temps en temps la moribonde rouvrait des yeux dont la fixité avait déjà quelque chose d'effrayant. Regard qui semblait ne plus rien voir de la chambre décorée avec le goût le plus sûr et qui n'était éclairée que par une lampe à abat-jour placée sur l'une des tables de chevet. Le reste de la pièce était dans une demi-obscurité. C'était le silence. Une seule personne veillait la mourante : un homme à l'âge indéfinissable. Sa chevelure, encore abondante mais toute blanche, surmontait un visage dont la sévérité était à peine tempérée par une étonnante impression de vitalité.
Brusquement, les lèvres de la femme s'entrouvrirent pour demander dans un souffle :
— Vous êtes toujours là?
— Oui, princesse.
— Et mon mari?

— Le prince, qui est resté ici depuis des heures, vient de se retirer dans sa chambre pour prendre un peu de repos. Je le relaie.

— Toujours fidèle et dévoué, Athanase... Merci. Jusqu'au bout vous aurez su rester pour moi le meilleur des amis.

— Je n'ai fait que mon devoir. Seulement, pourquoi dire « jusqu'au bout » ? Certes, nous avons été très inquiets ces derniers jours, votre époux et moi, mais rien n'est fini. La preuve n'en est-elle pas que vous pouvez encore très bien vous exprimer et que vous avez conservé toute votre lucidité ?

— C'est justement parce que je l'ai que je sais que je vais mourir !

— N'employez pas ce mot, princesse ! Me voyez-vous distinctement ?

Il avait posé cette question avec une réelle douceur. La voix blanche fit un nouvel effort pour répondre :

— Assez mal. C'est surtout votre présence que je sens et qui continue à me réconforter, comme elle l'a fait depuis des années... Sans vous et sans vos conseils, je ne sais pas ce que je serais devenue ! Et pourtant, vous vous souvenez de notre première rencontre ?

— Comme si c'était hier...

— Ce jour-là, nous ne nous étions pas du tout entendus ! Je vous avais pris pour un démon alors que, le temps aidant, vous vous êtes révélé pour moi un véritable ange gardien.

— Je ne me suis comporté à votre égard qu'en homme qui a essayé de comprendre vos soucis et qui n'a cherché qu'à vous venir en aide selon ses possibilités.

— Elles furent immenses ! Un homme qui a toujours vu plus clair que les autres !

La voix se tut, les paupières se refermèrent. L'homme s'approcha du visage marqué par la souffrance. Pendant un moment, il écouta : un souffle très faible continuait de s'exhaler de la bouche entrouverte. La princesse vivait encore. De nouveau, il y eut un long silence. Le visage de l'homme demeurait impassible, n'exprimant aucun sentiment de tristesse ou même de simple commisération. Visage qui guettait peut-être l'issue fatale ?

La voix de la femme reprit sans que les yeux ne se rouvrissent.

— J'ai peur, Athanase... Très peur de ce qui m'attend dans l'autre monde !

— Vous n'avez nulle inquiétude à avoir. N'avez-vous pas fait votre devoir et même beaucoup plus en léguant à des déshérités l'admirable fondation qui porte votre nom ? Elle sera toujours là pour attester vos bienfaits...

— Pensez-vous sincèrement que ce soit suffisant pour racheter mes fautes et mes crimes ?

— Vos fautes n'ont été que celles de tous les humains qui souffrent atrocement des premières conditions d'existence que leur a injustement imposées la vie... Quant à vos crimes — mot que je n'aime pas entendre aujourd'hui dans votre bouche —, n'ont-ils pas été nécessaires pour arriver en fin de compte à la création de cette fondation ?

— Si elle existe, ce n'est que parce que je vous ai écouté. Si elle est devenue une réalité, ce n'est que grâce à vous qui m'avez fait comprendre que tout méfait devait être réparé. J'ai quand même très peur, Athanase ! C'est effrayant, l'approche de l'au-delà !

Une fois encore, la voix se tut. Le visage de l'homme continuait à épier celui de la princesse. Après un silence qui parut plus interminable que le précédent, la voix supplia, de plus en plus faible :

— Prenez-moi la main, Athanase.

Il le fit : une main déjà glacée à laquelle il se sentait incapable de communiquer la moindre chaleur. Et, pendant qu'il la tenait, la voix murmura, à peine perceptible :

— N'oubliez jamais que vous m'avez promis un jour qu'au cas où je disparaîtrais avant Serge vous continueriez à vous occuper de lui.

— Je ne renierai jamais cette promesse.

— Malgré son âge, Serge n'est encore qu'un enfant...

— Cela aussi, je le sais. Un vieil enfant qui vous a beaucoup aimée.

Il n'y eut pas de réponse. Les yeux s'étaient rouverts, fixant l'infini. Ce qu'il restait de respiration s'était arrêté. L'homme se pencha pour écouter les battements du cœur : il n'y en avait plus. Lâchant la main glacée, il ferma les paupières. La princesse n'était plus.

Après avoir considéré une dernière fois le visage de la morte qui s'irradiait rapidement d'un étrange apaisement, l'homme s'éloigna du lit et sortit de la chambre.

Quand il y revint quelques minutes plus tard, il était accompagné de Serge, prince de Wakenberg, qui s'approcha à son tour du lit et demeura debout, regardant le visage extatique de celle qui avait porté son nom pendant quinze années en lui assurant, grâce à sa fortune inespérée, une facilité d'existence qu'il n'aurait jamais connue si Athanase n'était pas venu le chercher dans l'oubli où il végétait depuis un demi-siècle de médiocrité.

A soixante-six ans, Serge de Wakenberg était encore bel homme et avait surtout noble allure. Dans sa jeunesse, son titre aidant, il avait même dû faire battre bien des cœurs! Dernier descendant, alors qu'il était encore jeune, d'une grande famille d'Europe centrale, un seul atout lui avait manqué : l'argent. Maintenant qu'il était riche et veuf, il semblait regarder les années qu'il lui restait à vivre avec une certaine sérénité. Le chagrin ne se révélait pas plus sur son visage que sur celui d'Athanase : ces deux hommes, silencieux et immobiles devant la mort, donnaient presque l'impression d'être deux vieux complices qui trouvaient, qu'après tout, les événements ne se passaient pas tellement mal pour eux! La seule chose urgente maintenant était que la disparue eût des funérailles dignes de sa munificence.

Elles furent exceptionnelles, en présence de trois ministres et d'une foule immense qui, pour la majorité, n'avait pas eu l'honneur de connaître personnellement la princesse, mais qui était venue là pour voir comment se passait un grand enterrement. Avec toute la dignité dont il savait être capable quand il le fallait, l'époux avait conduit le deuil, suivi à quelques pas derrière lui par Athanase, pénétré de la même dignité, mais qui s'avançait la tête baissée et le regard rivé sur le sol. Sans doute pensait-il que les choses ne sont que vanité en ce bas monde et que même les créatures les plus haut placées dans la hiérarchie sociale sont contraintes, un jour ou l'autre, de redescendre vers la terre où tout n'est que poussière. L'important n'était-il pas d'y retourner le plus tard possible ? De famille ou d'héritiers, à l'exception du prince, il n'y en avait point. Pas plus qu'il n'y eut de discours ni de défilé. Avant de disparaître, la princesse, faisant là acte d'humilité, l'avait exigé. Ce qui attrista quelque peu l'un des ministres déjà prêt à prononcer des paroles de circonstance. Quand la cérémonie fut terminée et après que les monceaux de couronnes enrubannées, attestant d'éternels regrets, eurent submergé le caveau que les Wakenberg avaient fait édifier quelques années plus tôt sur l'un des derniers emplacements disponibles de l'aristocratique cimetière de Passy, la foule se retira. Le prince et le fidèle Athanase montèrent dans une grande voiture noire qui s'éloigna sans bruit. La paix revint dans le cimetière.

Avant de ramener ses deux occupants avenue Foch où, depuis son mariage princier, Eliane de Wakenberg avait élu domicile, la voiture fit un détour et s'arrêta, dans un tout autre quartier, devant la façade de la fondation. Celle-ci était aussi imposante que le reste du bâtiment qu'elle masquait. Imposante mais sobre. Le seul élément qui en rompait l'austérité était apporté par une inscription, en lettres d'or, gravée dans la pierre au-dessus du portail d'entrée :

FONDATION
PRINCESSE ELIANE DE WAKENBERG.

Les deux hommes franchirent le portail entrouvert spécialement par un gardien stylé, vêtu également de noir, qui les attendait et qui referma le battant sur leurs pas avant de se retirer discrètement dans sa loge. Ils se retrouvèrent seuls dans le vestibule aux proportions impressionnantes. C'était une sorte de temple païen, cerclé de colonnes supportant une immense verrière en rotonde dont les verres dépolis laissaient filtrer une lumière diffuse. De nouveau c'était un lieu de recueillement. Après s'être avancé, toujours suivi d'Athanase, jusqu'au centre de l'étrange péristyle, le prince dit d'une voix grave :

— Si je vous ai demandé de m'accompagner jusqu'ici, c'est non seulement pour accomplir un premier pèlerinage du souvenir dans cet édifice qui symbolise la volonté la plus généreuse de ma chère Eliane, mais aussi parce que je tenais à vous parler d'une idée qui me hante depuis sa disparition... Idée que j'avais exprimée deux ou trois fois devant elle mais à laquelle elle s'était résolument opposée... Malgré son refus j'y reviens, estimant que ce serait la meilleure façon de lui rendre hommage. Que diriez-vous si je faisais édifier dans ce péristyle, entre les deux colonnes du fond, un monument où elle serait représentée telle qu'elle était quand j'ai fait sa connaissance, c'est-à-dire dans toute la plénitude de sa féminité? Cela permettrait à ceux qui habitent encore ici grâce à sa bonté ainsi qu'à tous ceux qui, à l'avenir, continueront à profiter de ses largesses, d'avoir l'impression qu'elle est toujours au milieu d'eux, prête à se pencher sur leurs misères physiques et morales.

Athanase prit quelques secondes avant de répondre de sa voix douce :

– C'est là, prince, une pensée généreuse qui ne me surprend pas de vous. Mais, croyez-vous que l'on ait le droit d'enfreindre la volonté d'une défunte? La princesse a prouvé maintes fois qu'elle redoutait plus que tout au monde que l'on attire l'attention des gens sur ses bienfaits... L'ayant connue, hélas, plus longtemps que vous, je puis vous affirmer que votre épouse n'aimerait pas, là où elle est maintenant, que l'on se servît de son nom et surtout de sa propre personne en effigie pour continuer à magnifier sa charité... L'inscription qu'elle a fait graver elle-même sur la façade doit lui suffire, inscription qui se trouve également imprimée sur l'en-tête de toute la correspondance de la fondation. Vous-même avez suffisamment vécu dans l'intimité de la princesse pour savoir que si elle a pris la décision de fonder cette œuvre unique au monde, ce n'est nullement pour que son nom passe à la postérité mais seulement par souci de racheter ses fautes.

– Quelles fautes?

– N'avons-nous pas, tous autant que nous sommes sur cette terre de misère, commis des fautes qui pèsent sur notre conscience et dont nous voudrions bien nous libérer?

Wakenberg ne répondit pas.

— Sentiment, reprit Athanase, des plus normal qui honore tout être ressentant à un instant de sa vie le besoin impérieux de se racheter. Ceci est aussi vrai pour les croyants que pour les incroyants! N'a-t-on pas vu les pires criminels réclamer un confesseur au moment d'être exécutés? Bien sûr, ce n'est nullement le cas de la princesse, mais peut-être s'est-elle dit, avant d'utiliser la plus grande partie de sa fortune pour le financement d'une telle fondation, que ce serait là pour elle un moyen massif de contrebalancer, par un seul geste, la somme de ses erreurs? Pensée généreuse, dont nous ne pouvons que la louer : n'a-t-elle pas permis d'arracher déjà des centaines de malheureux à un destin tragique et d'en sauver bientôt des milliers d'autres? Vous pouvez être assuré que, dans la balance inexorable du bien et du mal, elle a largement fait peser par ce geste le premier plateau en sa faveur.

— Vous devez être dans le vrai. Vous êtes toujours un homme de bon conseil : je ne ferai pas édifier le monument. D'autant plus qu'il risquerait de coûter très cher!

— C'est certain. Ce seront autant d'économies qui viendront s'ajouter au bon fonctionnement de la fondation.

— C'est juste. Vous ne savez sans doute pas que cette chère Eliane m'a souvent dit : « Que deviendrions-nous, si nous n'avions pas ce merveilleux Athanase? » Elle avait mille fois raison! Mais, à ce propos, que vais-je devenir, moi?

— Vous continuerez à porter, comme seul vous pouvez et avez su le faire jusqu'ici, votre titre de prince de Wakenberg, sans qu'il y ait pour vous une sérieuse différence financière. Comme cela s'est passé pendant votre mariage, vous aurez largement les moyens de tenir votre rang.

— En êtes-vous bien sûr?

— Prince, ce serait une injure à la mémoire de la princesse que de croire le contraire! N'oubliez pas que nous devons nous retrouver, puisque votre épouse a exigé que je sois présent, ce soir à dix-huit heures pour l'ouverture et la lecture de son testament chez le notaire. Il n'y aura d'ailleurs là que nous deux.

— Mais cela risque de n'être qu'un traitement de misère qui ne conviendra guère à mon nom et à mon rang!

— Prince, vous pouvez avoir mon assurance formelle que, si une telle éventualité se présentait, je n'hésiterais pas à vous faire allouer immédiatement, prélevée sur les frais généraux de la fondation, une rente des plus confortables qui vous permettra de vivre sans le moindre souci jusqu'à la fin de vos jours.

— Vous êtes vraiment trop aimable!

— A mon avis, c'est là une hypothèse que nous devons écarter. Il y a quelques jours encore, au cours de l'une des visites que je lui ai faites alors qu'elle se sentait déjà très mal, la princesse n'a pas hésité à me confier qu'elle avait pris toutes les dispositions dans ce sens.

— Vous me rassurez un peu...

— Et je n'ai pas encore eu la possibilité de vous révéler que les ultimes paroles de votre épouse, quelques secondes avant qu'elle ne rende le dernier soupir, ont été pour vous.

— Vraiment?

— Elle m'a même fait promettre que je continuerais à m'occuper de vous : promesse faite à une mourante que j'ai le devoir de respecter.

— Je vous remercie, Athanase. D'ailleurs je n'en attendais pas moins d'un homme de votre qualité et de votre trempe. N'êtes-vous pas mieux placé que personne pour savoir que, sans votre appui et sans vos conseils, je ne serais plus qu'une épave?

— La princesse vous aimait tendrement.
— Moi aussi. Elle sut toujours se montrer pour moi la plus compréhensive des compagnes. Il ne nous reste plus qu'à attendre l'ouverture du testament... Je vais rentrer avenue Foch.
— Je me fais un devoir de vous accompagner.
— Ce n'est pas la peine. Restez ici. Je sais le travail écrasant qui vous attend chaque jour dans cette grande bâtisse qui a autant besoin de vous que moi.
— Le fait est...
— A tout à l'heure chez le notaire. Je vous promets d'être exact. Et merci encore pour tout ce que vous ferez en ma faveur.

Il tendit ses deux mains qu'Athanase serra avec effusion. Ce fut un moment d'émotion. Après avoir raccompagné le prince jusqu'à sa voiture, l'ami revint seul au centre du péristyle qu'il admira d'un regard circulaire. Il s'approcha ensuite de l'une des colonnes qu'il toucha, puis d'une autre, puis d'une troisième en répétant le même geste. Quand il arriva à la fin de son tour, il resta plus longtemps auprès de la dernière colonne qu'il caressa lentement en murmurant : « J'ai eu bien raison d'exiger que tout cela soit construit en bonne pierre. C'est solide, la pierre... De toute façon, ça durera bien autant que moi! » Il gravit enfin un escalier, majestueux lui aussi, qui lui permit d'atteindre le premier étage où se trouvait son bureau d'administrateur dans lequel il pénétra pour expédier les affaires courantes. Mais, chose curieuse, son visage avait perdu de sa sérénité : il semblait même qu'il fût tempéré par un vague sourire...

La lecture du testament, en présence du prince et d'Athanase, fut faite par le notaire sur ce ton impersonnel et détaché que savent tellement bien prendre les tabellions en de pareilles circonstances.

Un testament clair et simple, entièrement manuscrit. La défunte léguait la totalité de ce qu'il lui restait de fortune, mobilière ou immobilière, à la fondation dont l'administration continuerait à être exercée par Athanase, tant que cela lui serait possible. Mais s'il arrivait que, pour des raisons de santé ou autres, cette tâche devînt trop lourde pour lui, il avait tous pouvoirs pour désigner son ou ses successeurs éventuels et même, s'il l'estimait préférable, de faire don de l'ensemble à l'Etat. Ceci à deux conditions : l'Etat s'engageait à respecter le but philanthropique pour lequel avait été créée la fondation et, en aucun cas, le nom FONDATION PRINCESSE ELIANE DE WAKENBERG ne pourrait être modifié.

Il y avait aussi un codicille, où il était spécifié que, selon l'engagement verbal qu'il avait déjà pris en présence de la légataire, Athanase ou ses successeurs s'engageaient à prélever, sur les revenus de la fondation, une somme d'argent suffisante pour assurer au prince Serge de Wakenberg une existence digne de son rang et du dévouement dont il avait toujours su faire preuve envers son épouse. Somme qui serait versée au prince sous forme de rente mensuelle et dont la légataire laissait à Athanase l'appréciation du montant qui devait tenir compte de la valeur et des fluctuations de la monnaie. Cette clause serait respectée jusqu'au décès du bénéficiaire.

Après le court silence qui suivit la lecture, Athanase dit à Wakenberg :

– N'avais-je pas raison d'affirmer qu'il n'était pas concevable que la princesse, votre épouse, ait pu vous oublier?

– Elle me l'avait fait comprendre à plusieurs reprises, mais entre ce que l'on dit et ce que l'on fait, il y a souvent de ces surprises... Je suis très heureux qu'il n'en soit pas ainsi. Chère Eliane!

Quand ils eurent quitté l'étude et avant qu'ils ne se séparent, Athanase dit encore :

— Il faudra patienter encore pendant quelques mois pour laisser au notaire le temps de faire l'évaluation des biens restants. Mais d'ici là, il me paraît indispensable que vous ne manquiez de rien. L'appartement de l'avenue Foch avait bien été acheté par votre épouse?

— Evidemment.

— Il représente, autant par sa valeur d'emplacement que par les objets d'art ou le mobilier précieux qu'il contient, un capital important. Désirez-vous changer de résidence, estimant que cet appartement est peut-être trop vaste pour un homme seul ou, au contraire, continuer à y résider? Votre souhait sera pour moi un ordre.

— Pour être franc, mon cher Athanase, je m'y suis fortement attaché... Ce n'est pas en quelques jours que l'on peut oublier un domicile où l'on a vécu très heureux pendant des années... Eliane et moi l'avions trouvé ensemble, fait aménager, décorer et meubler selon nos goûts communs... Et puis, si j'y reste, j'aurai cette merveilleuse impression – que j'aurais aimé faire partager aux pensionnaires de la fondation grâce au monument – qu'elle vit toujours à mes côtés. Je redoute tellement la solitude! Si je change de domicile, j'ai peur que la belle âme d'Eliane ne m'accompagne pas ailleurs.

— Je vous approuve : vous devez rester avenue Foch. Les murs et les objets y sont imprégnés de tant de souvenirs! Je vais donc prendre toutes dispositions pour que vous puissiez continuer à bénéficier aussi longtemps que vous le désirerez de la jouissance de cet appartement qui appartient à présent à la fondation. Maintenant, je me permets de vous poser une question qui vous semblera sans doute quelque peu matérielle, mais qui me paraît avoir pour vous une certaine importance... Vous avez, n'est-ce pas, un compte en banque personnel établi à votre nom?

— Naturellement! Vous n'imaginez tout de même pas que j'ai réclamé chaque jour à la princesse mon argent de poche?

— Et vous avez eu raison. Seulement ce compte... était-il alimenté par vos seuls soins ou avec l'aide, certainement très discrète, de votre épouse?

— C'était l'un de ses hommes d'affaires qui s'en occupait. Ceci pour éviter qu'il n'y ait de sordides discussions de gros sous entre nous : ce qui aurait été pénible!

— Auriez-vous une idée approximative des sommes qui étaient ainsi virées à votre compte mensuellement ou même hebdomadairement?

— Non, mon bon ami! Vous savez bien que je n'ai jamais su compter et que l'argent n'offre pour moi qu'un seul intérêt : celui de pouvoir être dépensé... J'ai toujours eu horreur du calcul! Quand ma banque m'informait que mon compte personnel commençait à s'amenuiser, j'en glissais un mot à la princesse qui donnait aussitôt un ordre et tout allait très bien : mon compte se revalorisait... Elle savait d'ailleurs organiser tout cela avec une telle délicatesse que cela ne me gênait pas du tout! Finalement j'ai trouvé cette façon d'agir assez pratique.

— Ce fut une excellente habitude que nous saurons conserver chaque fois que vous aurez besoin de mes services.

— Ne vous faites aucune illusion : j'aurai toujours besoin de vos services!

— Combien d'argent liquide estimez-vous qu'il reste actuellement à votre compte?

— Actuellement?

— Pour être plus précis, disons aujourd'hui.

— Si cela vous intéresse tellement, je passerai à ma banque et je vous le dirai demain.

— Ce n'est pas que cela m'intéresse, prince : c'est

simplement pour que vous ne manquiez de rien jusqu'à ce que les comptes de liquidation de la succession aient été établis.

— Je comprends parfaitement votre sollicitude et je l'estime à sa juste valeur. Si je ne puis vous donner aucune précision aujourd'hui, c'est parce que, ces derniers jours, ma banque n'a pas tiré la sonnette d'alarme comme elle le fait habituellement.

— Peut-être n'est-ce que par discrétion? Pour respecter votre deuil?

— Vous connaissez des banques respectueuses? Pas moi! A demain... Pourquoi ne viendriez-vous pas dîner, avenue Foch, à vingt heures? Je me serai renseigné et nous mettrons, d'un commun accord, tous ces menus détails au point.

— Je serai là. Ah! une dernière question d'ordre pratique... Le personnel?

— Quel personnel?

— Mais le vôtre, prince, qui fut aussi celui de la princesse... Ne pensez-vous pas qu'il va être bien nombreux pour assurer le service d'un homme seul? Ne devrait-on pas le réduire?

— Je sens que vous cherchez déjà à imposer des économies à ma vie privée, mais, en y réfléchissant, vous avez sans doute raison. Un couple me suffira : la cuisinière et mon valet de chambre, Edmond, que je tiens à conserver parce qu'il a appris à se familiariser avec mes petites manies. Pour tous les autres, je vous délègue pleins pouvoirs : vous pouvez les flanquer à la porte. Vous saurez très bien le faire. C'est encore là une corvée pénible dont je ne veux pas me charger... Sincèrement, Athanase, vous êtes un personnage extraordinaire! A peine ma femme vient-elle de décéder que vous êtes déjà en train de tout prévoir.

— N'est-ce pas elle qui me l'a demandé avant de

mourir? Et je ne fais en cela que l'imiter! La princesse aussi savait prévoir.

— Ça, c'est vrai. Mais dites-moi : n'est-ce pas vous qui l'avez conseillée depuis le jour où elle a fait votre connaissance?

— Pas exactement. Je pense que ce jour-là elle m'a plutôt détesté... Nos relations ne se sont améliorées que plus tard, quand nous avons commencé à mieux nous comprendre et surtout lorsqu'elle a réalisé que je ne voulais que son bien.

— Je crois préférable de ne pas trop nous attarder sur ce sujet. N'est-ce pas votre avis? (Athanase ne répondit pas.) De toute façon, reprit Wakenberg, si vous y tenez absolument, nous pourrons reparler de ces choses demain chez moi. Bonsoir.

Le bonsoir du prince avait été glacial. Resté seul sur le trottoir devant la maison où se trouvait l'étude, Athanase semblait perplexe. La sévérité de son visage n'était pas adoucie, cette fois, par un sourire mais accentuée par une moue de mépris où transparaissait même du dégoût. Il regarda s'éloigner la voiture princière tandis qu'il pensait : « Mais pour qui donc se prend-il maintenant, cet inutile? Il n'aurait ni voiture, ni chauffeur, ni l'appartement de l'avenue Foch, ni rien du tout si je ne lui avais pas mis le pied à l'étrier! »

Inutile, un Serge de Wakenberg? Aux yeux de tout le monde, peut-être, mais certainement pas au regard d'un Athanase qui avait su l'employer à bon escient et qui était bien décidé à continuer à se servir de lui quand il le faudrait. Un grand nom, ça peut constituer une excellente couverture.

L'air de Paris était léger en cette fin d'après-midi. La soirée serait douce. Pourquoi Athanase n'en profiterait-il pas pour revenir à pied à son domicile qui se trouvait à la fondation : un somptueux appartement de fonction convenant admirablement à la personnalité de celui qui avait la haute main sur les destinées de l'œuvre admirable. Il marcha sans se hâter. Promenade salutaire pendant laquelle ses pensées le ramenèrent vingt-quatre années en arrière, au jour où il s'était trouvé pour la première fois en présence de celle qui venait de disparaître. Souvenir qui ne revivait dans sa mémoire que parce que Serge de Wakenberg venait de dire ces mots : « *N'est-ce pas vous qui l'avez conseillée depuis le jour où elle a fait votre connaissance?* » Ce jour-là, les choses s'étaient très mal passées. Il est vrai que la princesse de Wakenberg ne portait pas encore ce titre et se nommait plus simplement Eliane Dubois, veuve d'Aristide Dubois qui, de son vivant, avait été surnommé par ses concurrents « l'Empereur »... L'empereur du surgelé.

LA JEUNE VEUVE

A cette époque, Athanase n'était pas luxueusement logé à la fondation qui n'existait pas encore. Il habitait dans un petit hôtel particulier du XVIIe arrondissement, assez délabré et manquant totalement de confort, qu'il avait loué pour un prix dérisoire aux obscurs héritiers, vivant en province, d'une ancienne demi-mondaine qui, entre 1900 et 1914 – sous un nom ronflant rappelant ceux d'une Lyane de Pougy ou d'une Emilienne d'Alençon – avait su mener la vie à grandes guides, éblouissant et charmant un Tout-Paris friand de maigres intrigues et de petits scandales. Un Paris qui ne prévoyait nullement que deux guerres mondiales se chargeraient de liquider une façon de vivre dont la seule évocation ne fait plus penser, aujourd'hui, qu'à un passé définitivement révolu.

La belle était morte pendant les lugubres années de l'occupation de 1940-1944 et, les héritiers se chamaillant entre eux pour l'héritage, l'hôtel était resté inoccupé pendant quelques années. Plusieurs acquéreurs éventuels et, parmi eux, des promoteurs s'étaient présentés mais tous avaient été rebutés par le fait que le petit hôtel, coincé entre deux solides immeubles de rapport appartenant à deux compagnies d'assurances, n'occupait pas une surface suffisante pour pouvoir être démoli et remplacé par une bâtisse moderne dont le rendement financier aurait rapporté de substantiels bénéfices. En désespoir de cause et aucun des héritiers ne voulant y habiter, l'hôtel n'avait pas été vendu mais loué. L'unique locataire qui s'était alors présenté, acceptant d'entrer immédiatement dans les lieux malgré leur état de décrépitude, avait été Athanase.

Un bail de trois-six-neuf avait été dûment établi et signé entre lui et le gérant chargé de l'opération par le consortium des héritiers. Les clés lui ayant été remises, il était arrivé un beau matin pour occuper l'hôtel. Ce qui intrigua le plus les voisins fut que le locataire était venu seul et sans aucun meuble, ayant annoncé au gérant que, pour le moment, il se contenterait de ce qu'il pouvait rester du mobilier assez désuet de l'ancienne hétaïre et que « ses » meubles personnels viendraient un peu plus tard.

Ils arrivèrent au bout d'un mois transportés par un camion, sous la forme d'innombrables caisses contenant des fichiers et une vingtaine de lits... Lits uniformément en fer rappelant ceux en honneur dans les anciennes casernes et qui semblaient provenir, avec leurs matelas défraîchis ressemblant plutôt à des paillasses, d'un quelconque marché aux puces. Pendant les jours qui suivirent on vit sonner à la porte du petit hôtel, qu'Athanase ouvrait et refermait toujours lui-même avec précipitation comme s'il craignait que la curiosité publique ne se mêlât de ses activités, quelques ouvriers : plombier, menuisier, électricien, qui se livrèrent pendant une dizaine de jours à des travaux d'aménagement intérieur d'urgente nécessité. Ce fut prestement mené sous la direction attentive du locataire. Puis le silence revint dans l'hôtel où l'on n'entendit plus résonner le moindre coup de marteau. Que pouvait-il bien se passer dans cette demeure où vivait un homme solitaire, où vingt mauvais lits étaient entrés et dont les volets restaient obstinément clos?

Aucun ravalement ou même simple lessivage n'avait été opéré sur la façade qui conservait la patine du temps et la grisaille de la crasse propres aux habitations d'innombrables grandes villes. Pourtant, une semaine plus tard, il y eut du nouveau sur cette façade. Les gens du quartier, qui continuaient à s'interroger, eurent la surprise de découvrir, apposée à droite de la porte d'entrée et juste au-dessus du bouton de la sonnette, une plaque de marbre noir sur laquelle trois lettres d'or étaient gravées : *M.L.E.* Ce ne fut que longtemps après que l'on apprit qu'il s'agissait du *Mouvement de Libération de l'Esprit*...

Il sembla alors que les trois initiales mystérieuses eussent un pouvoir magique pour attirer les foules. Dès le lendemain de l'apposition de la plaque, on vit des personnes, hommes et femmes, sonner à la porte qu'Athanase continuait à ouvrir lui-même et à refermer sur les pas du visiteur ou de la visiteuse qui venait d'être introduit dans le sanctuaire. Ce que les voisins ignoraient, c'était le fabuleux travail de prospection qu'avait accompli entre-temps le locataire grâce à l'appoint inestimable des innombrables fichiers qu'il avait sortis de ses caisses.

Le va-et-vient de visiteurs s'amplifia et continua pendant des semaines, des mois, des années sans que nul ne pût dire ou deviner ce qui se passait derrière les murs et les volets fermés. Le plus étrange était que les visiteurs, dans l'ensemble, paraissaient jeunes. Garçons et filles de toutes provenances : des Blancs, des Noirs, des Asiatiques... Certains étaient vêtus correctement, donnant l'impression d'être fils ou filles de bonnes familles bourgeoises, d'autres portaient des tenues beaucoup plus négligées où les barbes hirsutes et les cheveux jamais peignés ne manquaient pas. Mais tous, sans exception, étaient d'une grande discrétion, arrivant vite, sortant aussi rapidement et ne se préoccupant absolument pas de ce qui pouvait se passer autour d'eux dans la rue. Ce qui frappait le plus était leurs visages juvéniles empreints d'une sorte de sérénité extatique qui les faisait presque ressembler à des anges ou à des êtres venus d'un monde inexploré où l'on devait être heureux. Bien qu'ils ne parlassent à personne dans la rue, ils donnaient l'impression d'être affables et même polis, ce qui est rare à notre époque. Le sourire permanent, un certain sourire peut-être un peu figé et pas tout à fait naturel, semblait être leur apanage.

Les gens du quartier étaient de plus en plus intrigués. Quand on leur demandait : « Mais qu'est-ce qui se passe dans cette maison? », ils répondaient : « Je me le demande » ou bien : « Je ne sais pas » ou même : « Sûrement des choses pas très normales ». Et lorsqu'on les interrogeait sur l'animateur du *M.L.E.* : « Vous le connaissez? », les réponses fusaient : « De vue seulement... Il est très bizarre... Il a les cheveux tout blancs... Il ne rit jamais... Un bonhomme qui ne doit pas être facile! » Si l'on ajoutait : « Mais quelle est sa profession? Médecin? Professeur? Fakir? Un illuminé? Un détraqué? Un fou? », certains répondaient : « Ce doit plutôt être un genre de philosophe... » En réalité personne, à l'exception de lui-même, ne savait qui il était ni d'où il venait. Car, il savait très bien, Athanase, être né à Chypre. De son vrai nom, comme tous ceux qui ont beaucoup bourlingué, il ne tenait pas tellement à se souvenir. Il préférait se faire appeler *M. Athanase :* ça lui servait de nom, de prénom et même d'identité sociale. Il savait, également, n'avoir jamais été médecin, ni professeur, ni fakir, ni un illuminé, et encore moins un fou! Il savait n'être qu'un escroc, mais un escroc d'une telle envergure qu'il pouvait presque en être fier.

Après s'être échappé, à dix-sept ans, de l'île natale où il avait très vite compris que l'avenir y serait toujours limité pour les ambitions d'un garçon comme lui, Athanase s'était embarqué en passager clandestin sur un cargo qui l'avait déposé à Istanbul, la porte de l'Orient où, pendant quatre années, il avait eu toutes les possibilités de se familiariser avec différents trafics : faux passeports, fausses cartes d'identité, fausse monnaie, drogue et même, pendant quelque temps, trafic d'armes. Mais comme il était loin d'être sot, il ne se laissa pas prendre à certains mirages et comprit que la Turquie n'était pour lui qu'une plate-forme dont il avait intérêt à s'envoler le plus tôt possible, soit vers l'Orient, soit vers l'Occident. Il choisit l'Occident et plus particulièrement les pays capitalistes dont le système économique lui parut mieux s'adapter à ses capacités.

Après d'assez longs séjours à Hambourg, Amsterdam et Anvers, il franchit le *Channel* et se retrouva à Londres. Mais ce qu'il lui fallait, c'était la France, toujours accueillante aux aventuriers de toutes races, et surtout Paris, cette ville de tous les espoirs. Le plus sérieux avantage retiré de ces pérégrinations fut de pouvoir apprendre parfaitement trois langues essentielles pour la grande réussite : l'allemand, l'anglais et le français. Quand il arriva à Paris, il avait trente ans : c'était un homme dans la pleine force de l'âge. Une autre preuve certaine de son intelligence était que, malgré les activités assez douteuses qu'il avait exercées, il avait réussi à échapper aux contrôles et aux investigations de toutes les polices des pays où il avait vécu et opéré. Chaque fois que les choses commençaient à se gâter sérieusement pour lui dans un pays, il parvenait à franchir allégrement une frontière. Un homme ayant une telle chance ne s'était pourtant pas enrichi. Ceci sans doute parce que son existence n'avait été faite que d'une alternance de sommets sublimes et de gouffres catastrophiques.

A Paris, où il était tout aussi malaisé de faire fortune qu'ailleurs, les débuts furent des plus difficiles... Les débuts et même les vingt années qui suivirent! Il fut contraint d'y exercer toutes les professions, allant du garçon de café au sacristain en passant par le représentant de commerce, le pompiste, le veilleur de nuit, le valet de piste dans un cirque, le croque-mort, le grouillot dans les assurances, le démarcheur, le chauffeur routier, le commis de bourse, le traducteur dans une maison d'édition en demi-faillite, le choriste à l'Opéra, le bookmaker, le soigneur au Tour de France, le correcteur de dernière heure dans un quotidien et même le physionomiste dans un casino... Une telle cascade de professions pourrait faire croire à une instabilité congénitale mais il n'en avait rien été. Pour lui, tous ces métiers lui avaient simplement permis de subsister. Il savait très bien que, contrairement à un vieil axiome, le provisoire ne dure pas. Et il avait réussi à vivoter de ce provisoire qui lui avait permis d'apprendre d'innombrables petites choses et surtout d'étudier peu à peu le comportement de ses semblables. De femmes, il n'avait jamais été question dans sa vie : il semblait qu'elles ne l'intéressaient guère. De stabilité, non plus : plus on change de profession et moins on se fait repérer. La seule stabilité qui pourrait lui convenir serait celle qui lui apporterait la grande, l'immense réussite! Mais où diable se cachait-elle, cette difficile réussite? Sous quel angle imprévu se présenterait-elle? Il était loin de se douter que le frêle espoir de succès futur lui apparaîtrait alors qu'il exerçait – en désespoir de cause et parce qu'il n'avait rien trouvé d'autre – sa dernière profession : celle de sacristain dans une église de Paris.

Le curé de la paroisse était un excellent homme qui, ne parvenant pas depuis des mois à trouver un sacristain, avait fini par recourir aux petites annonces d'un journal bien-pensant. Athanase s'était présenté. Evidemment, à cinquante ans, il n'était plus tout jeune mais cela n'était-il pas préférable pour un homme appelé à œuvrer sous l'obédience du culte ? De plus, avantage inestimable, il était célibataire : ce qui, pour le prêtre, devenait une sorte de référence. Enfin l'allure générale, la façon dont le personnage se présentait, la voix douce et surtout le visage sévère, sur lequel l'ombre d'un sourire semblait ne jamais devoir apparaître, faisaient de ce postulant aux cheveux blanchis le sacristain rêvé. Cela n'apportait-il pas aussi un bienfaisant contraste avec tous ces godelureaux frisottés dont le prêtre avait été contraint de se séparer au bout de quelques jours ? L'homme faisait sérieux. Il fut engagé moyennant des appointements modestes dont il parut se contenter. Et, fait incroyable, ce fut, de toutes ses professions, celle qu'il exerça le plus longtemps : huit mois pendant lesquels il sut aussi ne pas perdre son temps.

Il ne lui fallut que quelques jours pour constater que les fidèles venaient de moins en moins à l'église. Que se passait-il ? Désaffection du culte ou – ce qui était beaucoup plus grave – abandon progressif d'une religion qui avait pourtant su s'imposer et faire ses preuves depuis près de deux mille ans ? Tout en continuant à exercer ses fonctions de sacristain avec une dignité et une ponctualité méritant tous les éloges du clergé, Athanase réfléchissait...

Parmi tous ces gens qui ne pratiquaient plus le culte catholique et sans doute aussi parmi beaucoup d'autres qui avaient abandonné la religion à laquelle ils avaient été initiés dès l'enfance, il devait certainement s'en trouver beaucoup qui se sentaient déroutés et anxieux. Le besoin inné de croire à l'existence d'un Etre Supérieur, qui avait tout créé et qui saurait dans un autre monde châtier les méchants et récompenser ceux qui avaient fait preuve de bonne volonté sur cette terre, leur manquait. Un grand vide, qu'il fallait combler sans perdre de temps, s'était créé dans l'âme insatisfaite de tous ces croyants en puissance qui ne savaient plus à qui se fier. Ce ne serait qu'à cette condition qu'ils pourraient retrouver le sentiment d'une relative sérénité en ce bas monde. Athanase l'avait compris : la paix de la conscience n'a pas de prix!

Seulement créer une nouvelle religion – pour essayer de supplanter celles qui, à force d'avoir été pratiquées, se révélaient usées et inadaptées aux progrès fulgurants de la science –, n'était-ce pas une entreprise aussi ardue que hasardeuse? Il faudrait beaucoup de temps et pas mal d'argent pour « tenir » jusqu'à ce que la nouvelle foi puisse parvenir enfin à s'imposer. Pas un instant il ne vint dans les pensées d'Athanase, dont les conceptions hardies n'étaient motivées que par l'appât final d'un gain considérable, l'idée qu'une religion ne peut être durable que si son fondateur a su pousser l'esprit de sacrifice et d'amour de son prochain jusqu'à ne pas craindre de se faire immoler. Dans son esprit, les sacrifices financiers ou même corporels seraient réservés aux adeptes qu'il réussirait à recruter alors que le profit véritable ne serait que pour lui seul. Ce fut pourquoi il estima que, plutôt que de fonder une nouvelle religion, il serait plus aisé de « lancer » une sorte de mouvement semi-philosophique et semi-mystique dont le subtil dosage aurait toutes chances de satisfaire les aspirations d'une foule de braves gens, ni trop intelligents ni trop cultivés, qui ne savaient plus du tout où ils en étaient sur le plan spirituel.

N'y avait-il pas d'innombrables précédents? N'existait-il pas de par le monde, sur tous les continents, une quantité impressionnante de sectes dont la naissance avait été exclusivement due à l'esprit inventif de quelques individus beaucoup plus malins que tous les autres? Organisations qui avaient prospéré et rapporté à leurs fondateurs d'énormes profits... Pour assurer le meilleur rendement d'une telle exploitation, le principe de base fondamental ne devrait-il pas s'appuyer sur le merveilleux *sentiment de culpabilité* qui ne peut pas, à un moment ou à un autre d'une vie, ne pas se présenter dans les pensées secrètes d'un être humain? Il n'y avait personne qui, à un degré plus ou moins grand, ne se sentait coupable d'un acte répréhensible qu'il regrettait dans le fond de son cœur et qu'il ne demandait, si cela lui était possible, qu'à réparer? Mais certaines sectes, après avoir proliféré pendant des années, avaient connu – aussi bien aux Etats-Unis que dans d'autres pays – de graves ennuis qui s'étaient soldés pour leurs animateurs par des inculpations et même par d'effroyables suicides collectifs de leurs membres ayant déclenché le scandale et la réprobation irréparables. Désastre qu'il fallait éviter à tout prix : ce qui ne serait possible que si « l'affaire » était menée par une main ferme dans un gant de velours et jamais par la violence. C'était la raison impérieuse pour laquelle les mots « nouvelle religion », risquant de n'inspirer qu'une médiocre confiance, devaient être proscrits. Mieux valait employer l'appellation plus modérée de « mouvement ». Mais ce mot était insuffisant. Quel mouvement?

Athanase avait du génie. Presque tout de suite, au début de ces heures méditatives passées entre un sanctuaire et une sacristie, il trouva l'appellation idéale : *Mouvement de Libération de l'Esprit*. N'offrait-elle pas le double avantage de pouvoir se condenser en trois lettres faciles à retenir, *M.L.E.*, et d'être assez vaste pour abriter d'innombrables activités?

Sous prétexte de libérer l'esprit, n'est-on pas en droit de tout tenter et de tout essayer? Pour fixer le but précis du mouvement, il n'était pas indispensable d'établir de nouvelles Tables de la Loi ni de rédiger un cathéchisme, trop de précision risquant d'être dangereuse. Plus il y aurait de souplesse dans l'application et dans l'interprétation que chacun ferait du principe essentiel, mieux ce serait. Un principe qui serait très simple : *Si nous parvenons à nous libérer complètement l'esprit, nous parviendrons enfin à connaître le vrai bonheur ici-bas*. Peu importerait que les adhérents du mouvement vinssent du catholicisme, du protestantisme, du judaïsme, de l'islamisme, du bouddhisme ou de quelque autre religion! Le mouvement accueillerait tout le monde à deux conditions : que chaque nouvel adepte croie aveuglément aux bienfaits moraux de toutes sortes qui pourront lui être apportés et qu'il consacre tous les moments – que sa propre activité lui laisserait – à la propagande pour rallier au mouvement de nouveaux adeptes, selon le vieux procédé de la boule de neige qui, en roulant et en se mouvant, devient de plus en plus grosse. Tous seraient appelés par leur prénom précédé du mot *frère* ou *sœur* : *frère* Jean, *frère* Peter, *frère* Moïse, *frère* Ahmed, etc., ou *sœur* Agathe, *sœur* Joan, *sœur* Rébecca, *sœur* Aïcha et autres. Ce qui créerait automatiquement la confraternité indispensable. Lui-même deviendrait *frère* Athanase mais, pour maintenir son autorité, il exigerait qu'on lui dise *vous* alors que tous les autres se tutoieraient entre eux.

Après de nouvelles semaines de réflexion, le sacristain Athanase prit également une décision importante : pour le recrutement, il faudrait exclure d'emblée les gens sans aucune ressource ou sans profession. N'était-il pas indispensable que chaque nouveau venu apportât – et ceci d'une façon régulière – sa contribution financière, fût-elle la plus modeste, aux frais généraux ? Sa longue expérience personnelle des périodes de pauvreté avait fait comprendre à Athanase qu'aucune association d'individus ni aucun parti politique – bien entendu, toute politique serait exclue du mouvement, sinon ce serait très vite la pagaille ! – ne peuvent durer et s'affirmer s'ils n'ont pas les munitions leur permettant d'avoir de solides assises. Ce serait lui seul, Athanase, qui administrerait les fonds.

Il faudrait aussi se méfier, surtout au début, de l'intrusion, parmi les premiers adeptes, d'un *frère* ou d'une *sœur* qui aurait beaucoup d'argent. Cela risquerait de faire naître chez ce riche nouveau venu des pensées blâmables d'annexion du mouvement à son profit. Ce qui flanquerait par terre toute l'affaire qui, à la longue, avait forte chance de se révéler aussi fructueuse qu'un denier du culte ou que les offrandes spontanées et bénévoles faites par des fidèles à ceux qui ont la mission de maintenir une religion à laquelle ils croient. Les premiers fonds seraient trouvés chez ceux ou chez celles qui avaient des fortunes relatives ou des revenus professionnels moyens. C'est bien connu : rien ne vaut le pouvoir financier des masses. Les petites sommes, ajoutées les unes aux autres, peuvent faire une très grosse somme alors que le bienfaiteur richissime devient un véritable danger pour celui, tel Athanase, qui a eu la grande idée. N'était-il pas juste que, si un jour celle-ci devenait génératrice de bénéfices, le créateur en fût, sous le couvert d'administrateur des fonds de la communauté, le principal bénéficiaire ? Le gros commanditaire ne viendrait que plus tard quand le *M.L.E.*, ayant pris assez d'ampleur, serait capable de subsister par lui-même. Ce serait alors pour ce gros commanditaire un insigne honneur d'apporter ses fonds en renfort.

Où recruter les premiers adhérents? Dans quel milieu social? Et quel âge devraient-ils avoir? Trois autres questions qui contraignirent Athanase à de nouvelles heures de réflexion. Des réponses naîtrait le premier noyau qui servirait à appâter d'autres postulants. Noyau qui devrait être solide, discipliné, fasciné surtout par la personnalité et par la bonne parole de celui qui appellerait ses *frères* à partager ses convictions et ses théories sociales, à croire aveuglément aussi à sa doctrine dont le credo serait l'amour inconditionné que l'on doit porter au prochain et l'obligation absolue de passer son existence à réparer les fautes que tous, tant que nous sommes, nous ne cessons de commettre, parfois même sans nous en rendre compte. Il n'y aurait pas un *frère* ni une *sœur* qui ne se sentirait brusquement coupable dès la seconde où il adhérerait au mouvement. Un coupable doit payer et ceci de son plein gré, même avec joie! Ce serait pour lui le seul moyen de parvenir à se débarrasser des contingences maléfiques et des mauvaises pensées qui obsèdent toute créature humaine dès qu'elle commence à raisonner. Grâce à cet effort constant et tenace, son *esprit* se libérerait enfin...

Le choix des premiers *frères* et des premières *sœurs* serait difficile et délicat : ils devraient être sincères dans leur foi inébranlable en Athanase, leur unique directeur de conscience. Ils l'aideraient aussi à parfaire sa mission rénovatrice en apportant régulièrement l'obole lui permettant de poursuivre ses admirables enseignements sur tous les problèmes de la vie. Il se trouverait certainement parmi ces enthousiastes de la première heure des brebis galeuses n'ayant pas la vraie foi et venues se mêler au troupeau par intérêt ou simplement par curiosité. Mais Athanase ne serait pas long à les repérer et à les chasser impitoyablement du troupeau. Leur punition serait d'être condamnées à retourner à la banalité et à la médiocrité de l'existence qu'elles avaient connues avant de découvrir la paix de l'esprit apportée par le *M.L.E.* Ce ne seraient plus que de pauvres gens!

Il paraissait préférable de commencer à prospecter dans des milieux jeunes, venant de tous les horizons sociaux. Un fils et une fille d'ouvriers, à condition qu'ils soient majeurs et qu'ils aient déjà une profession, devraient côtoyer dans le mouvement des enfants de fonctionnaires ou de bourgeois. Pour les enfants de paysans, la question serait étudiée un peu plus tard : ceux qui viennent de la terre et qui ont grandi tout près d'elle ont une tendance instinctive à la méfiance qui paralyse les entreprises les plus généreuses, surtout quand celles-ci ont pour principal objectif de modifier la morale routinière généralement acquise.

Pourquoi éliminer au début les gens plus âgés? Simplement parce que l'apprentissage et l'expérience de la vie ont rendu les aînés moins perméables à des idées nouvelles. Les jeunes sont plus malléables et souvent prêts à se lancer, sans prendre le temps de trop réfléchir, dans une aventure humaine sortant de l'ordinaire. C'était grâce à eux, si on avait su se montrer assez habile pour bien les prendre en main, que d'innombrables sectes avaient pu prospérer. Devant le délabrement progressif de toutes les sociétés et de toutes les morales, ces jeunes avaient besoin d'un nouveau prophète qui leur montrerait le chemin du Beau et du Bien. A cinquante ans, Athanase se sentait maintenant paré pour devenir ce personnage providentiel qui, le temps aidant et les adeptes du *M.L.E.* se multipliant, parviendrait bien un jour à récolter la manne céleste après laquelle il courait depuis qu'il avait quitté Chypre et qu'il n'était pas parvenu encore à rencontrer malgré ses multiples pérégrinations.

Son instinct d'aventurier lui faisait pressentir aussi qu'il trouverait plus facilement ces éléments jeunes indispensables parmi les fils ou les filles de familles bourgeoises encore aisées qui, ne sachant trop où orienter leurs pas après n'avoir fait que des sottises plutôt que de se rendre utiles, n'étaient au fond que des désœuvrés ou des désaxés. Ils n'étaient pas plus méchants que d'autres mais pourris par une facilité de vivre qui ne leur avait pas fait connaître de sérieuses difficultés ni côtoyer la vraie misère. Ne sachant plus en qui ou en quoi croire, ils ne savaient pas à qui se fier. Athanase serait le confident de tous les jours et de tous les instants qui les manierait à son gré pour le plus grand bien et la plus grande gloire du *M.L.E.*

Il les envoûterait, il les maîtriserait, il les commanderait à son seul profit, mais il saurait le faire sans jamais élever la voix. Tous, sans exception, n'écouteraient plus que lui, ne jureraient que par lui, ne penseraient que par lui. Il deviendrait leur dieu vivant. Ensuite, ce ne serait plus qu'un jeu de les utiliser comme propagandistes pour recruter d'autres adhérents : les cousins, les amis, les camarades... Peut-être même serviraient-ils d'intermédiaires pour faire connaître le *M.L.E.* à leurs parents et à des aînés qui, eux, avaient de l'argent. C'était cela la bonne filière. Tout se passerait sans heurts, gentiment, méthodiquement, dans l'amour du prochain et le désir de répandre le Bien. Les parents, les grands-parents accourraient après leurs rejetons, s'imprégnant eux aussi du sentiment de culpabilité de leurs fautes passées. Comme leurs cadets, ils finiraient par payer le tribut monétaire qui peut tout effacer : tribut beaucoup plus lourd, exigé par une plus longue pratique de l'état de péché. Quand Athanase n'aurait plus, autour de lui, que des coupables, le *M.L.E.* deviendrait une merveilleuse affaire où lui-même, l'administrateur discret – qui saurait toujours conserver une attitude humble – deviendrait riche, très riche! Il pourrait alors sourire tout son saoul des différentes professions qu'il avait exercées avant d'atteindre le sommet. La seule de ces professions dont il se souviendrait peut-être avec quelque émotion serait celle de sacristain qui lui avait permis de mettre le filon au jour.

Un sacristain qui n'avait pas craint d'engager certaines conversations des plus utiles avec le curé de la paroisse, le chanoine Clément. La première avait eu lieu une semaine après son engagement, précisément dans la sacristie :

– Mon bon Athanase, avait commencé le prêtre, vous ne vous doutez peut-être pas que je vous tiens pour un homme remarquablement intelligent. Après vous avoir observé pendant toute cette semaine, j'en suis arrivé à la constatation que vous savez vous adapter à n'importe quelle situation ou profession. Quand vous êtes entré ici en qualité de sacristain, vous ne connaissiez rien des fonctions que vous alliez être appelé à exercer ni même du culte! Et pourtant, vous vous en êtes très bien tiré... Maintenant, vous pouvez me l'avouer : vous êtes athée? Ce que je n'ai pas le droit de vous reprocher, estimant que chacun est libre de ses pensées, mais cela me surprend quand même un peu que vous ayez choisi la profession de sacristain!

– Celle-là ou une autre! Il me fallait gagner ma vie... Quant à dire que je suis athée, ce n'est pas exact. Je me sens tout disposé à croire en l'existence d'un Dieu qui me ferait bénéficier ne serait-ce que d'une parcelle de tous les bienfaits qu'il doit répandre, en principe, sur la terre et qu'il m'a refusés depuis que je suis venu au monde.

— Ce n'est pas possible! Dieu, dans sa clémence infinie, ne fait aucune discrimination et accorde les mêmes chances à toutes ses créatures.

— Croyez-vous, monsieur le curé?

— J'en suis certain! Chances qui ne se présentent pas toutes de la même manière et qui prennent parfois une forme abstraite... A vous, par exemple, notre Créateur a prodigué une intelligence très vive : n'est-ce pas le plus grand de tous les bienfaits?

Athanase ne répondit pas, préférant baisser modestement les yeux vers le sol comme s'il était confus de recevoir un tel compliment. Le prêtre reprit :

— Etes-vous bien sûr d'avoir utilisé à bon escient un don aussi exceptionnel?

— Je pense avoir fait ce que j'ai pu... J'ai tout tenté, mais sans grand succès!

— Ce succès que vous semblez ardemment espérer va peut-être venir? Malgré votre cinquantaine, vous êtes encore un homme en pleine force et parfaitement conscient de ses possibilités... Souvenez-vous aussi de la philosophie d'Azaïs qui affirmait que tout homme, au cours de son existence, connaît la même proportion de bonheur et de malheur.

— En ce qui me concerne, je dois reconnaître que, jusqu'à présent, ce fut assez vrai, mais voyez-vous, monsieur le curé, ce que je voudrais, ce serait connaître enfin, pour le temps qu'il me reste à vivre, un bonheur continu...

— Qu'entendez-vous par là?

— Ne plus jamais avoir de soucis ou de besoins financiers. Pour être plus clair, je veux être riche, même très riche!

— Quelle erreur, mon ami! Votre souhait est le plus bas et le plus matérialiste qui puisse être formulé! Et, de tous temps, les êtres savent que la richesse n'apporte pas le bonheur.

— C'est ce qu'on dit, monsieur le curé, mais personnellement, je ne suis pas tout à fait du même avis.

— Et vous croyez que c'est en étant sacristain dans mon église que vous parviendrez à atteindre ce genre de bonheur?

— Qui sait? La profession que vous avez bien voulu m'octroyer me laisse quelques loisirs pendant lesquels je peux réfléchir... Ce saint lieu où je travaille me paraît aussi tout indiqué pour créer l'ambiance environnante, propice à la méditation.

— Puisque tel est votre choix, continuez à réfléchir, Athanase! Et qui sait aussi? Peut-être que surgiront, en vous, au cours de ces réflexions, d'autres pensées diamétralement opposées à celles que vous venez d'exprimer et qui me peinent? Les desseins de la providence sont impénétrables... De toute façon, en ce qui me concerne, je ne puis formuler qu'un souhait; c'est que vous restiez le plus longtemps possible auprès de nous. Je prierai aussi pour votre salut.

— Je vous en remercie et je vous promets de ne vous quitter que le jour où j'aurai atteint le bout de mes réflexions... Décision que je m'engage à ne prendre qu'après vous avoir donné un préavis suffisamment long qui vous permettra de me trouver un remplaçant digne de cette même confiance que vous avez bien voulu me témoigner.

— A mon tour, je vous dis un grand merci.

Les réflexions d'Athanase durèrent sept mois, entrecoupées d'autres innombrables conversations avec le curé à la fin desquelles chacun restait farouchement sur ses positions : le prêtre ne parlait que de Dieu et Athanase ne pensait qu'à ses bénéfices futurs. Même si Dieu existait, le sacristain avait la conviction de pouvoir devenir, assez rapidement, le dieu du *M.L.E.* Le jour où il fit part à son employeur de sa décision d'abandonner ses pieuses fonctions trente jours plus tard, le curé demanda une dernière fois :

– Vous êtes bien certain d'avoir suffisamment réfléchi?

– Je le pense.

– Dans ce cas, je n'insiste plus. Vous pourrez partir à la date que vous venez de m'indiquer. Puis-je savoir ce que vous avez l'intention de faire?

– Si je vous le disais, monsieur le curé, vous ne me comprendriez pas...

– En êtes-vous certain? J'ai entendu tant de choses pendant les trente-cinq années de mon ministère! Est-ce que vous vous rendez compte? Trente-cinq années de confessionnal!

– Justement : la confession... Elle sera l'un des atouts majeurs de mon programme... Je tiens à être franc avec vous : j'ai l'intention de créer une sorte de religion nouvelle, mais une religion exclusivement civile.

Le chanoine Clément faillit s'évanouir. Il trouva quand même la force de lever les bras vers le ciel en implorant la miséricorde divine pour l'illuminé qu'il avait devant lui. L'entretien fut clos.

Le dernier mois de cette vie de sacristain fut le plus profitable pour le futur grand manitou du *M.L.E.* : il put trouver les premiers subsides indispensables au lancement de la nouvelle aventure. Depuis le moment où la grande idée avait germé dans son cerveau, il avait prévu que les frais initiaux devraient se répartir en trois budgets bien distincts.

Le premier permettrait de louer un local qui serait situé dans un quartier de bon aloi et pas trop excentrique. C'était important qu'il fût accessible de tous les points de la capitale. A un moment, Athanase avait songé à la banlieue où les locations étaient moins onéreuses mais très vite ce projet avait été abandonné : les adhérents en puissance hésiteraient presque certainement à faire un trop long parcours pour se rendre au siège du mouvement naissant. Ce fut pourquoi le petit hôtel à demi délabré du XVIIe arrondissement fut choisi. Un hôtel particulier, c'est le rêve pour ce genre d'entreprise alors qu'un appartement, se trouvant dans un immeuble où cohabitaient d'autres locataires, risque de déclencher des plaintes pour tapage et de créer un climat de curiosité permanente assez préjudiciable à une association d'apparence philanthropique. Cette première tranche de fonds servirait donc à bloquer la provision exigée par les propriétaires pour le dépôt de garantie, à payer le loyer, à régler quelques factures d'installation et à faire l'acquisition d'un semblant de mobilier qui – Athanase se le promettait – devrait rester toujours des plus rudimentaire : ce n'est pas dans le luxe que l'on œuvre sainement pour libérer l'esprit.

La deuxième tranche serait réservée à l'achat du matériel de propagande : machines à écrire et surtout machines à ronéotyper permettant de multiplier à l'infini un texte, déjà mûrement élaboré par le fondateur, qui serait une sorte d'invite à adhérer au mouvement. Appel vibrant qu'il adresserait à des centaines de gens, sous enveloppes fermées et personnalisées, grâce aux innombrables fiches d'adresses subtilisées dans les différents établissements où il avait exercé les professions les plus diverses qui n'avaient été considérées par lui que comme étant des « stages d'apprentissage ». Fiches qui se trouvaient enfermées dans les caisses apportées, en même temps que les lits en fer, par le camion de l'emménagement. Le papier utilisé ainsi que les enveloppes et les timbres représentaient des frais qui seraient également inclus dans cette deuxième tranche du plan de financement.

La troisième servirait à assurer à Athanase des fonds personnels et très secrets qui lui permettraient de vivre décemment et plutôt mieux que moins bien jusqu'à ce que les cotisations des membres ou les donations de protecteurs enthousiastes commencent à affluer.

Le texte de l'appel, fin prêt, se révélerait presque émouvant dans son laconisme :

Vous qui ne croyez plus à rien parce que l'on ne peut plus croire aujourd'hui à grand-chose,

Vous qui vous sentez dupé aussi bien par tous ceux qui vous entourent que par les lois périmées d'une société en pleine décadence,

Vous qui ne savez plus, malgré l'immense réserve d'énergie qui se trouve encore enfermée dans votre volonté hésitante, à qui confier l'orientation de votre propre destin,

Vous qui êtes au bord de la désespérance et peut-être déjà prêt à en finir avec une existence qui ne vous a apporté jusqu'à ce jour que déboires et désillusions,

Venez nous consulter. Nous vous accueillerons, nous vous aiderons, nous vous orienterons dans une vie qui vous permettra de retrouver la fierté de vous montrer enfin utile à vos semblables et de ne plus avoir la conviction de n'être qu'un mort vivant ne servant à rien sur cette terre.

Seul le Mouvement de Libération de l'Esprit peut vous apporter ces satisfactions. Ce ne sera que le jour où votre esprit sera débarrassé de toutes les contraintes qui vous ont été imposées et surtout quand votre conscience ne se sentira plus alourdie par les erreurs personnelles que vous avez commises, et dont le poids vous pèse, que vous pourrez enfin œuvrer pour le Bien universel... Vous nous remercierez de vous avoir offert la possibilité d'appartenir à l'élite qui rénovera le monde en l'arrachant à sa pourriture grandissante et en le dirigeant uniquement vers ce qui est juste et beau.

Cet appel, qui ne vous sera adressé qu'une seule fois, est votre dernière chance de survie spirituelle. Ne le jetez pas! Conservez-le, méditez-le et venez nous voir. Nous vous attendons. Le seul fait que vous veniez signifiera que vous avez déjà confiance en nous.

Ce serait signé en toute simplicité : *Frère Athanase.*

Il y aurait, bien entendu, en haut de l'appel, l'adresse et le numéro de téléphone du *M.L.E.*

Il ne fallait surtout pas en mettre plus. Si l'on expose tout de suite, par écrit, un trop vaste programme, le destinataire s'y perd. A vrai dire, Athanase estimait qu'il ne fallait même pas de programme bien défini au début. Celui-ci s'affirmerait progressivement. Ce ne serait que quand le postulant ou la postulante se trouverait devant lui et, après qu'il l'aurait fait parler pour mesurer son degré d'intelligence ou de sottise, que le fondateur du *M.L.E.* verrait ce qu'il faudrait lui dire ou ne pas lui dire pour arracher sa confiance et faire surgir en lui la foi qui sauve...

Ça prendrait ou ça ne prendrait pas. Combien d'appels téléphoniques recevrait-il? Il n'en savait rien mais, même s'il n'y en avait que quelques-uns, sa voix, toujours très douce au bout du fil, saurait se faire tellement convaincante que les premiers gogos ne pourraient pas ne pas venir le voir. Dès qu'il en tiendrait un sous son charme persuasif, il arriverait très vite à en récolter deux ou trois autres : la boule de neige... N'était-ce d'ailleurs pas toujours ainsi qu'il avait opéré en « affaires »? S'il n'avait pas tellement bien réussi jusqu'à ce jour, ce n'était que parce qu'il avait commis l'erreur inqualifiable d'utiliser, pour amorce de ses entreprises, l'appât tenta-

41

teur du gain rapide qui séduit ceux qui ne se montrent jamais satisfaits de ce qu'ils possèdent déjà. Cette fois, il ne serait plus question pour les futurs adhérents du *M.L.E.* d'avoir l'espoir de palper de gros bénéfices, même illicites. L'argent n'est-il pas la plus misérable des plaies qui ronge tous les bons sentiments et dont il faut avoir le courage de savoir se débarrasser pour pouvoir accéder à la pleine liberté de l'esprit qui, elle, permet d'obtenir la sérénité du cœur et de l'âme? Les gains – il fallait qu'il y en eût sinon ce n'aurait pas été la peine de tenter cette nouvelle aventure – seraient pour Athanase seul. La quête camouflée en une sorte d'apostolat n'est-elle pas l'un des plus subtils procédés d'escroquerie?

La récolte des premiers fonds ne se trouvait-elle pas à la portée même de la main experte du créateur du *M.L.E.* dans cette paroisse parisienne? Pas celle qui était faite quotidiennement au cours des offices ni même celle, moins ostentatoire, dont le produit stagnait dans les troncs répartis dans l'église pour stimuler la générosité anonyme à l'égard du denier du culte. Ces deux formes de quête – le sacristain était bien placé pour le savoir – ne donnaient la plupart du temps que de piètres résultats. Seul le troisième genre de quête était intéressant : celui dont le profil discret se dessinait dans le voisinage des confessionnaux... Pendant les mois qu'il venait de passer à déambuler dans le sanctuaire, Athanase avait eu tout le loisir d'observer ce qui se passait dans ces édicules réservés au pécheur ou à la pécheresse qui s'y agenouillait pour obtenir la rémission de ses fautes. Presque toujours le pénitent en ressortait apaisé et trouvait juste, en reconnaissance de cette libération de sa conscience, d'apporter quelques jours plus tard une obole qu'il glissait dans une enveloppe déposée à la sacristie ou qu'il remettait discrètement à monsieur le curé.

C'était une contribution monétaire contrebalançant pour lui le poids des fautes passées... et absoutes!

Dans ce lot de pécheurs ou de pécheresses, c'étaient presque toujours les mêmes qui revenaient chaque semaine et parfois tous les deux ou trois jours. C'était à se demander comment on pouvait commettre autant de péchés en un laps de temps aussi court. A moins que ces récidivistes de l'absolution implorée ne soient guidés par un étrange masochisme qui les poussait à s'accuser de toutes les fautes de la terre? Parmi ces familiers du confessionnal, Mlle Idalie Trochot était de loin la plus assidue et donc celle qui avait été la plus remarquée par le sacristain. Il n'y avait pas de jour où elle n'allait à confesse et ceci aux heures les plus variées. Mais elle n'acceptait de se prosterner qu'aux pieds du chanoine-curé, estimant peut-être que la rémission que pourrait lui accorder un simple vicaire serait insuffisante. Ferveur qui devenait presque gênante pour le bon abbé Clément. Chaque fois qu'Athanase venait lui annoncer : « Monsieur le curé, Mlle Trochot vous attend près de votre confessionnal... », il ne pouvait s'empêcher de s'exclamer : « Encore elle! Mais, mon Dieu, qu'ai-je donc fait au ciel pour être accablé d'une paroissienne pareille! » Seulement, comme c'était un excellent prêtre, le pauvre chanoine allait s'enfermer une fois de plus dans son confessionnal pour écouter la vieille fille qui lui ressassait pour la millième fois des fautes qu'il finissait par connaître par cœur.

Et le jour où le sacristain lui avait demandé le plus innocemment du monde :

— Qui est cette demoiselle, monsieur le curé, qui vous fait perdre tant de minutes précieuses? Sans doute une personnalité importante?

— Même pas, mon bon Athanase! Son seul vrai mérite est d'avoir été la fille unique d'un couple de gens très estimables qui lui ont laissé, avant de disparaître, une fortune considérable. Il semblerait même qu'elle éprouve un tel remords d'avoir reçu un pareil héritage qu'elle serait toute prête à croire que c'est là sa plus grande faute! Son seul vrai malheur est d'être restée vieille fille... Il est vrai aussi que la nature ne l'a pas tellement gâtée! Sa dot n'a pas suffi. Au demeurant, c'est une excellente personne débordante de bonnes intentions et toujours prête à faire le bien.

Paroles qui n'étaient pas tombées dans l'oreille d'un sourd et dont Athanase décida de faire sans tarder son profit. Chère, très chère Idalie Trochot!

La providence lui vint en aide. Un après-midi où le chanoine n'était pas dans son église, l'héritière Trochot s'était présentée à la sacristie en annonçant une fois de plus qu'elle désirait se confesser.

— M. le curé n'est pas là, répondit Athanase, et ne sera sans doute pas de retour avant plusieurs heures : il est à l'archevêché.

— Mais c'est épouvantable! Que vais-je devenir?

— Revenez demain matin, mademoiselle. (La voix d'Idalie reflétait une telle angoisse que la voix douce du sacristain finit par dire :) Si c'est aussi urgent que cela, peut-être pourrais-je vous aider?

— Vous, monsieur Athanase? Mais vous n'y pensez pas : m'administrer le sacrement de pénitence?

— Il ne saurait en être question, mademoiselle : ce serait de ma part un véritable sacrilège! Mais j'ai aussi la conviction que parfois une oreille attentive peut se révéler d'un grand secours à l'égard de quelqu'un qui se sent, comme vous en ce moment, en plein désarroi... D'ailleurs votre cas n'est pas exceptionnel. Ne sont-elles pas légion les âmes bien-pensantes qui, se trouvant dans l'impossibilité de recourir immédiatement à un prêtre en qui elles ont confiance, n'ont pas hésité à utiliser ce pis-aller pour soulager leur conscience à un moment désespéré? Loin de moi la pensée de vous accorder une absolution qui n'est pas de mon ressort, mais ne croyez-vous pas que le seul fait de vous confier à une âme compréhensive qui saurait écouter la faute qui vous obsède serait en lui-même une sorte de confession provisoire qui vous soulagerait? N'est-ce pas le principe même de la confession telle que la pratiquaient, aux temps des persécutions religieuses, ceux qui allaient mourir pour leur foi? Cela s'est passé aux tout derniers moments dans les arènes alors qu'un Néron ou d'autres venaient de faire lâcher les lions...

— Quelle horreur! glapit Idalie.

— A qui le dites-vous! Les chrétiens ressentaient la nécessité de se confesser une dernière fois entre eux... Une faute avouée n'est-elle pas déjà pardonnée?

— Vous me surprenez, monsieur Athanase... Je ne vous croyais pas aussi pieux.

— Si je ne l'étais pas, mademoiselle, jamais je n'aurais choisi l'humble profession de sacristain qui doit se dévouer entièrement au service du culte... Ah! si j'avais eu l'honneur — je dirai même le bonheur — d'avoir pu accéder à la prêtrise, j'aurais été le plus heureux des mortels! Malheureusement les vicissitudes de la vie m'en ont empêché. C'est pourquoi, si je pouvais enfin rendre aujourd'hui la paix de l'âme à l'un ou à l'une de mes semblables, je m'estimerais comblé... Il n'est pas non plus question que cela se passe dans un confessionnal qui, pour moi, est un lieu sacré. Mais je pense qu'une sacristie pourrait très bien convenir : n'est-elle pas déjà imprégnée d'une sainte atmosphère? Qu'en pensez-vous?

— Je... je ne sais plus! Vous me troublez, monsieur Athanase... J'avoue que vous venez de dire des choses très sensées qui me touchent, mais tout de même, vous n'êtes pas un confesseur!

— Je répète que je ne vous confesserai pas. Je ne ferai que vous réconforter.

— Dans ce cas...

— Prenez ce prie-Dieu, mademoiselle Trochot. Je vais m'asseoir près de vous et je vous laisserai parler. Nous sommes seuls : personne, à l'exception de moi, ne pourra vous entendre... Même les murs d'une sacristie n'ont pas d'oreilles! Courage! Dites-moi franchement ce qui vous pèse cet après-midi...

Hésitante mais subjuguée, Idalie s'était agenouillée à côté du sacristain dont le visage exhalait un recueillement mystique... Brusquement, la vieille demoiselle n'y tint plus : il fallait qu'elle se confesse... Baissant les yeux et joignant ses deux mains dans un geste qui lui était familier, elle balbutia de cette voix basse qu'elle n'utilisait que pour le confessionnal :

— Voilà : je m'accuse d'une faute grave dont j'ai honte...

— Continuez... Honte de quoi?

La voix se fit encore plus basse :

— De n'avoir pas, ces derniers jours, suivi avec assez de ferveur les saints offices...

— En êtes-vous bien sûre? Je vous ai vue à tous les offices! Hier par exemple...

— Hier, oui, mais pas avant-hier! J'ai manqué le salut du soir...

— Faute vénielle! Il n'y a plus grand monde qui y vient...

— Oh! c'est bien vrai! Et c'est cela la honte!

— Pour ceux qui n'y attachent pas d'importance, mais pas pour vous qui avez pris conscience de votre absence.

— Si vous saviez, monsieur Athanase, à quel point vous me réconfortez!

— N'est-ce pas là l'un des plus grands bienfaits de la confession?

— Mais, depuis ma dernière confession, j'ai commis beaucoup d'autres fautes!

Le sacristain n'osa pas répondre : « Je le sais. Le curé les connaît même par cœur! » Il trouva plus habile de répondre :

— Je m'en doute, mais on ne peut pas tout dire en une seule fois. On oublie... Peut-être y a-t-il même des fautes auxquelles vous n'avez encore jamais pensé?

— Lesquelles? dit vivement Idalie. Enumérez-les-moi vite pour que je puisse m'en débarrasser! Je vous en supplie, monsieur Athanase, aidez-moi!

La voix s'était faite tellement suppliante qu'il comprit que le grand moment était venu :

— Je ne sais pas, mademoiselle... C'est très difficile! Peut-être vous est-il arrivé, par exemple, de ne pas penser, tout en étant une excellente pratiquante, à une faute que commettent, sans même s'en rendre compte, d'innombrables chrétiens?

— Une faute... grave?

— Très grave en effet : celle d'omettre de se pencher sur la misère morale d'autres hommes ou d'autres femmes qu'ils n'ont encore jamais rencontrés et qui, eux, n'ont pas la chance de croire.

— Je donne tout ce que je peux aux pauvres!

— Tout? Absolument tout?

Il y eut un court silence avant que ne vienne la réponse :

— Pas tout...

— Vous voyez...

— Mais, si je le faisais, je ne pourrais plus continuer à faire la charité jusqu'à ma mort! Après, je le promets, je le ferai!

— Voilà un mauvais sentiment. La vraie charité ne s'encombre pas de réserve : c'est le dépouillement total de soi-même...

— Vous avez raison : voilà des années que je commets cette faute! Croyez-vous qu'un jour elle me sera pardonnée?

— Si vous n'attendez pas trop pour y remédier... Mais, attention! Il y a pauvres et pauvres... Ce ne sont pas ceux qui tendent perpétuellement la main qui méritent votre compassion, mais les autres : ceux qui se cachent, que vous n'avez jamais vus et que vous ne verrez jamais parce que ce sont déjà des désespérés! Ce qui leur manque, c'est la possibilité de pouvoir continuer à vivre encore pendant quelque temps pour parvenir à la véritable lumière du cœur et de la pensée qui, seule, peut leur apporter la joie intérieure qui leur manque.

— Tout ce que vous dites est merveilleux, monsieur Athanase! Comme je regrette, depuis des mois que je vous vois dans cette église, de ne pas m'être entretenue plus tôt avec vous! Et comme vous voyez juste! On ne pense jamais assez à son prochain!

— Un prochain qu'il faut savoir ramener dans le droit chemin. Tous, nous qui avons pourtant la foi, sommes de grands coupables parce que nous ne pensons qu'à assurer notre propre salut au lieu de nous occuper de celui des autres. Tous des égoïstes et moi le premier! J'ai commis la même faute que vous... C'est pourquoi j'ai pris depuis longtemps la décision irrévocable de réparer.

— Moi aussi je veux réparer et tout de suite! Je suis prête à suivre vos directives. Que dois-je faire?

— Vous associer à la création d'un immense mouvement de solidarité qui regroupera ces malheureux pour leur éviter, à l'avenir, de retomber dans leurs égarements.

— Quelle belle idée!

— Je pressentais qu'une âme aussi pure que la vôtre s'y rallierait.

— Je veux vous aider dans cette mission. Consentiriez-vous à m'accepter auprès de vous ?

— Peut-être... Mais ce ne serait qu'à une condition primordiale...

— J'y souscris d'avance. J'ai confiance !

— Pensez-vous être capable de rester dans le secret de « notre » idée ? Il ne faudrait en parler à personne jusqu'au jour où je vous en donnerai l'autorisation pour qu'à votre tour vous puissiez la répandre autour de vous.

— A personne ? Je pourrai tout de même le dire à M. le curé ?

— Surtout pas ! Le chanoine Clément est un homme admirable dont la générosité est sans limites... Seulement, cette générosité même risque de l'inciter, dans le souci de nous aider, à révéler nos projets à d'autres de ses paroissiennes ou de ses paroissiens qui, poussés par de bons sentiments, risqueraient d'altérer et de déformer le sens profond du nouvel apostolat que nous allons exercer. Vous connaissez aussi bien que moi tous ceux qui fréquentent cette église. Parmi eux, il y en a même – nous sommes bien obligés, vous et moi, de le constater – qui ne valent pas grand-chose !

— Des brebis galeuses !

— Ce ne sont surtout pas ce que j'appelle de « vrais » fidèles dont le dévouement à leur croyance passe avant tout. Un mouvement de charité universelle n'a de chance de s'imposer que s'il naît à ses débuts dans le secret de quelques âmes bien trempées. Ce n'est qu'ensuite qu'il se développe pour le plus grand bien de tous. La première qualité de la charité n'est-elle pas la discrétion ?

— Je suis de votre avis, mais comment, dans ces conditions, pourrais-je vous venir en aide ?

— Actuellement, je ne vois pour vous qu'un seul moyen : nous apporter une aide matérielle se concrétisant par ces moyens monétaires sans lesquels, hélas, les initiatives les plus désintéressées sont paralysées en ce bas monde!

— Ce serait une aide de quel ordre?

— Chère mademoiselle, ne commençons surtout pas à compter! Cela compromettrait non seulement cette pieuse complicité qui commence à se nouer entre nous mais aussi le but exclusivement moral que nous voulons atteindre. Une aide financière ne se justifie que pour le *Mouvement de Libération de l'Esprit*... Oui, c'est l'appellation du mouvement que je vais créer.

— Elle est admirable!

— N'est-ce pas? Tout est dit en ces quelques mots... Je suis heureux d'avoir votre approbation... Revenons à votre dernière question : votre aide devra être proportionnelle à la faute que vous avez commise. Le ciel a bien voulu faire de moi l'instrument qui vous a permis de vous souvenir de l'une de vos fautes perpétrée – c'est vous-même qui venez de me le confier – depuis déjà des années... Ce ne peut donc être qu'à vous seule d'évaluer dans votre conscience le montant de la réparation dont vous êtes redevable pour contrebalancer une telle longévité dans l'état de péché. Vous pouvez être certaine que, le jour où vous vous serez acquittée de cette dette morale, votre faute sera effacée sur le grand *Livre du Bien et du Mal*. Mais, rien ne presse pour le moment! Réfléchissez... La seule chose qui compte actuellement pour le ciel est que vous ayez déjà en vous la contrition : ce qui est le cas puisque vous venez de faire acte d'humilité en avouant la faute.

— Oui, mais cela ne me donne quand même pas l'absolution que je ne pourrai obtenir qu'en me confessant. Tant que je ne l'aurai pas, je resterai en état de péché! Et ça, je ne peux pas le supporter.

— Eh bien, puisque vous assistez tous les matins à la messe, pourquoi ne vous confesseriez-vous pas à M. le curé, après le saint office? Vous avouerez de nouveau votre faute : j'ignore et je n'ai pas le droit de connaître le genre de pénitence que vous inflige d'habitude notre cher chanoine.

— Oh! je peux vous le dire! C'est toujours la même : la récitation d'une dizaine de chapelets.

— Peut-être la faute étant cette fois plus lourde, vous imposera-t-il d'égrener le chapelet en entier?

— Je le mériterais bien!

— Vous le ferez en toute humilité. Ayant ainsi la conscience tranquille, vous repenserez à la réparation qui n'a rien à voir avec la confession elle-même et pour laquelle vous viendrez me trouver après avoir obtenu la rémission, sans en parler, bien sûr, à M. le curé puisqu'elle ne sera que votre apport personnel et secret au *Mouvement de Libération de l'Esprit*. Quand ce sera fait, vous vous sentirez doublement pardonnée. Me suis-je bien exprimé?

— C'est merveilleux comme vous savez tout concilier! Je sens déjà que je serai alors en paix avec moi-même.

— N'est-ce pas l'important?

— Pour vous remettre cette obole destinée au mouvement, comment devrai-je m'y prendre?

— Le plus discrètement possible. En sortant du confessionnal, vous ne pouvez pas ne pas me trouver dans l'église : c'est l'heure où je procède au nettoyage. Vous ne me direz rien et vous me remettrez simplement une enveloppe. Nous ne nous parlerons pas : votre geste suffira.

— J'ai très bien compris. Je ne sais comment vous remercier.

— Ce n'est pas moi qu'il faut remercier mais la providence qui va vous permettre cette double libération de votre conscience... A demain, mademoiselle.

Elle quitta le prie-Dieu et la sacristie, déjà imprégnée de cette même joie intérieure ressentie comme toujours lorsqu'elle ressortait du confessionnal... Mais, une joie qui, cette fois, était doublée.

Le lendemain, les événements se passèrent exactement comme Athanase les avait orchestrés. Après la messe et la confession, alors que le dévoué sacristain était en train d'épousseter avec soin la statue de saint Joseph se trouvant dans une chapelle latérale et que le curé lui avait signalée comme étant depuis longtemps scandaleusement poussiéreuse, Idalie Trochot se présenta toute timide et presque rougissante. Sans dire un mot, elle tendit à Athanase l'enveloppe qu'il dissimula précipitamment sous son plumeau pendant que la vieille demoiselle se dirigeait vite vers la sortie. La dernière vision qu'il eut d'elle, dans la pénombre du sanctuaire, fut celle d'une silhouette aussi frêle qu'anguleuse.

Sachant qu'à ce moment-là le curé était reparti prendre son petit déjeuner au presbytère, Athanase ouvrit l'enveloppe qui contenait dix liasses de mille francs : le prix de réparation auquel Idalie avait jaugé le montant de sa faute. L'homme eut un vague sourire qui devait vouloir dire : « Un million ancien, c'est un bon début pour le futur *M.L.E.*, mais j'ai l'intention, avant d'abandonner cette profession de sacristain, de soutirer quelques autres bons billets à une aussi excellente bigote au cours de nouvelles confessions extra-sacerdotales... Et s'il lui arrivait de rechigner – ce dont je doute car j'ai l'impression de l'avoir assez appâtée –, j'arriverais toujours à dénicher une autre paroissienne du même acabit! Mais, ce serait vraiment dommage! Si elle veut bien persévérer dans sa « générosité réparatrice », Idalie Trochot me suffira pour assurer le financement des débuts. Et elle a tellement peur de rester en état de péché! »

Abandonnant sa profession à la fin du mois, Athanase n'avait pas de temps à perdre pour profiter de l'état de grâce très réceptif dans lequel se trouvait Idalie à son égard. Utilisant les heures propices où le curé n'était pas dans l'église, il accorda à la vieille demoiselle deux autres « confessions » confidentielles qui se déroulèrent selon le même processus et au cours desquelles il l'aida à retrouver deux nouvelles fautes oubliées... Celle de n'avoir fait, depuis des années, des dons « supplémentaires » qu'à la seule paroisse du chanoine Clément alors qu'il existait ailleurs tant de communautés, tel le futur *M.L.E.*, qui avaient le plus grand besoin que l'on s'occupât d'elles! Et celle, encore plus grave, de s'être imaginé qu'elle n'obtiendrait le Paradis final que si elle se débarrassait, par ses actes de générosité, de ses propres fautes. Ne devait-elle pas aussi laver, grâce à la fortune que le ciel avait consenti à mettre à sa disposition, les fautes de ceux qui n'avaient pas les moyens financiers de réparer? N'avaient-ils pas le droit d'entrer, eux aussi plus tard, dans ce paradis des élus qu'ils ne connaîtraient que si quelqu'un se sacrifiait pour payer à leur place l'amende facilitant l'ouverture des portes spirituelles les plus fermées?

Chacune des « confidences » fut suivie le lendemain d'une absolution donnée par le curé et d'une courte halte auprès du sacristain qui s'évertuait à épousseter les saints de l'église. Ce fut ainsi qu'il y eut l'enveloppe glissée dans la main d'Athanase auprès des statues de saint Jean-Baptiste et de saint Antoine. Avec celle de saint Joseph, déjà comblée, cela faisait une assez jolie brochette. Devant Jean-Baptiste, il reçut encore dix mille francs, mais devant saint Antoine – et cette récolte se passa la veille du départ d'Athanase – seulement cinq mille. Ce qui semblait indiquer qu'Idalie avait un peu moins confiance dans le pouvoir d'intercession de ce saint auprès du Très-Haut. Il est vrai que c'est un saint plutôt spécialisé dans les retrouvailles des objets perdus... A moins – et c'est pourquoi le sacristain estimait qu'il était urgent pour lui de quitter les lieux – qu'un vague sentiment de méfiance n'ait commencé à s'infiltrer dans les pensées de la bienfaitrice? Il souriait une fois de plus intérieurement en imaginant la tête que celle-ci ferait lorsqu'elle apprendrait le lendemain matin, de la bouche même du curé, que le dévoué sacristain était parti sans laisser d'adresse. Et, même en supposant qu'elle parvienne un jour à le retrouver, il n'avait rien à craindre : les largesses n'avaient-elles pas été faites en numéraire, sans reçu du *M.L.E.* et hors de la présence de tout témoin? Il ne resterait plus à Idalie qu'à retourner au confessionnal pour s'accuser d'avoir été aussi sotte. Mais il n'était pas certain, cette fois, que le chanoine lui accordât l'absolution!

Quant aux adieux au curé, faits le soir même, ils furent des plus cordiaux et empreints de cette dignité dont Athanase savait toujours faire preuve dans les grandes circonstances.

— Alors, mon bon Athanase, le moment de votre départ est arrivé?

— J'avoue, monsieur le curé, que je ne m'en vais pas sans regrets! Ces huit mois passés au service du culte m'ont été des plus bénéfiques...

— Tant mieux! J'ose espérer que votre présence continuelle dans ce sanctuaire vous a permis de réaliser où se trouvait la vraie voie de la sainteté et vous a fait renoncer à votre projet parfaitement saugrenu de lancer une nouvelle religion? Il y en a déjà beaucoup trop, mon pauvre ami!

— Mais laquelle est la bonne, monsieur le curé?

— Comment osez-vous me poser une pareille question? Il n'existe qu'une seule religion : celle dont je m'honore d'être l'un des représentants sur cette terre.

— C'est là une opinion que je respecte... Seulement, ce n'est pas du tout la mienne!

— Il vaut mieux que vous partiez vite! Je prierai quand même pour vous.

— Je vous en suis infiniment reconnaissant. Peut-être nous retrouverons-nous plus tard?

— Le seul souhait que je puisse formuler pour votre salut est que ce soit au paradis...

Grâce aux vingt-cinq mille francs ratiboisés à Idalie, l'organisation pratique du *M.L.E.* ne traîna pas. La location de l'hôtel particulier, l'emménagement et l'envoi de « l'appel » furent des opérations rapidement menées. Maintenant que le *M.L.E.* avait pignon sur rue, il n'y avait plus qu'à attendre, avec flegme, les premières demandes téléphoniques... Les événements prouvèrent qu'Athanase avait eu mille fois raison de croire aussi bien à sa bonne étoile qu'à la qualité du nouveau filon qu'il venait de découvrir. Il ne fallut pas plus de trois jours, après l'envoi postal de l'appel, pour que la sonnerie du téléphone retentisse, suivie, deux heures plus tard — la voix douce d'Athanase avait su se faire convaincante! — par la visite d'un jeune homme d'une vingtaine d'années qui, comme beaucoup de ses semblables, se trouvait au bord du désespoir, ne sachant à qui livrer ses pensées ni où exercer son activité. Le fondateur du *M.L.E.* sut tellement bien le réconforter que le postulant ne ressortit du siège qu'après avoir adhéré au mouvement et avoir réglé la cotisation dont le montant était relativement modique. Paiement en numéraire en échange duquel n'était délivré aucun reçu. Ou on avait la foi dans le mouvement, ou on ne l'avait pas! Il fallait la foi subite qui seule sait enflammer sans que l'on prenne le temps de la réflexion. Celle-ci ne viendrait que plus tard, mais savamment dirigée par Athanase. Ce premier adepte jura de revenir le lendemain après-midi pour commencer à profiter des prodigieux enseignements du maître. Ce qu'il fit. Mais quand il se présenta, trois autres adhérents – deux filles jeunes et un homme qui l'était moins – avaient déjà été embrigadés. Au bout d'une semaine, ils furent une douzaine. Les appels téléphoniques ne cessèrent plus : cela tournait au triomphe, en vertu de l'étrange loi voulant qu'ils soient innombrables ceux qui sont prêts à se laisser appâter par n'importe quelle idée nouvelle... Le plus difficile, ensuite, était de maintenir la foi, ce en quoi Athanase sut se révéler un véritable meneur de foule : cela sans jamais élever le ton, uniquement par la persuasion et la douceur.

Au bout d'un mois, le *M.L.E.* comptait déjà une trentaine d'adhérents, de toutes conditions sociales et venus de tous les horizons, dont la moyenne d'âge oscillait entre vingt et trente ans : la clientèle de rêve qui est toujours prête à se battre pour une noble cause. Le noyau de base était constitué. Il allait permettre de trouver la foule d'adhérents supplémentaires pour que le mouvement puisse vivre... Quand *frère* Athanase annonça aux membres de cette première cohorte que chacun d'eux aurait maintenant le droit de porter le titre de propagandiste, ce fut la joie et la fierté. Le recrutement s'accéléra. Il fut également décidé que si, parmi ces propagateurs ou propagatrices d'une foi inébranlable dans le *Mouvement de Libération de l'Esprit*, il s'en trouvait qui souhaitaient s'y consacrer encore plus intensément, ils auraient la possibilité de résider au siège, à condition cependant qu'ils ne soient pas retenus par des obligations familiales les contraignant à rentrer le soir chez eux ou chez leurs parents. Il fallait, pour avoir droit à un pareil honneur, être entièrement libre de sa propre personne. C'était la raison pour laquelle Athanase avait fait l'acquisition des lits en fer : maintenant qu'ils étaient répartis, à raison de trois ou quatre dans chaque pièce de l'hôtel, il n'y avait plus qu'à les utiliser. On dormirait en dortoir : ce qui raffermirait encore la solidité du noyau. La vie en commun s'organisait.

Ces privilégiés, dont le nombre ne pourrait excéder, pour le moment, celui des lits disponibles, devraient, en plus de la cotisation mensuelle, payer un supplément d'hébergement destiné à assurer les « frais de séjour ». Ce qui permettrait à Athanase de tenir encore mieux en main ses premières troupes de choc psychologique. Et l'emprise du fondateur sur les nouveaux adeptes – qui commençait toujours par s'imposer, pour chacun d'eux, par l'exploitation immédiate du sentiment de culpabilité de leurs « fautes passées » – s'affirmait ensuite par l'exercice de pratiques régulières permettant à Athanase de maintenir les fidèles dans ce qu'il appelait « un état de réceptivité permanent ». Il leur faisait psalmodier en commun, sur un ton monocorde et parfois pendant des heures, d'étranges litanies dont il était le seul inventeur. La banalité et la simplicité des textes débités parvenaient à créer une force de persuasion comparable à celle du petit livre rouge écrit par celui qui avait été le grand timonier de la Chine nouvelle. C'était également une forme de pénitence complémentaire rappelant les dizaines de *Pater* ou d'*Ave Maria* dont le chanoine Clément gratifiait généreusement une Idalie Trochot ou autres habitués de son confessionnal.

Athanase estimait en effet, que lorsque l'un des *frères* ou l'une des *sœurs* avaient répété une cinquantaine de fois et à haute voix – en tenant les bras levés dans un geste de supplique vers le ciel imaginaire qu'il leur promettait – des phrases de ce genre : « *Je crois au Bien-Etre universel que seul peut répandre le* Mouvement de Libération de l'Esprit » ou bien : « *Je prends l'engagement formel de ne plus jamais penser uniquement à moi, mais à mes frères égarés qui n'ont pas encore pu rencontrer ma foi* », ou même : « *Jusqu'à ma mort, tous mes actes et toutes mes pensées ne seront plus consacrés qu'à l'épanouissement de notre mouvement* », non seulement le récitant sortait épuisé physiquement de ces séances collectives, mais son cerveau était vidé, incapable de s'appliquer à autre chose qu'aux prétendues vérités qu'il venait d'ânonner par cœur. C'était la technique du moulin à prières adaptée à un nouveau credo.

Jamais, dans aucune de ces formules incantatoires, le nom du fondateur n'était mentionné. Il n'y avait pas de : « *Je crois en la toute-puissance de frère Athanase.* » Ce dernier, sachant que cela risquerait de déchaîner un jour sur sa propre tête les foudres d'une société incompréhensive et totalement imperméable à la grande idée force de la suppression de péché universel, ne voulait pas être déifié comme l'exigeaient de leurs fidèles d'autres chefs de sectes plus ou moins concurrentes. Avec Athanase, c'était le mouvement lui-même qui était déifié : tout individu lui appartenant pouvait se considérer comme étant déjà une sorte d'élu sur terre puisque le seul but spirituel de son existence était de se débarrasser au plus vite de ses fautes successives. Mais Athanase prenait bien soin d'expliquer à ses adeptes, qui n'étaient que des mortels, qu'il admettait au-dessus de tous et de lui-même l'existence d'un Etre Supérieur qui avait tout créé. Il préférait d'ailleurs l'appellation de « Créateur » à celle de Dieu : elle permettait de tout englober sans heurter complètement les croyances initiales d'adeptes qui étaient venus à lui d'un peu partout et de toutes les religions. Le *M.L.E.* n'était pas une religion mais seulement un mouvement philanthropique. La croyance en ce Créateur – qu'il fût d'essence chrétienne, juive, bouddhique ou musulmane – était très utile au fondateur du *Mouvement de Libération de l'Esprit*. Ne lui permettait-elle pas d'affirmer – copiant en cela toutes les religions monothéistes – que seuls, lorsqu'ils passeraient de vie à trépas, les membres du *M.L.E.*, qui se présenteraient devant le juge suprême, débarrassés, grâce à la pénitence continuelle sur terre, de toutes leurs fautes, auraient droit aux félicités éternelles? Les autres, ceux qui avaient ignoré ou n'avaient pas voulu croire aux préceptes de bonté que frère Athanase avait eu la chance de découvrir après de longues méditations, seraient irrémédiablement voués aux ténèbres extérieures. Mais, ce qu'il ne fallait jamais oublier, c'était qu'une faute commise ici-bas ne pouvait être absoute que si elle était immédiatement lavée d'une façon ou d'une autre. C'était simple et ça prenait.

Les pénitences imposées par le *M.L.E.*, pour qu'on puisse atteindre au degré de perfection exigé, étaient aussi nombreuses que variées, appropriées surtout à chaque adepte selon la gravité de la faute. Chacun devait être capable, en s'accusant publiquement de ses méfaits devant ses *frères* et *sœurs*, d'évaluer lui-même le montant de la réparation salvatrice. La majorité de ces pécheurs permanents n'hésitait pas à recourir à la pénitence corporelle qui, en faisant souffrir la chair, purifie l'esprit. Un esprit purifié est un esprit libéré. Mais, si on le préférait, et si on en avait les moyens, on pouvait la remplacer par des sacrifices monétaires qui devaient être distincts de la cotisation mensuelle obligatoire et qui allaient rejoindre la caisse commune administrée par Athanase.

Pour trouver cet argent supplémentaire, le coupable devait le prélever sur les gains que lui procurait son travail ou son emploi dans la vie courante. C'était la grande raison pour laquelle Athanase se refusait énergiquement à recruter ses adeptes parmi des postulants n'ayant pas de situation stable ou ne possédant pas d'économies, si minimes fussent-elles. Ceux qui ne pouvaient vraiment pas donner au mouvement plus que la cotisation régulière et ne savaient pas où trouver la somme compensatrice d'une faute se trouvaient parfois dans l'obligation de voler : s'ils ne rapportaient pas le montant de l'amende qu'ils avaient eux-mêmes fixé, ils étaient mal vus de la communauté et même méprisés. C'était à qui rapporterait le plus! Cela créait une « sainte émulation », encouragée par le fondateur qui, sachant depuis longtemps que l'argent n'a pas d'odeur, ne voulait pas savoir d'où provenait cet argent qui tombait régulièrement dans sa caisse. Il fermait les yeux.

S'il arrivait à l'un de ces pourvoyeurs de se faire prendre en plein délit de larcin par l'un de ses parents ou de ses proches, par son employeur ou même par quelque policier trop zélé, il ne devait jamais révéler pour quel pieux motif il avait agi ni, surtout, que le produit du vol était destiné au *M.L.E.*! Il avait juré sur son âme, le jour même de son adhésion au mouvement, de rester obstinément muet si on l'interrogeait. Après tout, il ne faisait en cela que mettre en pratique l'une des théories les plus chères à *frère* Athanase selon laquelle le vol n'est jamais une faute quand il est perpétré pour une noble cause. Et – peut-être parce que la foi était immense au *M.L.E.*? – ce serment était presque toujours tenu. S'il arrivait que la force morale de l'un ou de l'autre des membres s'effondrât, ce qui se passa tout au plus cinq ou six fois au cours d'aveux n'ayant rien de spontané et faits à un tiers n'appartenant pas au mouvement ou au pire à un policier, il recevait le châtiment suprême : il était exclu pour toujours du *Mouvement de Libération de l'Esprit*. Si une enquête malveillante amenait un investigateur au siège, il y était reçu par Athanase en personne qui, après s'être indigné que l'on osât mettre en doute la probité du *M.L.E.*, certifiait qu'il ne connaissait pas le triste individu accusé de vol. Pour renforcer son dire, il allait même jusqu'à recourir aux témoignages des membres présents à ce moment-là au siège. Tous juraient qu'ils ignoraient l'existence du coupable. A chaque fois ce concert d'affirmations et de louanges dithyrambiques à l'égard de la pureté du mouvement réussissait. C'est dire que l'on y était bien organisé pour dormir tranquille.

La manne ainsi récoltée frauduleusement ne tardait pas à rejoindre, par les voies les plus détournées, le compte en banque personnel et numéroté qu'Athanase s'était fait ouvrir en secret sur les rives suisses du lac Léman dès que les affaires avaient commencé à bien tourner. Ce qui n'excluait pas en France l'existence d'un compte officiel, établi au nom du *M.L.E.* et ouvert ostensiblement dans une banque nationalisée, qui justifiait les mouvements de fonds effectués au grand jour pour les besoins courants de l'activité de l'organisation et qui apportait une preuve éclatante de sa légalité.

Les semaines, les mois, les premières années passèrent, voyant proliférer l'affaire. Après cinq années, elle rassemblait, dans la seule région parisienne, un millier d'adhérents. Bientôt, pour peu que la progression s'accentuât, il faudrait prévoir la création de filiales en province et même – pourquoi pas? – à l'étranger.

Les cotisations rentraient bien mais n'étaient quand même pas suffisantes pour assurer un parfait équilibre budgétaire ni surtout pour encaisser des bénéfices capables d'assurer définitivement la tranquillité financière du fondateur. Aussi ce dernier avait-il compris, six mois à peine après avoir recruté son premier adhérent, qu'il ne faudrait pas trop attendre avant de susciter les donations de commanditaires qui, tout en n'appartenant pas eux-mêmes au *M.L.E.*, se montreraient enclins à l'aider. Ce ne seraient pas de simples *frères* ou de simples *sœurs*, mais ils auraient, à condition qu'ils sachent faire preuve d'une extrême générosité, le droit de porter le titre de *frère bienfaiteur* ou de *sœur bienfaitrice*. Le moyen le plus efficace et le plus rapide de trouver ces nouvelles dupes de choix était de faire parler les adhérents pour savoir s'il n'y aurait pas, dans leurs familles ou parmi leurs relations, quelqu'un d'aisé qui serait capable de s'intéresser matériellement au mouvement grandissant. L'entourage immédiat des adhérents déjà subjugués intéressait tout particulièrement Athanase... Pendant des semaines, tout en donnant à ceux qu'il interrogeait l'impression qu'il ne leur posait des questions sur certaines situations de fortune de leurs parents ou de leurs amis que pour mieux les aider à se libérer d'un capitalisme toujours ennemi des bons sentiments, le fondateur du *M.L.E.* parvenait à se faire une première idée sur de nouvelles perspectives de financement. Idée qu'il creusait doucement et dont il vérifiait le bien-fondé par ses investigations personnelles faites avec la plus grande discrétion. Quand il était sûr de ne pas se tromper, il n'hésitait pas à dire à celui ou à celle qui lui servait d'intermédiaire presque inconscient pour frapper indirectement à la bonne porte :

– *Frère* Robert, ne m'avez-vous pas dit un jour que vos chers parents avaient une relative aisance ?

– C'est exact, mais ils se montrent toujours méfiants chaque fois que je leur demande de l'argent.

— Leur avez-vous seulement parlé de notre *M.L.E.*?

— Je n'ai pas osé...

— Vous avez eu tort. C'est une faute grave de votre part que d'avoir ainsi honte de notre activité! Je suis convaincu que vos parents seraient très heureux de savoir que vous ne perdez pas votre temps, à vos heures de loisir, en distractions stériles. J'ai l'impression, s'ils apprenaient que vous consacrez tous vos moments de liberté à une œuvre sociale, qu'ils se réjouiraient et seraient fiers de vous! Je pense même qu'ils iraient jusqu'à vous aider d'une manière ou d'une autre à intensifier votre apostolat.

— Comment cela?

— Je ne sais pas, moi... En vous remettant, par exemple, une somme d'argent destinée au *M.L.E.* qui serait pour eux une façon comme une autre de vous prouver qu'ils ne demandent qu'à vous aider dans l'action humanitaire que vous avez choisie.

— Je vais essayer de les convaincre.

— Il le faut, mon *frère*, pour intensifier notre rayonnement! C'est là pour vous un devoir impérieux puisque vous avez la chance d'appartenir à une famille fortunée, ce qui n'est pas le cas de la plupart de nos chers *frères* et *sœurs*... L'une des règles essentielles de notre mouvement n'est-elle pas que ceux qui ont des moyens suppléent aux défaillances de ceux qui n'en ont pas en apportant à notre caisse commune une contribution plus large qu'une simple cotisation?

— Et si mes parents refusent?

— Cela voudra dire qu'ils n'ont ni cœur ni sens civique et que vous avez très bien fait de venir vous joindre à nous qui sommes toujours prêts à accueillir les hommes de bonne volonté... Notez que, si vous ne réussissez pas dans votre démarche, cela n'aura aucune importance et n'empêchera pas le mouvement de vivre. Nous ne vous en ferons aucun grief et vous continuerez à rester parmi nous, œuvrant selon vos possibilités, même si celles-ci sont des plus modestes.

Parfois, quand Athanase posait la même question initiale à un autre *frère* ou à une autre *sœur*, la réponse de l'interrogé différait :

— Je n'ai pas parlé du *M.L.E.* à mon père qui ne comprendrait pas la pureté de nos intentions mais seulement à ma mère...

— Et qu'a-t-elle dit ?

— Que c'était très bien de ma part de me dévouer à une aussi noble cause et qu'elle verrait ce qu'elle allait pouvoir faire.

— Votre maman est une femme exceptionnelle ! Si elle a la bonté de vous remettre un don, si infime soit-il, n'oubliez pas de la remercier au nom de notre communauté.

Le plus souvent, maman s'exécutait et, de maman en maman, les fonds secrets s'étoffaient. Mais ce que guignait Athanase était la grosse commandite, discrète et régulière.

Parmi les recrues de fraîche date, il n'avait pas été sans remarquer un jeune homme blond, assez frêle d'apparence et surtout très timide, qui avait été amené au *M.L.E.* par un camarade qui, lui, était un adhérent des premiers jours. Ce garçon se nommait Sébastien Arban et avait indiqué, le jour de son adhésion, qu'il travaillait dans une entreprise d'alimentation. Pendant les premières semaines, tout en l'endoctrinant et en lui faisant mesurer, comme à tous les autres *frères* et *sœurs*, le poids de ses fautes passées, Athanase ne lui avait pas demandé trop de précisions sur sa profession. Mais — et cela, Athanase le savait aussi bien que le commun des mortels — le commerce de l'alimentation se révèle généralement comme étant d'un fructueux rapport. Aussi, un jour, demanda-t-il au jeune homme :

— *Frère* Sébastien, quelle est la nature exacte de votre emploi dans l'entreprise où vous travaillez?

— Je suis à la comptabilité.

— C'est une grosse affaire?

— L'une des plus importantes de France dans le genre : les *Conserves Dubois*...

Ce seul nom, pourtant si simple et tellement français, fit presque sursauter Athanase qui sut retrouver presque instantanément son calme habituel pour dire gentiment :

— Dubois? Mais, n'est-ce pas ce personnage que l'on a surnommé « l'Empereur du surgelé »?

— C'était mon oncle Aristide.

— Votre... Pourquoi c'était?

— Il vient de mourir.

— Toutes mes condoléances. Vous l'aimiez beaucoup?

— C'est-à-dire qu'il était mon unique parent masculin. Mon père, dont je me souviens à peine, est mort alors que je n'étais encore qu'un enfant. Ma mère est la sœur d'Aristide.

— Il avait des enfants?

— Non. Et pourtant, il s'est marié deux fois...

— Vous avez des frères et sœurs?

— Non.

— Votre oncle n'avait pas un frère ou une sœur qui aurait pu lui donner des neveux?

— Je suis le seul et même son filleul.

— Mais alors, vous êtes son héritier?

— Je l'étais en principe. Seulement il y a ma tante Eliane, sa seconde épouse. C'est elle qui vient d'hériter de la fabrique.

— Et Mme votre mère?

— Elle n'a jamais été dans l'affaire. Mon père était architecte et mon oncle ne s'est jamais très bien

65

entendu avec lui. Il s'était même, m'a dit ma mère, montré hostile au mariage qu'elle avait fait.

— Ce sont des choses qui arrivent dans les meilleures familles... Il vous aimait quand même bien, cet oncle?

— Je le crois, mais...

— Mais quoi, cher *frère*?

— Maman m'a souvent fait comprendre que l'oncle Aristide trouvait que je n'avais pas assez d'envergure pour lui succéder à la tête de l'entreprise.

— Quelle déplorable idée! Parce que enfin j'ai eu le temps de vous observer depuis que vous êtes des nôtres... Non seulement vous dégagez la sympathie mais vous donnez l'impression d'être aussi intelligent que réfléchi... Peut-être un peu timide? Mais, ce n'est pas grave : c'est là un petit défaut qui s'arrangera vite quand vous prendrez conscience de vos responsabilités... Alors, qui est, maintenant, à la tête des *Conserves Dubois* depuis la disparition de votre oncle?

— Sa veuve : tante Eliane. Bien sûr, elle est assistée d'un directeur qui, lui, est depuis très longtemps dans l'affaire, mais la seule vraie patronne, c'est elle.

— Une femme de tête, sans doute?

— Oh, oui! Elle sait très bien ce qu'elle veut! Et elle est encore jeune : elle n'a que trente ans.

— Jolie femme peut-être?

— Elle a surtout été très dévouée à mon oncle qu'elle a soigné jusqu'à ses derniers moments... Maman prétend qu'elle a surtout su se montrer habile parce que, avant d'épouser mon oncle, elle avait déjà soigné, pendant deux années, sa première femme, ma tante Adèle.

— Je commence à comprendre... Ne m'en veuillez pas si je vous pose une question sans doute un peu indiscrète : votre père, M. Arban, a-t-il laissé une fortune lorsqu'il est mort?

— Aucune : son cabinet d'architecte n'a jamais très bien marché. Maman s'est retrouvée pratiquement ruinée le jour de sa disparition, avec moi à sa charge. S'il n'y avait pas eu l'oncle Aristide, qui a subvenu à nos besoins et qui a payé mon éducation, je ne sais pas ce que nous serions devenus!

— Je comprends de mieux en mieux... En somme, votre seul espoir était que votre oncle fasse de vous son héritier? Malheureusement, il y a eu la tante Eliane, sa jeune veuve qui n'a que trente ans... Vraiment, ce n'est pas de chance! Pourtant, votre oncle vous a quand même fait entrer dans son affaire puisque vous y travaillez à la comptabilité?

— Quand j'ai eu dix-huit ans, après n'avoir pas tellement bien réussi dans mes études, il m'a fait passer dans tous les services de l'entreprise pour y accomplir ce qu'il appelait des stages. Seulement, dans aucun de ces postes je ne me suis senti très à l'aise... Je ne crois pas que je sois fait pour le commerce! L'oncle, qui s'en était rendu compte, m'a d'ailleurs dit après les deux premières années : « Puisque tu ne me donnes pas l'impression de pouvoir être utile à la préparation de mes surgelés, il ne te reste plus qu'une chance chez moi : entrer dans le service de comptabilité. » Ce que j'ai fait. J'y suis toujours et je crois ne pas trop mal me débrouiller.

— Vous dirigez ce service?

— Oh, non! Je n'en serais pas capable! Actuellement, je ne suis que le troisième aide-comptable. Il y a six mois, je n'étais encore que le quatrième et, l'année dernière, seulement le cinquième...

— Je vois... Ça vous plaît quand même un peu la comptabilité?

— Oui, parce que je suis assis dans un bureau et

plus dans l'usine même, où il y a trop de va-et-vient.

— J'ai déjà remarqué que vous étiez un garçon paisible... Et avec nous, vous êtes heureux?

— Comme je ne l'avais encore jamais été! Le *M.L.E.* est devenu pour moi ma vraie famille.

— C'est là le souhait le plus ardent que je peux formuler pour assurer le bonheur de nos chers *frères* et *sœurs*... Tous sont d'ailleurs dans le même état de grâce que vous depuis que leur esprit a été libéré... Ils se sentent apaisés. Seulement cette quiétude ne doit pas se transformer en une sorte d'indolence. N'oublions pas que l'oisiveté est mère de tous les vices! Chaque fois que vous vous échappez de la sinistre comptabilité des *Conserves Dubois*, votre devoir est de rejoindre le *M.L.E.* avec une vitalité accrue et, surtout, l'intense volonté de l'aider à se développer encore davantage. Il ne doit y avoir aucune limite dans l'ascension vers le Bien! Ce n'est pas parce que vous payez régulièrement votre cotisation mensuelle et que vous faites preuve d'assiduité à nos séances de relaxation de l'esprit que vous vous acquittez de votre mission sacrée de propagandiste! Ce n'est pas suffisant, *frère* Sébastien! Il faut aller beaucoup plus en avant dans l'action! Je sais aussi que votre timidité naturelle vous incite à rester toujours un peu derrière les autres : il faut absolument la vaincre! Etre timide à ce degré risque de devenir une faute grave et permanente dont vous ne pourrez effacer les effets destructeurs que par un revirement complet de votre façon d'être. Il faut relever la tête, foncer carrément et accomplir l'action d'éclat réparatrice qui lavera votre conscience.

— Je sais bien, *frère* Athanase, mais quelle action d'éclat pourrais-je faire?

— Votre tante Eliane a-t-elle pour vous un peu plus d'estime que n'en avait son défunt époux?

— Je me le demande. On ne sait jamais très bien ce qu'elle pense... En ce qui me concerne, la seule chose que j'aie pu constater est qu'elle ne m'a pas fait mettre à la porte le jour où elle est devenue la présidente de l'affaire... Il y a même plus; un jour où elle visitait l'usine en compagnie du directeur, elle a passé dans les bureaux de la comptabilité et m'a dit en me voyant : « Toujours content à ton poste, Sébastien? » Comme j'ai répondu : « Oui, ma tante », elle a ajouté : « Tu sais que tu es ici chez toi. Ton cher oncle t'aimait beaucoup plus qu'il ne le laissait paraître et il m'a fait promettre, avant de mourir, de continuer à veiller sur ton avenir. » J'avoue que ces paroles m'ont fait plaisir.

— Votre avenir? Mais, c'est de devenir un jour à votre tour le patron des *Conserves Dubois*, puisque votre tante n'a pas d'héritier! C'est là une idée qu'il faut absolument enfoncer dans son esprit! Vous me comprenez?

— Oui... D'ailleurs, maman m'a dit, il y a quelques jours : « Sais-tu ce que vient de me confier ta tante avec qui j'ai déjeuné? Qu'elle avait la ferme intention, pour respecter la volonté de son mari, de te laisser plus tard l'affaire. »

— Voilà une excellente intention! Mais pour que votre tante persévère dans une aussi louable décision, c'est à vous de lui prouver maintenant que vous êtes tout à fait capable de mériter une pareille promotion. Il faut vous secouer, mon garçon! D'ailleurs, je vais vous aider.

— Vraiment? Oh, merci *frère* Athanase!

— Vous me remercierez plus tard quand vous serez devenu le président. Dites-moi : j'espère que vous voyez quelquefois votre tante en dehors des moments où elle se promène dans la fabrique?

— Maman et moi, nous déjeunons chaque samedi chez elle. C'est pourquoi je ne peux jamais arriver ici ce jour-là avant quinze heures.

— Le *M.L.E.* ne vous le reproche pas puisqu'en déjeunant avec votre tante vous continuez à lui rendre service... Oui, vous devez profiter sans tarder de ces samedis providentiels pour commencer à parler à tante Eliane du but social de notre mouvement : ce sera la seule pénitence qui contrebalancera votre ridicule timidité.
— Jamais je n'oserai...
— Jamais n'est pas un mot français! Sachez vous montrer à la fois simple et éloquent... Avez-vous seulement parlé de nous à votre mère?
— Je n'en ai pas eu le courage.
— Le courage! Comme s'il fallait en avoir pour faire éclater une vérité : celle de la nécessité absolue de l'existence de notre mouvement dans le monde pourri où nous sommes contraints de vivre aujourd'hui! Vous allez rentrer chez vous et, dès ce soir, vous mettrez Mme Arban dans le sublime secret de votre activité sociale que vous lui avez cachée jusqu'à ce jour. Une maman qui a un fils unique est toujours prête à comprendre les aspirations intimes de son enfant... Vous aimez votre mère?
— Comment ne l'aimerais-je pas? Je n'ai qu'elle.
— ... Et votre tante qui entrera après dans nos vues! Quand votre mère sera dans le secret, vous verrez qu'elle deviendra votre plus grande alliée en vous aidant à vaincre un sentiment de méfiance possible de sa belle-sœur. A deux, on est beaucoup plus forts pour affronter l'ennemi... Aussi bien vous que votre mère devez considérer la tante Eliane comme étant une ennemie, jusqu'au jour où elle souscrira aveuglément aux idées généreuses du *M.L.E.*! Dès que ce sera un fait acquis, vous me ménagerez une rencontre avec elle... Je saurai la convaincre de prendre sans tarder des dispositions pour que vous deveniez son seul successeur à la tête de l'entreprise : je le lui imposerai comme

pénitence d'avoir su capter une fortune qui vous serait revenue de droit si elle n'était pas entrée dans la vie de votre oncle. Car, vous le savez, *frère* Sébastien, tout le monde sans exception, y compris votre tante, est coupable de quelque chose! Nous devons tous expier : les grands de la terre et les humbles, les pauvres et les riches, ceux qui ont de la chance et ceux qui n'en ont pas! Demain soir, en sortant de votre travail, quand vous reviendrez vous retremper ici dans le sein du mouvement, vous me direz quelle a été la première réaction de votre maman et je vous conseillerai pour que vous puissiez continuer chaque soir à enfoncer dans son cœur de mère l'idée-force qu'en dehors du *M.L.E.* il n'y a plus ici-bas d'espérance possible de salut. Nous agirons ainsi de soir en soir jusqu'à samedi prochain, jour du déjeuner chez la tante : le premier où vous l'attaquerez avec l'aide précieuse de votre mère. Jusqu'à ce qu'arrive enfin le grand jour, le jour J de ma conversation avec la tante. Vous pouvez compter sur moi : je saurai trouver les arguments décisifs qui assureront définitivement votre avenir. Quand ce sera fait, grâce aux ventes de plus en plus intensives de surgelés, vous aurez à votre disposition des moyens financiers considérables qui ne feront plus de vous un simple propagandiste, comme la plupart de vos *frères* et *sœurs*, mais l'un des véritables bienfaiteurs du mouvement. Cette pensée ne vous ravit-elle pas?

— Elle me comble de joie intérieure! Où serais-je sans vous, *frère* Athanase?

Ces dernières paroles, lancées avec véhémence par Sébastien, avaient déjà été entendues par Athanase une première fois dans la bouche d'Idalie Trochot et ensuite dans toutes les voix des adhérents depuis que le *M.L.E.* avait pris son essor.

— *Frère* Sébastien, il ne vous reste plus qu'à passer à l'action! Vous ne pouvez pas ne pas réussir puisque vous êtes soutenu par mon entière approbation. Et dites-vous que c'est tout notre mouvement qui compte sur vous!

L'ennui fut que le timide Sébastien ne se révéla pas, aussi vite que le souhaitait Athanase, comme étant un intermédiaire très convaincant. Malgré toutes les confidences qu'il fit à sa mère sur son activité secrète, suivies chaque soir des conseils et des exhortations d'Athanase, Mme Arban se montra des plus réticentes à souscrire à l'enthousiasme juvénile de sa progéniture. Et, quand il lui annonça qu'il avait également l'intention de parler du *M.L.E.* à la tante Eliane, elle l'en dissuada vivement :

– Ah, ça! Serais-tu complètement stupide? On voit bien que tu n'as pas appris à connaître ta tante comme moi! Mais elle va te rire au nez, mon pauvre garçon! De plus, la révélation que tu t'es laissé embrigader dans une secte aussi insensée sera d'un effet déplorable sur les bonnes intentions qu'elle nourrit à ton égard... Ce serait de la démence de ta part de lui parler de ce prétendu *Mouvement de Libération de l'Esprit*! Tu vas me faire un double plaisir : celui de te taire devant Eliane et de quitter immédiatement cette bande d'inutiles! Pense d'abord à toi avant de te préoccuper du bonheur des autres... Et eux, qu'est-ce qu'ils font pour toi?

– Ils m'ont apporté ce que je n'ai pas connu jusqu'ici et que vous-même ne m'avez pas enseigné : l'esprit de sacrifice et de dévouement pour une cause commune sans laquelle une existence ne mérite pas d'être vécue!

– Fais attention, Sébastien! Je te sens sur une pente dangereuse... Tu ne peux pas savoir les ravages qu'ont déjà faits dans le monde ces genres de mouvements qui se cachent sous des apparences philanthropiques! Ce sont les pires ennemis de la famille, de ta propre famille qui – que tu le veuilles ou non – existe encore puisque ta tante et moi sommes heureusement auprès de toi pour t'aider à réussir et pour te protéger. Je te garantis que si ton oncle Aristide t'avait entendu t'exprimer comme tu viens de le faire avec moi ces derniers jours, il n'aurait pas attendu longtemps avant d'y mettre bon ordre! Mais qu'ai-je donc fait au ciel pour avoir un fils unique qui n'est déjà pas tellement brillant et qui se laisse entraîner dans une aventure pareille! D'abord, qui dirige ce mouvement?

– Un homme admirable : *frère* Athanase.

– *Frère* Athanase! C'est un religieux?

– Sa religion est la plus sublime de toutes! Pas une ne l'égale parce qu'elle ne veut que le Bien du monde en nous faisant comprendre à tous que nous ne sommes que des pécheurs devant racheter nos fautes pour avoir droit enfin à la félicité qui nous manque.

– Tes fautes! Mais, mon garçon, tu es incapable d'en commettre la moindre! Tu es trop pur... Je dirai même : trop innocent.

– Oh! non, maman! Comme vous, comme tous les humains, je ne suis qu'un misérable.

– Sébastien, ça suffit! Tu vas me donner l'adresse de cet Athanase et j'irai le trouver pour lui demander des explications.

– Je ne suis plus un petit garçon. Je suis majeur et j'ai le droit de faire ce que je veux!

– Jamais tu ne m'as encore parlé ainsi! Qu'est-ce qui t'arrive? C'est la fréquentation de ce mouvement qui t'a fait changer à ce point?

– En me facilitant la libération de mon esprit, il m'a permis de me débarrasser de toutes les contraintes bourgeoises que vous m'avez imposées.

– J'ai l'impression qu'au lieu de te libérer, ce mouvement t'a plutôt enchaîné! Dès que tu as un moment de libre, un jour de repos ou de congé, tu t'y précipites! Mais qu'est-ce que vous pouvez dire ou faire lorsque vous vous retrouvez tous ensemble?

— Nous nous confessons mutuellement de nos fautes et nous les expions par des pénitences publiques qui nous contraignent à nous humilier devant autrui : cela nous rend plus forts ensuite...

— Des pénitences morales ou physiques?

— Les deux...

— Tu ne vas quand même pas me dire que vous allez jusqu'à des flagellations collectives?

— Quand nous sentons que nous les méritons, si. Regardez mon dos et ma poitrine...

Avec des gestes rapides, il s'était débarrassé de son veston, de sa cravate et de sa chemise, découvrant à sa mère effarée son torse nu, strié de traînées rouges :

— Hier, j'ai été châtié devant la communauté et j'en rends grâce au *M.L.E.*!

— Malheureux! Mais, pourquoi t'a-t-on infligé cela?

— Parce que je n'ai pas encore eu le courage de parler à tante Eliane de la grandeur de notre mouvement!

— Des fous, tous des fous! Le siège de cette secte n'est qu'une maison d'aliénés!

— Ce n'est pas le siège d'une secte, mais le temple de l'amour absolu!

— Je réalise enfin pourquoi, depuis ces derniers mois, tu ne manges presque pas : c'est sans doute aussi par pénitence?

— Les nourritures terrestres ne doivent être absorbées que pour survivre et jamais par plaisir : ce qui dégrade l'individu.

— Mais, si tu voyais comme tu es maigre, mon pauvre petit! Tu n'as jamais été bien gras, ni fort, mais maintenant, grâce à ces pratiques scandaleuses, tu n'es plus qu'un squelette!

— Jamais je ne me suis senti mieux, maman. Je suis libéré de tout!

— C'est effrayant ce qu'ils ont réussi à faire de toi! Et vous êtes nombreux?

— De plus en plus nombreux.

— Rien que des hommes?

— Il y a aussi des femmes.

— Jeunes comme toi?

— Il y en a de tous les âges : des jeunes, des plus vieilles et même des âgées.

— Ce n'est pas vrai? Des femmes... de mon âge?

— Ce sont les plus heureuses parce qu'elles ont attendu plus longtemps que nous avant de connaître enfin la libération totale.

— Il y a aussi des hommes mûrs?

— Nous les appelons les *frères aînés*... D'ailleurs, l'âge ne compte pas chez nous puisque nos pensées sont toutes rajeunies! Jeunes et moins jeunes se mélangent...

— Qu'est-ce que tu dis?

— C'est cela la vraie liberté.

— Quand vous êtes réunis, vous avez des relations sexuelles entre vous?

— Cela arrive... *Frère* Athanase estime que l'accouplement sexuel n'est pas une faute à condition qu'il soit librement consenti de part et d'autre. Il affirme aussi que l'acte d'amour est l'un des meilleurs moyens de rapprocher les êtres entre eux.

— Il a trouvé ça tout seul, ce génie? C'est affolant! Ça t'est arrivé?

— Pas encore, mais, j'y pense.

— Tu feras à ta mère le plaisir de rester tranquille pour le moment. C'est déjà bien suffisant que tu ne songes plus qu'à te libérer l'esprit!

— Mais, maman, c'est l'une des méthodes conseillées par les règles du *M.L.E.* pour y arriver!

— Nous vivons à une époque de démence! Et la

drogue, c'est sans doute autorisé aussi par ton monsieur Athanase?

— Il l'interdit formellement ainsi que toute boisson alcoolisée : mes *frères* et *sœurs* ne boivent que de l'eau.

— C'est encore heureux.

Ce dont Catherine Arban ne se doutait pas, c'était que, contrairement à ce qu'elle pensait, Athanase était tout, sauf fou. Il savait très bien que, quand la drogue s'introduit quelque part, cela peut devenir dangereux aussi bien pour le recrutement des adeptes que pour la tranquillité policière d'un groupe d'individus.

— Mais, en dehors de ces pratiques où il n'est question que de confessions, de pénitences et d'expiation, faites-vous autre chose? Avez-vous quand même une activité constructive?

— Nous préparons le monde de l'avenir.

— Comment cela?

— Quand les hommes ne commettront plus aucune faute, le bonheur universel régnera enfin sur la terre.

— Et on est arrivé à vous faire croire ça? Mon pauvre enfant! Te voilà dans de beaux draps! Es-tu seulement capable d'avoir assez de volonté pour en sortir?

— Je n'essaierai jamais, puisque je suis heureux.

— Mais, enfin, tu ne l'étais donc pas avec moi et avec ta tante qui remplace maintenant ton oncle? Bien sûr, ton père n'a pas laissé de fortune, mais heureusement, ton oncle a été là pour y parer et pour que tu ne manques de rien. Il t'a même offert une situation, modeste sans doute, mais sûre... Et, pour peu que tu persévères, un jour, les *Conserves Dubois* seront à toi. Tu en connais beaucoup, de tes camarades, qui peuvent espérer avoir une pareille chance?

— Je n'ai jamais eu de camarade. Dès que je

croyais en avoir trouvé un, vous vous arrangiez toujours, mon oncle et toi, pour me persuader qu'il n'était pas assez bien pour moi et je me retrouvais seul... Aujourd'hui, c'est différent : grâce au *M.L.E.*, j'ai une foule d'amis qui m'aiment, qui m'entourent et qui me réconfortent. Si je devais quitter le *M.L.E.* qui est devenu ma vraie famille, je crois que j'en mourrais!

— Tais-toi! Je ne veux plus jamais t'entendre dire de pareilles sottises... Et surtout, pas un mot de tout cela à tante Eliane! Ce serait une catastrophe... Tu m'as bien compris?

— Oui, maman. Je ne lui dirai rien.

— Le *Mouvement de Libération de l'Esprit*! On croit rêver...

Quelques semaines s'écoulèrent pendant lesquelles Sébastien devint de plus en plus nerveux, irascible, taciturne et maigre. L'inquiétude de Catherine grandissait : dès que son fils avait des heures de loisir, il se rendait au siège où *frère* Athanase continuait à le chapitrer tout en lui prodiguant des conseils de prudence. Il savait prendre ses précautions :

— Surtout sachez conserver votre calme! Nous parviendrons bien tôt ou tard à faire la conquête de votre tante, même si votre mère s'y oppose. *Patience et longueur de temps...* Comme tous vos *frères* et *sœurs*, gardez la sérénité devant l'adversité!

Un samedi où Sébastien, après s'être excusé auprès de tante Eliane sous prétextes de courses urgentes à faire, était reparti de chez elle dès que le déjeuner avait été terminé, Catherine et sa belle-sœur s'étaient retrouvées l'une en face de l'autre :

— Mais, qu'est-ce qu'il a aujourd'hui, votre fils? demanda Eliane. Je le trouve bien pressé! Cela l'ennuie donc de venir ici?

— Pas le moins du monde, avait protesté mollement la maman. Vous savez bien qu'il vous adore.

— Je ne lui en demande pas tant! Et, puisque nous parlons de lui, j'estime qu'il est de mon devoir de vous confier qu'il m'inquiète depuis quelque temps... Je ne sais pas ce qu'il a, mais, je le trouve bizarre... De plus, il a très mauvaise mine. Ne croyez-vous pas qu'il couve une maladie ou bien qu'il nous cache quelque chose qui l'obsède? A moins... et ce serait tout à fait normal à son âge... qu'il ne soit amoureux?

— Je préférerais de beaucoup qu'il en fût ainsi parce que au moins ça pourrait s'arranger.

— Qu'est-ce qu'il y a, Catherine? Je sens que, vous aussi, vous me cachez quelque chose.

— C'est épouvantable, Eliane!

Brusquement, la maman de Sébastien s'effondra, pleurant comme jamais sa belle-sœur ne l'avait vue faire et balbutiant dans sa crise de larmes :

— Mon pauvre enfant! Ils me l'ont volé!

— Qui cela « ils »?

— Ces misérables du prétendu *Mouvement de Libération de l'Esprit*...

— Qu'est-ce que c'est que ça?

— Une secte effroyable où on le flagelle!

— Quoi?

Et Catherine, ne pouvant plus conserver pour elle seule le secret ahurissant, raconta tout. Quand elle eut terminé, sa belle-sœur dit :

— Maintenant, ça suffit. Nous allons agir, ou plutôt, vous allez me laisser faire... Connaissez-vous au moins l'adresse du siège de ce mouvement?

— Sébastien n'a jamais voulu me la révéler mais un jour, alors qu'il partait précipitamment de la maison, comme aujourd'hui, pour s'y rendre – vous pouvez être certaine qu'en ce moment il y est déjà puisque aujourd'hui, samedi, il ne travaille pas –, je l'ai suivi, sans qu'il puisse s'en apercevoir, et j'ai découvert cette adresse dans le XVIIe.

— Donnez-la-moi. Dès lundi matin, jour où je sais que Sébastien ne pourra pas s'y trouver puisqu'il aura repris son travail au bureau de l'usine, j'irai voir cet Athanase pour lui poser quelques questions précises. Ça m'étonnerait qu'il ne me reçoive pas! Si c'était le cas, je reviendrai l'interroger en compagnie d'un inspecteur de police qui était un vieil ami de votre frère et, cette fois-là, je vous garantis que le bonhomme parlera! Nous n'allons pas nous laisser berner ainsi! Je vais agir exactement comme l'aurait fait Aristide.

— Méfiez-vous, Eliane! Cet homme est sûrement dangereux!

— Il ne me fait pas peur, ni personne!

— N'oubliez pas non plus que Sébastien est majeur et que nous ne pouvons pratiquement pas l'empêcher de faire ce qu'il veut.

— C'est ce que nous verrons! Pour le moment, promettez-moi, quand il vous reviendra ce soir ou demain dimanche, de ne pas lui dire que vous m'avez tout raconté sinon il pourrait prévenir son prophète.

— C'est promis.

— *Frère* Athanase! C'est inouï... Je savais que Sébastien n'était pas très intelligent, mais, à ce point, ça me dépasse!

Ce fut l'un des membres de la communauté qui entrouvrit à la visiteuse le petit guichet grillagé placé au centre de la porte d'entrée. Celle-ci dit sur un ton presque implorant :

— Ma plus grande joie serait d'être reçue par M. Athanase. Ayant entendu parler de cet admirable *Mouvement de Libération de l'Esprit*, je serais très heureuse d'y adhérer si l'on consentait à m'y accueillir.

La réponse fut laconique :

– Si vous voulez bien attendre, madame. Je vais voir si vous pouvez être reçue.

Quelques secondes s'écoulèrent avant que la porte ne s'ouvrît sur la silhouette du cerbère, un grand jeune homme brun dont le visage émacié était aussi pâle que celui du Sébastien des dernières semaines. Sa voix sembla se faire plus affable pour dire :

– *Frère* Athanase vous attend.

Après avoir longé un petit couloir assez étroit, qui sentait la moisissure et dont l'état de délabrement était visible, l'introducteur s'arrêta devant une porte où il frappa par deux petits coups discrets. Une voix faible répondit au signal par un « Entrez » trahissant une certaine lassitude. Tant de gens avaient déjà dû, dans la journée, frapper à cette même porte !

La pièce où se tenait Athanase, derrière une table-bureau encombrée de papiers et de dossiers, n'avait rien de luxueux. Là aussi, tout reflétait la vétusté. Le mobilier des plus sommaires se réduisait à la table quelconque et à trois chaises de cuisine : l'une sur laquelle était assis le fondateur du *M.L.E.* et les autres qui attendaient les visiteurs. Sur les murs, recouverts d'un papier peint gris uni et délavé par le temps, suintait la tristesse. Une lumière diffuse ne parvenait dans la pièce que par une fenêtre à croisillons dont les vitres sales laissaient entrevoir un jardinet à l'abandon.

A l'entrée de sa visiteuse, Athanase se leva, ce qui devait rarement lui arriver lorsqu'il accueillait de futurs adeptes. Sans doute venait-il d'être curieusement impressionné par l'élégance de bon ton de la jeune femme. Et il dit d'une voix qui se révéla encore plus feutrée que celle de l'introducteur :

– Veuillez vous asseoir, madame. Vous avez manifesté le désir de me voir ?

Debout, il se révéla de taille moyenne. Son costume noir, très simple, était de coupe médiocre et n'avait certainement pas été façonné par un bon tailleur. La cravate, noire également, jetait une note encore plus sombre sur une chemise dont la blancheur était assez douteuse. L'ensemble de la silhouette plutôt trapue ne donnait pas l'impression d'être très soigné. On sentait que le personnage n'attachait pas la moindre importance à l'appareil vestimentaire. La chevelure, encore abondante, était blanche, créant un curieux contraste avec le visage qui n'avait aucune ride. Ce qui frappa le plus Eliane fut le regard dont la clarté pouvait passer instantanément des lueurs de bonté et de mansuétude à une dureté fulgurante presque insoutenable. Mais cela ne durait que l'espace d'une seconde. Le plus souvent, c'était la douceur qui prédominait, douceur aussi suave que celle de la voix qui continua :

— Je vous écoute.
— C'est donc vous le célèbre « M. Athanase » dont on m'a tant parlé!
— Disons plus simplement que je ne suis que *frère* Athanase... Puis-je savoir qui vous a parlé de moi?
— Mon neveu qui appartient à votre mouvement et qui ne jure plus que par vous.
— Vraiment? Comment s'appelle-t-il?
— Sébastien Arban.
— Quel charmant jeune homme! Il n'a que des qualités... Seriez-vous cette bonne tante dont il m'a dit tant de bien?
— C'est moi : Eliane Dubois.
— Je suis enchanté, madame, de faire votre connaissance. *Frère* Sébastien m'a raconté tout ce que votre défunt mari et vous-même avez déjà fait pour lui... Et je suis convaincu que votre confiance en lui est des plus méritées : c'est un garçon de grand avenir.

— Garçon d'avenir ou pas, vous allez me faire le plaisir de le laisser tranquille et de ne plus vous occuper de lui! Sa mère et moi suffisons largement à remplir cette tâche... Qu'est-ce que vous lui voulez exactement?

— Moi? Le sauver moralement! Je vous précise aussi que c'est lui qui est venu nous trouver et non pas le *M.L.E.* qui a été le chercher.

— C'est vous qui le dites! Sachez que ma belle-sœur et moi n'admettrons pas qu'il continue à fréquenter votre organisation. C'est un enfant qui a été élevé dans de bons principes et dont le seul tort est d'être trop crédule.

— Et vous le lui reprochez? Mais, vous n'en avez pas le pouvoir, madame! Il a le droit de croire à ce qu'il veut... Il est maintenant un homme, parfaitement conscient de ses agissements, qui n'a eu recours à nous que parce qu'il a réalisé, comme tous les membres de notre communauté, que seul le *Mouvement de Libération de l'Esprit* pouvait lui apporter la paix et la sérénité de la conscience qui lui faisaient cruellement défaut avant qu'il ne vienne se réfugier parmi nous.

— Vous vous moquez?

— Loin de moi une pareille pensée! J'ai trop d'estime pour votre famille et pour votre neveu... Seulement, je dois reconnaître que Sébastien Arban était dans un triste état spirituel lorsqu'il a frappé à notre porte de charité. Ici, nous n'accueillons le plus souvent que des âmes désespérées! Ce qui était son cas. Sa solitude morale était effrayante! Je puis vous affirmer que, grâce à nos conseils et à la sollicitude de tous nos chers *frères* et *sœurs*, il a beaucoup changé depuis quelque temps. Il est redevenu gai.

— Pardon?

— Vous ne l'avez donc pas remarqué?

— Il est de plus en plus sinistre!

— C'est là votre impression mais je vous certifie que vous êtes dans l'erreur la plus complète... *Frère* Sébastien a enfin trouvé la suprême joie intérieure de vivre une existence exaltante, entièrement consacrée à ce besoin impérieux, qui nous habite tous secrètement, de devenir meilleurs que nous ne le sommes par nature.

— Parce que, selon vous, nous sommes tous mauvais?

— Tous sans exception, madame! Nous ne sommes que de pauvres pécheurs ignorant le plus souvent que la seule façon de racheter nos fautes est d'avoir le courage de les expier. Ainsi, vous...

— Quoi, moi? Je n'ai pas l'impression d'avoir commis tellement de fautes depuis que je suis venue au monde!

— Vous croyez cela? Comme je vous plains! Vous non plus ne pouvez pas être foncièrement heureuse... Personne ne peut l'être tant qu'il n'adhère pas au *M.L.E.*

— Et que faites-vous des autres religions? Selon vous, elles ne comptent pas et ne servent à rien?

— Il est primordial que vous vous mettiez bien dans l'esprit que nous ne sommes pas une nouvelle religion mais seulement un mouvement purement philanthropique.

— Qui emploie, à ce qu'on m'a dit, de curieuses méthodes telles que la flagellation ou autres peines corporelles?

— Méthodes qui conviennent quand elles se révèlent nécessaires et qui, je tiens à vous le préciser, sont réclamées par nos *frères* eux-mêmes. Nous n'admettons que le volontariat dans tous les domaines. Quelqu'un qui ne se sent pas bien ni heureux au *M.L.E.* est toujours libre de le quitter à sa guise le jour où il le désire.

— Seulement vous vous arrangez pour qu'il n'ait même plus la force de le désirer! Savez-vous que, dans votre genre, vous êtes une sorte de monstre?

— Ce n'est pas ce que disent nos innombrables adhérents... Tout me porte à penser, au contraire, qu'ils me respectent et qu'ils m'aiment profondément. Si cela vous plaît de les interroger, je suis persuadé que tous vous le diront.

— Uniquement parce qu'ils ont peur de vous!

— Peur? Mais, madame, je crois être l'un des hommes les plus accessibles et les plus compréhensifs qui soient... La toute première règle que je me suis toujours imposée est de ne jamais violenter des consciences, mais de les aider à trouver le vrai chemin qui est celui de l'abnégation totale et donc de la vérité.

— La vérité selon *frère* Athanase? Si ce n'était pas aussi tragique, comme cela risque d'être le cas pour mon neveu, ça deviendrait presque risible!

— *Frère* Sébastien vous aurait-il fait des confidences selon lesquelles il se sentirait malheureux au sein de notre mouvement?

— Je n'ai nul besoin de ses confidences! Vous savez aussi bien que moi que Sébastien est un être renfermé qui ne se livre pas facilement. Je me suis simplement renseignée sur vos agissements, ce qui était plus sûr, et ça m'a suffi.

— Je serais curieux de savoir ce que l'on vous a dit de nous.

Pendant quelques secondes, elle resta interloquée. Evidemment, on ne lui avait rien dit du *M.L.E.* dont elle ignorait même l'existence quarante-huit heures plus tôt. Tout ce qu'elle en savait, c'était par sa belle-sœur qu'elle l'avait appris. Mais elle réalisa à cette seconde que l'homme était retors, dangereux peut-être, comme l'affirmait Catherine. Il fallait jouer serré et surtout agir très vite pour sauver son nigaud de neveu.

— Ecoutez, monsieur... que vous fassiez, ici ou

ailleurs, ce que vous voulez avec vos adeptes, cela m'indiffère, mais que vous vous en preniez à Sébastien, je ne saurai le tolérer! Peut-être l'ignorez-vous mais sachez que j'ai à ma disposition tous les moyens, financiers ou autres, pour vous ramener au plus vite à la raison. Ce sera simple : ou vous renvoyez aujourd'hui même mon neveu de votre *M.L.E.* en arguant d'un prétexte que vous aurez certainement l'habileté de trouver, ou je m'adresse à la police.

— La police? Mais, que viendrait-elle faire chez nous? Voilà des années que nous entretenons avec elle d'excellentes relations! Elle nous connaît et nous estime. Non seulement nous sommes un mouvement au grand jour qui ne se cache pas, mais aussi une association régie par la loi et dont les statuts sont déposés depuis longtemps. Nous ne sommes ni des fauteurs de troubles ni des révolutionnaires et encore moins une association de malfaiteurs! C'est là tout ce qui intéresse la police et c'est pourquoi nous n'avons pas à la redouter. Vous ne semblez pas avoir compris, malgré les vilains renseignements que vous prétendez avoir recueillis sur notre compte, que nous nous préoccupons uniquement de la survie spirituelle de nos membres. Le reste ne nous concerne pas.

— C'est ici votre siège?

— Pour le moment mais je crains, tellement nous avons pris d'extension, que nous ne soyons contraints prochainement de choisir un local plus vaste. Ce qui ne changera d'ailleurs rien à la noble mission que nous nous sommes tracée.

— Je serais curieuse de visiter ces locaux.

— Je vais me faire une joie de vous faire faire le tour complet de la maison et vous pourrez constater que nous n'avons rien à y dissimuler. Visite salutaire qui vous incitera peut-être à modifier radicalement votre opinion sur notre compte?

Avant de l'entreprendre, j'aimerais vous poser une petite question : pourquoi avez-vous dit à notre *frère* qui vous a ouvert la porte que vous aviez l'intention d'adhérer au *M.L.E.*?

— Il fallait bien que je trouve un moyen de pénétrer ici.

— Je préfère cette franchise. Si vous voulez bien me suivre?

L'hôtel n'étant pas immense, la visite fut relativement rapide. Dans une pièce du rez-de-chaussée, attenante au bureau et sensiblement plus vaste que celui-ci, il y avait de longues tables recouvertes de toile cirée et flanquées de chaque côté de bancs.

— Vous vous trouvez dans ce que nous appelons notre salle de travail qui nous sert aussi de réfectoire.

— Parce que vous nourrissez vos membres?

— Ceux qui ont manifesté le désir de loger pendant quelques jours dans notre siège qui prend alors pour eux l'allure de foyer. Notre règle veut qu'ils n'y séjournent pas trop longtemps pour éviter qu'ils ne prennent la déplorable habitude de ne venir ici que parce qu'ils y trouvent le coucher et le couvert. Il nous arrive parfois aussi d'en accueillir quelques-uns qui viennent de temps en temps partager un repas en commun pour se retremper dans notre atmosphère familiale.

— Vous mangez avec eux?

— Toujours. Ne dois-je pas donner l'exemple? Personne ne parle pendant ces repas où l'un de nos frères fait la lecture.

— Qu'est-ce qu'il leur lit?

— Les règles du mouvement pour qu'ils puissent s'en imprégner davantage et parfois aussi quelques extraits judicieusement choisis de la Bible.

— On trouve un peu de tout dans la Bible!

— C'est certain, mais c'est quand même un très grand livre.

— Qui fait la cuisine?
— L'une de nos *sœurs* volontaires. Ce n'est d'ailleurs pas toujours la même : tout dépend du temps libre que leur laissent leurs occupations civiles. Oh! C'est une cuisine tout ce qu'il y a de simple et même frugale.
— Je m'en doute. Ils paient leurs repas?
— Tout est compris dans le prix de la cotisation mensuelle. Ils ne versent un petit supplément que s'ils dorment : ceci pour l'entretien indispensable de la literie.
— Cette cotisation est de quel ordre?
— Modeste. Si je vous la chiffrais, vous n'en reviendriez pas. Vous vous demanderiez même comment nous parvenons à nous en sortir financièrement! Eh bien, c'est grâce à la quantité des repas servis quotidiennement, qui oscille entre douze et trente couverts et aussi avec l'aide des dons que nous recevons d'âmes bien intentionnées.
— On vous en fait beaucoup?
— Cela dépend, mais hélas, jamais assez! Certains jours, nous joignons péniblement les deux bouts, mais qu'importe, puisque nous avons la foi.
— Pourquoi ces deux lits contre le mur?
— Je vous l'ai dit : nous manquons de place... Alors, le soir, deux de nos membres s'allongent ici. Vous verrez, au cours de la visite, qu'il y a des lits à peu près dans toutes les pièces.
— Mais, pas dans votre bureau, à ce que j'ai vu?
— C'est exact, mais j'y dors quand même... assis sur ma chaise.
— Vous y parvenez? Ce ne doit pas être très confortable?
— Cela vient d'une longue habitude... On s'amollit le corps et l'esprit quand on couche dans un lit.
— Vous êtes un curieux personnage, monsieur Athanase.
— Je ne suis qu'un pauvre homme, madame, qui a

87

compris depuis longtemps que l'excès de confort est l'une des plus grandes tares de notre société décadente.

— Que se passe-t-il dans cette pièce, en dehors des repas?

— Nos membres y travaillent pour le mouvement en tapant des circulaires ou en y rédigeant des rapports sur leurs activités spirituelles. En ce moment, c'est une heure creuse parce que tous, sans exception, ont une occupation extérieure qui leur permet de vivre mais, quand ils sont là, c'est une vraie ruche. Le travail continu est également l'une des lois du *M.L.E.* Si vous voyiez nos *frères* et *sœurs* penchés sur ces machines à écrire, alors posées sur les tables et qui sont actuellement entassées dans ce coin de la pièce, vous seriez émerveillée! Nous continuons la visite?

— Je vous suis.

— Nous allons au sous-sol.

Un petit escalier en colimaçon débouchant au fond du couloir d'entrée les conduisit à une cuisine dont les accessoires étaient des plus rudimentaires.

— C'est ici que vos *sœurs* parviennent à préparer jusqu'à trente couverts?

— C'est là. Pourquoi souriez-vous?

— C'est stupéfiant.

— Ce le serait si cette habitation était bourgeoise, mais elle ne l'est heureusement pas! Chaque coin ou recoin de cette maison est un lieu de recueillement : même en faisant la cuisine, on ne doit penser qu'à nourrir son prochain et jamais à ses commodités personnelles.

— Qu'est-ce que c'est que ce cagibi sombre dont la porte est grillagée?

— La prison.

— Comment cela, la prison?

— Celle où beaucoup de nos membres demandent

eux-mêmes à être enfermés pour pouvoir méditer, dans l'obscurité et dans le silence absolu, sur des fautes qu'ils veulent expier.

— Ils y restent combien de temps?

— Ce sont eux-mêmes qui le décident. La durée du châtiment dépend de la gravité à laquelle ils estiment leur faute.

— Vous les avez bien dressés!

— Madame, nous ne cherchons à dresser personne. Pour nous, l'homme doit toujours conserver son libre arbitre. S'il se plie à certaines disciplines, c'est qu'il le veut. La visite du sous-sol est terminée. Voulez-vous voir le premier étage?

— Volontiers.

Dans chaque pièce de cet étage, dont les murs étaient aussi lépreux que ceux du rez-de-chaussée, il n'y avait pour tout mobilier que des lits en fer alignés par rangées les uns à côté des autres et dépourvus de draps. La literie ne se composait que d'un matelas peu épais et de deux couvertures en laine grossière. Fixées contre les murs, des penderies en bois permettaient d'accrocher des vêtements.

— C'est plutôt sommaire. Vous obligez vos adhérents à coucher « sur la dure »?

— Encore une fois, madame, ils ne sont contraints à aucune obligation. S'il y en a qui demandent à passer quelques nuits ici, c'est certainement parce qu'ils s'y sentent bien.

— Les commodités?

— La petite porte que vous voyez là, sur le palier.

— Et où se lave-t-on?

Athanase ouvrit une autre porte :

— Ici : de simples douches que nos *frères* et *sœurs* prennent collectivement, six par six. C'est simple mais suffisant et ça offre l'avantage de rester beaucoup plus propre que des baignoires après usage.

D'ailleurs, je ne sais pas où nous pourrions les mettre !

— Sans doute, les règles du *M.L.E.* interdisent-elles les bains ? Dans ces séries de six, vous séparez les sexes ou les hommes et les femmes sont-ils mélangés ?

— Chère madame, quand nous venons au monde, nous sommes tous nus et lorsque nous retournons à la terre, c'est pour y finir rapidement en poussière. Alors, ne pensez-vous pas qu'il est assez stupide de cacher nos sexes quand nous sommes vivants ?

— Ce qui veut dire que, si vous ne craigniez pas d'avoir quelques ennuis, vous seriez plutôt partisan de la nudité totale pour tous vos adhérents ?

— Non, madame. D'abord, la rigueur de nos climats l'interdit : nous ne tenons pas à ce que nos *frères* et *sœurs* meurent de froid ! Ensuite le *M.L.E.*, rigoureusement opposé à tout genre de scandale, ne fait qu'appliquer là l'un des préceptes de l'Evangile : *Malheur à celui par qui le scandale arrive...*

— Qu'y a-t-il au deuxième étage ?

— Notre salle de relaxation qui vous paraîtra, sans doute, être la plus intéressante : vous êtes à peu près sûre d'y rencontrer certains de nos membres auxquels vous pourrez poser directement toutes sortes de questions.

Pendant la montée de l'escalier, il expliqua :

— Avant que le *M.L.E.* ne s'installe ici, cette pièce devait être un ancien studio consacré aux arts : peinture, sculpture et peut-être salle de musique. Elle n'offre qu'un inconvénient : étant éclairée par de grandes verrières, on y étouffe l'été et il y fait froid l'hiver... Mais, nos *frères* et *sœurs* ne s'en plaignent pas.

— J'ai remarqué, en effet, qu'il ne faisait pas très chaud dans cette maison. Vous n'avez donc pas le chauffage ?

— Il existe bien une vieille installation à air chaud mais nous ne l'utilisons pas. Trop de tiédeur amollit l'esprit.

— Si je comprends bien, vous vivez ici comme des Spartiates?

— Sparte donna des êtres forts que le *M.L.E.* ne redouterait pas.

La pièce était grande et vide de tout mobilier à l'exception d'une toile de jute recouvrant le parquet. Quand la visiteuse y pénétra, précédée de son guide, il s'y trouvait une douzaine d'adeptes entièrement nus : quatre femmes et huit hommes. Dix d'entre eux étaient jeunes : entre dix-huit et vingt-cinq ans. Les deux autres — une femme assez corpulente et un homme aux tempes grisonnantes — paraissaient sensiblement plus âgés. Ce dernier ainsi que deux *frères* plus jeunes étaient allongés sur le sol, les yeux fermés et les bras en croix. Six autres, dont la femme aux formes adipeuses, s'adonnaient en silence à une étrange gymnastique dont la cadence était rythmée par un septième *frère* qui frappait le sol avec un long bâton rappelant un peu celui qu'utilisent les maîtres de ballet pour régler leur chorégraphie. Mais les mouvements des têtes, des bras et des jambes n'avaient aucune symétrie : chaque gymnaste donnait l'impression de faire ce qui lui plaisait. Les deux adhérents restants, une fille et un garçon accroupis dans un coin et le dos contre le mur, s'embrassaient dans une étreinte qui ne s'interrompit pas à l'entrée des visiteurs. Personne, d'ailleurs, ne prêta attention à la présence des nouveaux venus : c'était comme s'ils n'étaient pas là ou n'existaient pas. Chacun ne s'occupait que de ce qu'il faisait personnellement.

Après avoir contemplé ce spectacle assez insolite pendant quelques instants, Eliane demanda en désignant les trois qui étaient allongés :

— Qu'est-ce qu'ils font? Ils dorment?

— Pas du tout! Ils méditent...
— Sur quoi?
— Presque certainement sur ce qu'ils doivent faire pour continuer à racheter leurs fautes. Ils se concentrent... C'est pourquoi ils ferment volontairement les yeux. Rien ne vaut la position d'un crucifié pour se rapprocher des sommets de la solitude intérieure... Car ils souffrent! Voyez : sur le visage de l'un d'eux coulent même des larmes. Ce qui indique un commencement d'expiation.
— Et ceux-ci?
Elle avait désigné le groupe des gymnastes.
— Ils essaient, chacun à leur manière et sur le rythme martelé du bâton, la meilleure façon de trouver la position physique qui sera la plus propice pour leur permettre de se débarrasser des contraintes physiques qu'impose le corps et qui sont presque toujours néfastes à la libération de l'esprit.
— Mais, leurs gestes sont complètement désordonnés! On dirait des fous!
— Ce sont, au contraire, des sages qui recherchent dans ce désordre apparent de leurs propres mouvements une discipline qu'ils s'imposent eux-mêmes.
— Et ce couple qui s'embrasse et qui s'étreint avec passion? Ça va durer longtemps?
— Jusqu'à ce qu'ils parviennent l'un et l'autre à se trouver enfin dans la plénitude de l'abandon et de l'extase...
— Ce qui veut dire que ça se terminera par un accouplement?
— Logiquement, ce devrait être le seul aboutissement... Mais il peut aussi ne pas se produire. Ce qui signifiera que le moment n'est pas encore venu pour qu'ils puissent, en se perdant l'un dans l'autre, accéder au détachement total qui les arrachera à leur propre égoïsme : le Créateur n'est-il pas amour?

— On m'a toujours enseigné que, seul, Dieu est amour!

— Le mot Dieu n'est jamais prononcé dans notre mouvement. Nous l'abandonnons aux religions qui, elles, s'en servent beaucoup trop!

— Vous ne craignez pas de connaître de sérieux ennuis en appliquant des méthodes aussi libérales?

— Nous ne prescrivons rien. Ce doit être en cela que réside la plus grande force de notre mouvement. Je vous l'ai dit : chacun y fait ce qu'il veut à condition de ne penser, jour et nuit, qu'à la libération de son esprit... Vous n'êtes pas non plus ici chez des proxénètes ou devant des forcenés qui ne pensent qu'à l'amour en commun! Les accouplements ne se passent chez nous que s'ils sont librement consentis après longue réflexion, donc infiniment purs!

— C'est cela que vous appelez la relaxation?

— Ce n'en est que l'une des formes, comme la méditation des crucifiés au sol et la gymnastique... rien de plus!

— C'est tout ce que vous avez à me montrer?

— Strictement tout. Seriez-vous déçue?

— Je suis plutôt éberluée que vous ayez réussi à recruter autant d'adhérents en ne leur offrant pour les attirer que des pratiques vieilles comme le monde et qui n'ont rien d'original.

— Vous pensez sérieusement que ce n'est pas une originalité, aujourd'hui, d'obtenir que des êtres humains n'aient plus qu'une seule pensée en tête : se libérer de leurs fautes pendant tout le restant de leur vie?

Elle ne répondit pas. Sa pensée était ailleurs : tous ces *frères* et *sœurs* en délire collectif n'étaient même pas des fous mais de pauvres intoxiqués par une doctrine inepte. Le seul fou authentique de ce *M.L.E.* était cet Athanase. A moins que? Mais, elle hésita... Ce n'était pas possible! Tout cela était tellement pitoyable et dégageait tant de misère! Si ce bonhomme était un escroc, il n'aurait pas perdu son temps, depuis des années, à répandre son idée fixe de faute universelle parmi de tels illuminés! Il ne dormirait pas assis sur une chaise, ne partagerait pas leur maigre pitance, il serait vêtu correctement, il ne végéterait surtout pas dans un local aussi délabré! Il serait loin d'ici et roulerait sur l'or, profitant des meilleurs moments que pouvait encore lui apporter l'existence et courant l'aventure qui, seule, pouvait l'attirer.

Il n'y avait plus de doute à avoir : la jeune femme se trouvait en présence d'un authentique fou laissé en liberté. Le genre de fou le plus dangereux parce qu'il donne l'impression de rester toujours maître de ses réflexes et de savoir raisonner. Mais, comment le faire interner puisqu'il était assez habile pour se faire entourer de volontaires heureux du sort qu'il leur proposait. On ne pourrait même pas l'accuser d'attentat aux mœurs puisque tout le *M.L.E.* était consentant. A quoi bon interroger ces gymnastes improvisés, ces penseurs allongés, ce couple qui croyait incarner l'amour idéal? Tous, Eliane en était sûre, répondraient en chantant les mérites spirituels du *M.L.E.* et de son fondateur. Mieux valait revenir à l'unique raison pour laquelle elle était là :

– Si nous redescendions dans votre bureau?

Ils quittèrent la « salle de relaxation » dans la même indifférence des adeptes qu'ils avaient trouvée quand ils y étaient arrivés.

Athanase reprit place derrière sa table et Eliane sur son siège inconfortable. Il y eut un moment de silence et de gêne pendant lequel les deux antagonistes s'observèrent. Le visage glabre de l'homme demeurait impassible, celui de la femme était crispé. Enfin, elle parla :

— Je tiens d'abord à vous remercier de m'avoir fait visiter le siège de votre mouvement.

— Je vous sens un peu déçappointée. Avouez que vous vous attendiez à y faire des découvertes surprenantes!

— Il ne s'y passe pas grand-chose, en effet... Et, c'est justement parce qu'il en est ainsi que je réitère ma demande : rendez-nous Sébastien, à sa mère et à moi. Il n'a rien à apprendre ici.

— Son esprit s'y est déjà imprégné de tant de vérités essentielles, madame!

— Pour la dernière fois, je vous demande, monsieur, de rendre à mon neveu son entière liberté à l'égard du *M.L.E.* Je vous supplie même de le faire! Vous n'en êtes pas à attendre après les cotisations d'un garçon tel que lui : vous-même m'avez fait comprendre que vous risquiez de refuser des adeptes par manque de locaux suffisants. Un membre de plus ou de moins, cela doit vous indifférer?

— Ne croyez surtout pas cela! Un homme en plein désarroi spirituel doit être sauvé! C'est la raison d'être du *M.L.E.*

— Vous sauverez beaucoup mieux Sébastien en le mettant à la porte pour un motif ou pour un autre, comme je vous l'ai suggéré. Par ce geste, vous libérerez aussi votre mouvement en le débarrassant d'un garçon sans consistance qui, précisément parce qu'il n'a pas la moindre volonté, risque un jour de vous porter tort, ne serait-ce qu'en allant s'affilier à un mouvement concurrent du vôtre où il racontera n'importe quoi sur votre compte! L'ayant vu grandir, je prétends le connaître mieux que vous. Mon mari avait déjà tout tenté pour essayer de lui assurer une situation durable. Cela sans succès. Moi-même je reste décidée, pour respecter la volonté de mon époux, à persévérer mais je ne suis pas tellement sûre d'y parvenir! C'est un instable-né, qui est malheureusement affligé d'une maman l'aimant trop pour être capable de le diriger. Je crains qu'il ne s'intéresse jamais à rien.

— Je vous demande pardon, madame. Sébastien ne vit aujourd'hui que pour notre *M.L.E.*

— Parce que ça lui donne l'impression d'être occupé pendant ses moments de liberté! Malgré la sollicitude constante de sa mère, de son oncle et de moi, sans doute a-t-il toujours dû se sentir un peu seul? C'est une nature obstinément renfermée qui n'a jamais su se créer des amitiés.

— Sauf au *M.L.E.* où il a trouvé des dizaines d'amis...

— Ne croyez surtout pas que je sous-estime les efforts que vous faites pour amener nos semblables à une meilleure compréhension de leurs responsabilités morales, et je sais qu'aussi instable qu'il l'est Sébastien aurait pu s'acoquiner avec une organisation infiniment moins généreuse et moins charitable que la vôtre! Finalement, il vaut mieux qu'il ait échoué chez vous où je viens d'avoir la satisfaction de découvrir que je me trouvais en présence de quelqu'un tel que vous qui a, certes, des idées que je suis loin de partager mais qui, j'en suis maintenant convaincue, est un homme de cœur... Il n'y a qu'avec les gens sans cœur que les choses ne peuvent pas s'arranger. Cette visite plaide éloquemment en votre faveur. Il y a même, je vous l'avoue, une chose qui m'a profondément émue : cette misère cachée derrière laquelle vous savez vous dissimuler avec une grandeur d'âme qui vous honore. Malgré vos moyens, que je sens très limités, vous persistez à vouloir répandre une certaine forme de bien autour de vous. C'est d'autant plus admirable que c'est de plus en plus rare à notre époque... Non, laissez-moi parler... Je mesure à quel point vous devez avoir du mal à réconforter, à nourrir et parfois même à loger ceux qui viennent vous trouver alors qu'ils sont, comme vous-même avez su très bien me l'expliquer, dans un état de délabrement moral et spirituel effroyable! Vous avez même réussi à leur rendre une sorte de foi alors qu'ils ne croyaient plus à rien : ce qui est certainement le plus extraordinaire résultat de la mission dont vous vous estimez chargé.

Pendant tout le temps où la visiteuse avait prononcé ce panégyrique assez imprévu, *frère* Athanase avait baissé modestement les yeux avec l'humilité de ceux qui savent ce que le *Non sum dignus* peut vouloir dire. S'il avait pu rougir, sans doute l'aurait-il fait, mais son visage perpétuellement trop pâle devait le lui interdire. Elle continua :

— Aussi vais-je vous faire une offre dont les termes resteront strictement confidentiels entre vous et moi... Voilà : si vous annoncez ce soir à Sébastien, quand il viendra vous rendre visite après son travail dans mon usine, que vous ne pouvez plus le garder parmi vous...

— Mais, quelle raison pourrais-je invoquer, madame? Le *M.L.E.* n'a aucun motif de se séparer de lui! Il est l'un des plus fervents et des plus estimés de nos *frères*. Je vous l'ai dit : il n'a que des qualités et ses fautes elles-mêmes — puisque nous en faisons tous! — dont il cherche à se racheter chez nous sont rarement très graves. Si j'étais un confesseur de l'Eglise catholique, je dirais qu'il n'est coupable que d'un excès de péchés véniels! Aussi ai-je peur que la sanction que vous me demandez de prendre à son égard — c'en est une, madame, et terrible! certainement la pire de toutes pour un membre du *M.L.E.* : être exclu de notre mouvement! — ne soit considérée par lui comme n'étant qu'une injustice flagrante. Le *M.L.E.* est contre l'injustice! Et quelle sera sa réaction? Etant donné justement cette instabilité dont vous venez de parler, n'avez-vous pas l'impression qu'elle risque d'être catastrophique pour son avenir et pour la paix de sa conscience

97

qu'il avait commencé à retrouver au sein du mouvement? Il nous en voudra et si une indiscrétion indépendante de vous et de moi, mais qui est toujours possible, lui faisait savoir que c'est votre visite ici qui a été le véritable moteur de cette décision, je crains qu'il ne vous le pardonne jamais et qu'il ne devienne brusquement votre pire ennemi, à vous et à sa mère! Le fait même qu'il fasse partie du *M.L.E.* m'apparaît comme étant plutôt pour vous une garantie très sûre de sa compréhension à l'égard de sa propre famille. Disons qu'il a actuellement deux familles : la première, naturelle, venue de sa naissance et la seconde, providentielle, depuis qu'il a adhéré au *M.L.E.* Double famille que j'estime indispensable à son équilibre psychique. Alors pourquoi, dans ces conditions, son bonheur ne serait-il pas assuré par une discrète coopération établie entre nous à son sujet?

— Ce ne sera jamais réalisable : votre mouvement prône des idées qui sont diamétralement opposées aux nôtres. C'est pourquoi mon offre peut tout arranger : je vous propose de racheter — sans que ce terme puisse en quoi que ce soit offenser votre propre conscience — la liberté, et le mot ne me paraît pas trop fort, de Sébastien. Si vous prenez l'engagement immédiat d'agir ce soir dans le sens qui nous convient, je prends, moi, celui de vous faire don d'une somme qui vous permettra de subvenir pendant quelque temps aux besoins matériels que vous avez certainement. Que diriez-vous de dix mille francs?

Elle avait sorti de son sac un carnet de chèques, estimant que sa seule vue aurait peut-être de salutaires effets pour amener M. Athanase à une certaine compréhension. La voix du fondateur, qui jusqu'ici était restée douce, se fit sévère :

— C'est le prix auquel vous estimez le libre arbitre de l'un de nos *frères*?

— D'abord, le comportement de mon neveu a prouvé depuis longtemps qu'il était incapable d'avoir son libre arbitre : il est toujours de l'avis du dernier venu qui a parlé... Ensuite, le montant même de la somme prouve que j'estime à leur juste valeur les efforts du *M.L.E.*

— Si je consentais à accepter une telle transaction, cela signifierait-il que je devrais vous considérer, à l'avenir, comme étant l'une de nos *sœurs* bienfaitrices prévues par nos statuts?

— Pourquoi pas? On aide bien toutes sortes de bonnes œuvres : la vôtre n'en est-elle pas une?

— Vous me plongez, madame, dans une extrême perplexité... Certes, nous avons besoin d'argent pour secourir nos membres défavorisés par la fortune, mais j'aurais l'impression, si je vous écoutais, de commettre une véritable trahison à l'égard de votre neveu.

— Personne ne sera au courant de notre accord, à l'exception de vous et de moi. Vous n'avez nul besoin d'en parler aux autres *frères* et *sœurs* et, qui sait? ce ne sera peut-être qu'un début? Rien ne prouve qu'au cas où il vous arriverait de recourir à nouveau à mes services, je m'esquiverais. Personnellement, je vous trouve plutôt sympathique.

— Personnellement, je ne compte pas, madame! La seule chose qui importe est le développement du *M.L.E.*

— Un million ancien pourrait y contribuer?

— C'est effrayant! Vous me placez, moi, *frère* Athanase, devant un cas de conscience qui risque de me hanter jusqu'à la fin de mes jours et dont je ne pourrais, si j'acceptais l'offre, me confesser devant personne! On ne peut pas supporter à soi tout seul une lourde faute pendant des années! Cela va à l'encontre de notre doctrine de base... D'un autre côté, je vous sens tellement prête à faire preuve de bienveillance à notre égard que je ne sais plus trop quoi penser... Et, que feriez-vous de ce cher enfant si, selon votre expression, le *M.L.E.* le libérait de tout engagement ? Son avenir m'inquiète tout autant que vous ! Que deviendra-t-il ?

— Il continuera à travailler dans l'usine où je suis décidée à prendre au plus vite toutes dispositions pour qu'il puisse franchir les échelons qui le conduiront jusqu'au sommet, c'est-à-dire à la direction générale de l'entreprise. Dès que je le sentirai apte à remplir cette tâche, je saurai m'effacer... Ce n'est pas la place d'une femme que d'être à la tête d'une affaire d'une telle importance ! Il faut un homme, même si ce n'est que Sébastien... J'ai la conviction absolue de n'être actuellement par la force des choses, à la suite du décès d'un mari qui m'aimait et que j'adorais, que le lien de transmission voulu par le destin pour assurer le maintien indispensable des choses. Je n'assure qu'une période transitoire. Moi aussi, comme tous vos adhérents et comme tout le monde, j'ai une conscience qui m'oblige à agir ainsi... Une dernière fois, je vous en conjure, vous qui êtes un homme épris de justice, aidez-moi ! Cela fait partie de votre devoir d'apôtre laïc : acceptez, monsieur Athanase, et vous verrez que nous deviendrons les meilleurs amis du monde !

— Ce que vous venez de me confier sur la façon dont vous envisagez l'avenir pour votre neveu me réconforte un peu... D'ailleurs, dès le premier instant où je vous ai vue entrer dans cette pièce, j'ai pensé que vous deviez être une personne de grande qualité, mais je n'aurais jamais cru que ce serait à ce degré ! Comme vous venez de m'en donner la preuve, je n'ai plus le droit de refuser ce que vous me demandez : vous pouvez considérer, dès maintenant, que Sébastien n'appartient plus à notre mouvement. Je vous l'abandonne entièrement, mais promettez-moi de ne pas le lâcher jusqu'à ce qu'il ait donné la preuve qu'il peut être capable d'assumer les lourdes responsabilités auxquelles il sera appelé.

— Comptez sur moi!

— Et s'il vous arrivait, à l'avenir, de vous trouver devant quelques difficultés dues à sa faiblesse de caractère, n'hésitez pas à venir me voir... J'essaierai de vous conseiller au mieux de vos intérêts.

— Je n'y manquerai pas. Voyez-vous, c'est très curieux... Quand je suis arrivée ici, j'étais pleine de méfiance et décidée à faire une action d'éclat si c'était nécessaire mais, peu à peu, votre affabilité et la franchise de votre accueil ont modifié mon comportement. Je n'irai pas jusqu'à dire que vous avez presque fait ma conquête, mais j'avoue que c'est tout juste! On ne vous a jamais dit que, dans votre genre, vous ne manquiez pas de charme?

— Moi, madame? Souhaitons que le Créateur me préserve d'une ambition aussi détestable! Je ne suis qu'un homme simple dont la seule utilité ici-bas, en admettant qu'il en ait eu une, aura été d'aider ses *frères* et *sœurs* à progresser dans le chemin du Bien.

— Maintenant je vais repartir d'ici rassurée.

Elle avait sorti son stylo pour libeller le chèque.

— Pardonnez-moi... Avant que vous ne noircissiez ce bout de papier, il serait peut-être préférable que votre geste de bienfaitrice à notre égard soit accompli d'une façon un peu différente... Ce n'est pas que le *M.L.E.* refuse les chèques puisqu'il possède un propre compte en banque tout ce qu'il y a de plus officiel mais, précisément, j'ai tout lieu de craindre que cette comptabilité, accessible à n'importe quel expert spécialisé, ne risque d'entacher l'accord très secret sur lequel nous nous sommes mis d'accord. Nos *frères* et *sœurs* qui tous, s'ils en manifestent le désir, ont un droit de regard permanent sur l'état

101

de nos finances – ce qui est d'ailleurs normal puisque nous nous interdisons tout bénéfice personnel : les fonds déposés n'appartiennent qu'à la communauté – sont en droit de me poser des questions à n'importe quel moment. S'il arrivait que l'un d'eux me demandât : « Pourquoi ces dix mille francs ? », ne serait-ce pas gênant que je sois mis dans l'obligation de répondre : « Pour rendre *frère* Sébastien à sa famille qui le réclamait » ?

– Ce serait aussi désastreux pour vous que pour moi ! Je n'avais pas pensé à ce détail.

– Ne serait-il donc pas plus judicieux que vous reveniez me voir demain matin, à une heure aussi creuse que celle-ci quand les quelques *frères* et *sœurs* se trouvant alors au siège seront certainement tous groupés dans la salle de relaxation, pour me remettre la somme en liquide ? Je sais que, pour une personne aussi occupée que vous devez l'être, cela nécessitera un nouveau dérangement mais, rassurez-vous, il ne durera que quelques instants : juste le temps de me remettre une enveloppe... Et personne ne sera témoin ! Je m'empresse de vous préciser que cet argent frais ira également rejoindre les fonds de la communauté mais d'une façon plus discrète.

– Je vous fais entière confiance sur ce point. Si j'avais actuellement sur moi une pareille somme en liquide, je vous la remettrais tout de suite, mais, comme ce n'est pas le cas, il faudra que je passe cet après-midi à ma banque. Pourrez-vous me recevoir demain, à neuf heures ?

– Je serai là et, puisque vous venez de parler de votre banque, n'avez-vous pas l'impression qu'évaluer le bonheur futur de l'unique héritier des *Conserves Dubois* à dix mille francs, c'est peut-être un peu mesquin ? A mon avis, Sébastien vaut au moins dix fois plus ! Alors, disons cent mille que vous devriez pouvoir trouver aisément sans que cela ne vous gêne de trop... Ainsi, votre conscience se sentirait tout à fait apaisée. Ce n'est d'ailleurs là qu'une simple suggestion... Vous convient-elle?

— J'ai l'impression que votre bonté naturelle vous fait surestimer la valeur réelle de mon neveu, mais enfin... puisque ça ira à une œuvre charitable, vous avez mon accord.

— Une fois encore, chère madame, vous m'apportez une preuve de votre large compréhension à l'égard de notre misère permanente. Je vous remercie au nom du *M.L.E.* et, dès ce soir, je saurai convaincre le cher Sébastien.

— Comment lui expliquerez-vous tout cela?

— Je ne lui expliquerai rien du tout : il ne comprendrait pas! Je m'efforcerai plutôt de lui faire réaliser qu'après mûre réflexion j'en suis arrivé à penser que sa véritable mission ici-bas n'est pas de continuer à végéter comme obscur comptable, mais de devenir bientôt un homme fort et puissant qui pourra beaucoup mieux aider ses semblables déshérités à trouver le difficile chemin qui conduit à l'espérance... Ne vous inquiétez surtout pas à ce sujet : je trouverai.

— Je ne vous dis pas adieu mais à demain... Vous n'avez pas idée, monsieur Athanase, comme je suis heureuse d'avoir fait votre connaissance!

— L'essentiel n'est-il pas que vous vous sentiez soulagée?

— Je le suis à tous les points de vue! Et notre conversation ne confirme-t-elle pas le vieux dicton affirmant qu'il vaut toujours mieux avoir affaire au Bon Dieu qu'à ses saints?

— Le Bon Dieu, madame, n'a rien à voir avec le *M.L.E.* dont les membres ne sont pas des saints mais seulement des pécheurs. A demain.

Après avoir reconduit la visiteuse jusqu'à la porte donnant sur la rue, Athanase revint dans l'officine qui lui tenait lieu de cabinet et où, assis derrière sa table, il commença à réfléchir. Son visage demeura grave, camouflant d'étranges pensées :

« Curieuse créature qui s'est défendue pied à pied pour venir au secours de son imbécile de neveu! Je me demande bien pourquoi elle y a mis un tel acharnement. Aurait-elle, au sujet de ce Sébastien, une autre idée en tête qui lui paraîtrait infiniment plus profitable pour elle que de le savoir embourbé dans le *M.L.E.*? Le seul ennui pour elle est qu'elle ne se doutait pas à qui elle aurait affaire... Quand elle a enfin compris qu'elle risquait de voir l'héritier des *Conserves Dubois* lui échapper définitivement à notre profit, elle a préféré transiger. Ça lui coûte déjà cent mille francs... Ce qu'elle ne sait pas encore, c'est qu'elle n'en est qu'au début de ses largesses à notre égard... Je ne la perdrai pas de vue! Ça demandera sans doute du temps, mais celui-ci a toujours eu la gentillesse de travailler pour moi. Il va d'abord falloir que je me renseigne à fond sur son passé : ce ne sera qu'à cette condition que je parviendrai un jour à lui faire cracher d'autres sommes et même à lui prendre toute sa fortune. Ce jour-là sera le couronnement de ma carrière... Cher *Mouvement de Libération de l'Esprit*! Je savais bien qu'un jour toi seul serais capable de m'apporter des jouissances inégalées! Le passé de cette jeune veuve richissime n'est peut-être pas aussi limpide ni aussi simple que le pensent les gens qui l'entourent? Il s'y trouve déjà un élément qui me paraît pour le moins insolite : cette demoiselle de compagnie qui, après avoir soigné une femme mariée gravement malade, s'occupe ensuite de l'époux éploré quand il se retrouve veuf et qui réussit assez rapidement à se faire épouser par lui avant qu'il ne meure à son tour! Ce qui lui permet de devenir sa seule légataire... Ce n'est déjà pas tellement mal comme tour de passe-passe! Ça frise même la captation d'héritage au détriment d'un neveu pratiquement demeuré. Je sais bien qu'il y a aussi la belle-sœur, la mère de Sébastien. Mais celle-là ne doit pas être très difficile à manœuvrer... Et pourtant, on ne sait jamais! Elle aussi pourrait m'être utile! »

Deux coups venaient d'être frappés à la porte. La *sœur* âgée, qui faisait de la gymnastique dans la salle de relaxation, parut :

– *Frère* Athanase, le repas de midi est prêt. Nous vous attendons.

– Je viens, *sœur* Agathe. Qu'y a-t-il au menu, aujourd'hui?

– Du hachis Parmentier.

– C'est vous qui l'avez préparé?

– Oui, *frère* Athanase.

– Alors il doit être excellent.

Quand il pénétra dans la salle du rez-de-chaussée, chacun des membres présents attendait, silencieux devant son assiette posée sur l'une des tables. *Frère* Athanase se plaça en bout de la plus longue pour présider aux agapes. Et il dit debout de sa voix redevenue douce, en désignant le plat de hachis posé au centre :

– Remercions le *M.L.E.* qui nous apporte les nourritures terrestres nous donnant la force de revivifier notre esprit.

Puis, il s'assit sur une chaise quelconque pendant que tous les convives en faisaient autant sur leurs bancs.

– Qui fait la lecture, aujourd'hui? demanda *frère* Athanase.

– C'est au tour de *frère* Geoffroy.

Celui-ci était le garçon qui embrassait goulûment l'une de ses *sœurs* dans la salle du haut. Sa voix, monocorde et impersonnelle, commença à psalmodier pendant que les autres se servaient dans le plat unique, chacun à son tour et après qu'Athanase eut donné l'exemple :

– « *Je crois au* Mouvement de Libération de l'Esprit *qui, seul, peut me permettre d'expier mes fautes... Je crois à sa grandeur... Je crois à sa nécessité universelle... Je crois...* »

Ces litanies, conçues par *frère* Athanase, ne cessèrent plus pendant la durée du repas qui fut complété par la dégustation d'une pomme verte et l'absorption d'un verre d'eau bien fraîche.

Deux jours plus tard, Catherine Arban était chez sa belle-sœur à qui elle avait demandé par téléphone de la recevoir d'urgence.

– Qu'y a-t-il? demanda Eliane. Je me doute que vous allez encore me parler de Sébastien.

– De qui d'autre voudriez-vous donc que nous parlions puisqu'il n'y a que lui qui nous reste. Pourquoi ne m'avez-vous pas encore raconté comment s'était passée l'entrevue avec le fondateur du *Mouvement de Libération de l'Esprit*? Vous saviez pourtant mon anxiété?

– Parce que les événements se sont plutôt moins mal déroulés que je ne le pensais... Vous avez sans doute déjà pu en mesurer les résultats?

– Il y en a un certain : Sébastien n'est plus retourné au siège du mouvement d'où il est revenu avant-hier soir, vers dix-neuf heures, avec un visage bouleversé qui m'a effrayée : il semblait avoir un immense chagrin! J'ai eu beau l'interroger pendant le dîner auquel il n'a pas touché, il n'a rien répondu et s'est réfugié dans sa chambre, sans même me dire bonsoir : ce qu'il n'avait jamais fait.

– Et hier?

– Il a été au travail comme d'habitude.

– Je suis au courant...

– D'où il est rentré à dix-huit heures, ce qu'il ne faisait plus depuis qu'il appartenait à ce mouvement où il se rendait chaque fin d'après-midi avant de revenir à la maison rarement avant vingt heures et souvent beaucoup plus tard. Là encore, il n'a pas dit un mot, ni pendant le repas auquel il n'a pas touché non plus avant d'aller de nouveau s'enfermer dans sa chambre. Ce matin, je pense qu'il est retourné à son travail où il doit être encore en ce moment.

– Rassurez-vous, il y est! Eh bien, tout cela n'est pas très inquiétant.

– Vous trouvez? Mais s'il continue à ne pas se nourrir, lui qui est déjà si maigre, il finira par en mourir! Je l'ai bien observé hier soir pendant le dîner : cette expression de souffrance morale et de désespoir, que j'avais remarquée la veille, s'était encore accentuée... Eliane, l'état de mon fils me fait très peur!

– Ce qui arrive est normal : ayant appris avant-hier de la bouche même du sieur Athanase qu'il cessait d'appartenir au *M.L.E.*, il a du mal à supporter le choc mais tout s'arrangera samedi prochain, quand vous l'amènerez déjeuner ici selon l'habitude et où je lui annoncerai une nouvelle qui, j'en suis sûre, le revigorera! Il va monter en grade dans l'entreprise où il se retrouvera, dès le lundi suivant, au premier étage de l'administration, dans un bureau personnel et confortable, sur la porte duquel il verra une belle plaque de cuivre toute neuve indiquant, sous son nom gravé, ses nouvelles fonctions : *Attaché spécial auprès de la Direction*. Ce n'est pas un avancement, ça?

– Eliane chérie, vous avez fait cela? Je vous en suis profondément reconnaissante... Moi aussi, je suis certaine que ça va le transformer en lui faisant prendre conscience de responsabilités beaucoup plus importantes.

– La méthode n'est pas nouvelle. Votre frère l'a souvent utilisée en me disant que, quand il sentait que l'un de ses subordonnés n'était pas heureux dans son emploi, il n'hésitait jamais – si celui-ci le méritait – à lui faire franchir un échelon... Je ne sais pas trop si Sébastien le mérite mais, dans son cas très particulier, il faut, ne serait-ce que pour lui faire oublier la secte ridicule où on faisait semblant de l'occuper, lui donner l'impression d'être devenu un personnage indispensable. A ce nouveau poste, il le croira. Le directeur va le prendre tout particulièrement en main. Ensuite, nous verrons bien ce que cela donnera.

– Il ne sera donc plus plongé dans les chiffres? Il avait pourtant fini par les aimer.

– Maintenant, il faut qu'il bouge! Il s'occupera de la propagande et de la publicité : ce qui l'obligera à se déplacer et à voir beaucoup de têtes nouvelles. Savez-vous comment on l'avait surnommé dans l'entreprise? L'empoté!

– Pauvre chéri...

– Il n'y aura plus de « pauvre chéri » et il va falloir aussi songer à le marier le plus vite possible. Je vais me mettre en quête d'une future nièce éventuelle... Nous la choisirons intelligente et délurée : cela compensera la mollesse de son époux!

– Jolie, aussi?

– C'est beaucoup moins important! Honnêtement, Catherine, croyez-vous que Sébastien soit capable de juger et d'apprécier les qualités physiques d'une femme?

– Je ne sais pas.

– C'est bien l'un des plus grands torts que vous avez à son égard! Etant sa mère, vous devriez tout savoir des goûts de votre fils... Si nous parvenons à trouver l'épouse qui lui convient, seul notre avis importera et pas le sien. Comptez sur ma vigilance pour qu'il n'ait même pas droit à la parole! Un beau matin, il se retrouvera marié par un coup de baguette magique avec une solide fille qui sera notre alliée puisqu'elle nous devra tout et qui saura le mener par le bout du nez... Entre les exigences de son épouse et celles de ses nouvelles fonctions, il n'aura plus la possibilité de perdre son temps dans des organisations aussi stériles qu'un *Mouvement de Libération de l'Esprit*!

– Qui vous a laissé une mauvaise impression?

– Vous n'avez pas idée de ce qu'on leur fait faire là-dedans : uniquement des inepties, sous prétexte qu'ils ne sont tous que des misérables couverts de toutes les fautes du monde! Le seul qui est intelligent, c'est le patron de l'affaire : ce M. Athanase... Un drôle de bonhomme!

– Comment avez-vous fait pour obtenir qu'il libère mon fils?

– Je l'ai acheté.

– Quoi?

– Mais oui, ma bonne Catherine! Ce ne fut pas facile : au début, le personnage, sous une apparence de calme assez exaspérante, s'est montré plutôt rétif... Les cotisations le font vivre... Et puis, vous me connaissez, j'ai commencé par louvoyer jusqu'à ce qu'il consente, moyennant finance, à se laisser faire une douce violence. C'est là que j'ai compris que je n'avais en face de moi qu'un escroc qui exploite la bêtise incommensurable des hommes et même des femmes! Savez-vous ce que m'a coûté Sébastien? Cent mille francs!

– Mais c'est scandaleux!

– Je ne vous le fais pas dire! Mon pauvre mari, votre frère, me répétait toujours qu'il ne valait pas un clou! Et, pourtant, M. Athanase ou plutôt *frère* Athanase l'a jaugé à ce prix! Enfin, maintenant que c'est fait, nous sommes tranquilles... Peut-être aussi – à condition que votre fils finisse par se révéler comme étant capable de justifier notre confiance en lui et qu'il écoute nos conseils – que cette somme se révélera, à la longue, comme ayant été un bon placement pour assurer son avenir? Alors nous n'aurons rien à regretter.

– Je suis certaine qu'un jour viendra où Sébastien reconnaîtra le bien-fondé de ce que vous venez de faire pour lui et qu'il vous en remerciera.

– Il n'est pas question qu'il sache ce qui vient de se passer à son sujet entre cet Athanase et moi! Ni même qu'il puisse soupçonner que je suis entrée en relation avec ce faisan! Pour Sébastien, je n'ai jamais vu ce personnage! C'est compris?

– Oui, Eliane.

– Samedi, je parlerai sérieusement avec votre fils pour lui expliquer comment j'entrevois maintenant pour lui un avenir qui ne pourra être que magnifique... D'ici là, ne lui posez pas trop de questions qui risqueraient de le braquer dans son mutisme. Laissez-le digérer doucement sa peine d'avoir été exclu du *M.L.E.* : elle passera... A son âge, tout s'arrange!

Le déjeuner du samedi sembla indiquer que les choses ne s'arrangeaient pas aussi bien que l'avait pronostiqué la veuve d'Aristide Dubois. Sébastien ne se montra pas plus loquace qu'avec sa mère et ce fut la tante seule qui parla, annonçant à son neveu les généreuses décisions qu'elle venait de prendre. Explications détaillées et prometteuses d'un avenir confortable qui se terminèrent par cette question :

– Tu es content?

– Je ne sais pas encore.

– Comment tu ne sais pas? Mais, mon ami, dis-toi bien qu'il n'y a pas un seul garçon de ta génération qui connaisse, à une époque aussi difficile, une pareille chance! Et ce n'est pas tout ce que j'avais à te dire... Dans deux jours, commencera pour toi une nouvelle existence : étant attaché spécial auprès de la direction des *Conserves Dubois*, tu recevras des émoluments proportionnels à tes nouvelles fonctions. Autrement dit, tu peux considérer que les appointements que tu percevais comme aide-comptable sont multipliés par dix. Ce qui t'assurera des revenus suffisants pour te procurer une certaine indépendance. Si, par exemple, tu souhaitais – et ce serait des plus normal à ton âge – ne plus habiter continuellement chez ta mère et trouver un pied-à-terre où tu te sentirais plus indépendant, nous n'y verrions aucun inconvénient. N'est-ce pas, Catherine?

– Ma chère Eliane, toutes vos suggestions sont parfaites.

– Car, il nous paraît également indispensable, poursuivit la belle-sœur, que tu commences à mener ce qui s'appelle « une vie de garçon »... C'est le moyen le plus sûr de te rapprocher d'une vie conjugale qui devra, un jour, être la tienne. N'oublie jamais qu'étant le dernier héritier mâle de notre famille, nous comptons absolument sur toi pour assurer la continuité. Ton oncle t'aurait parlé exactement comme je le fais. On pourrait même envisager, pour renforcer encore plus cette stabilité dynastique, d'accoler à ton nom patronymique Arban celui de Dubois : tu deviendrais donc, avec mon plein consentement, Sébastien Arban-Dubois. L'important est que le nom de ton oncle, fondateur de l'affaire, ne disparaisse jamais! Ceci ne pourra, bien entendu, être fait que lorsque tu te seras marié. Ensuite, ta progéniture – et souhaitons ardemment qu'il y ait au moins un fils! – portera le nom prestigieux : Arban-Dubois. Je suis sûre que, s'il voit cela se réaliser de là où il est maintenant, mon cher Aristide sera fou de joie!

– Je ne veux pas me marier, dit calmement Sébastien. C'est épouvantable, le mariage! J'ai compris cela au *M.L.E.*

– Ce que tu as compris au *M.L.E.* n'a aucune importance puisque tu n'en fais plus partie.

111

— Comment le savez-vous? Ce n'est pas moi qui vous l'ai dit ni maman puisque je ne lui ai parlé de rien.

Surprise, Eliane eut un moment d'hésitation avant de trouver une réponse :

— Ta mère et moi l'avons deviné. Crois-tu qu'une maman et une bonne tante, qui ne pensent l'une et l'autre qu'à ton bonheur, ne sont pas capables de pressentir tout ce qui peut t'arriver de bénéfique ou de maléfique même si tu t'entêtes à le leur cacher? C'est pourquoi nous comprenons très bien, en ce moment, que tu sois vraiment ulcéré d'apprendre que l'on ne veut plus de toi dans cette organisation... Peut-être même ont-ils essayé de te faire croire que tu étais indigne d'être des leurs! S'ils ont agi ainsi, ils ne manquent pas d'aplomb! Parce que, enfin, c'est tout le contraire qui se passe : c'est le *M.L.E.* qui ne mérite pas de compter dans ses rangs un garçon de ta valeur... S'ils t'ont demandé de les quitter, c'est uniquement parce qu'ils redoutent tous ceux qui ont une véritable personnalité. Ce qu'il leur faut, ce sont des ratés ou des laissés-pour-compte qui n'arriveront jamais à rien dans la vie : tout l'opposé de toi qui va te retrouver beaucoup plus tôt que tu ne le pensais à la tête d'une entreprise considérable! Est-ce que tu me comprends bien, Sébastien? Plutôt que d'être écœuré, tu devrais au contraire te réjouir de ce qui vient de t'arriver.

— Je suis très malheureux depuis deux jours. Je ne me sens pas bien et je ne sais même pas si j'en guérirai.

— Cesse de dire des bêtises! C'est ton orgueil seul qui te fait parler ainsi... Parfaitement! Depuis que tu étais entré dans ce mouvement de pacotille, tu te figurais être devenu quelqu'un d'important et de meilleur que les autres hommes qui, eux, ont trop de bon sens pour se laisser griser par des sermons sans queue ni tête qui ne promettent la félicité spirituelle qu'à ceux qui expient leurs prétendues fautes! C'est insensé!

— Mais vous aussi, ma tante, vous me promettez un avenir mirobolant! Seulement, pour vous il ne s'agit que des besoins matériels tandis que le *M.L.E.* ne cherchait qu'à libérer mes pensées. Cet avancement que vous m'annoncez, c'est vous seule qui l'avez décidé sans même me demander mon avis parce que ça doit vous convenir à vous pour le bien de vos affaires. Et, si je le refuse? J'étais assez content à mon petit poste, au service de comptabilité : il me suffisait.

— Il est fou! s'exclama Catherine. J'ai un fils complètement fou! Tu oserais faire cela à ta tante après tout ce qu'elle vient de préparer pour toi?

— J'ai besoin de réfléchir, maman.

— Le voilà qui se met à réfléchir! Comme si l'on réfléchissait devant une réussite assurée! Mais ils t'ont pourri, ces prophètes!

— Ils m'ont ouvert l'esprit et, même s'ils ne veulent plus de moi, je continuerai à me considérer comme étant toujours membre de leur mouvement. Ceci jusqu'à ma mort!

— Sa mort! Eliane, cet enfant nous aura tout fait subir!

— Non, Catherine, répondit la belle-sœur intentionnellement conciliante. Ce n'est là chez lui qu'un réflexe de révolte momentanée... La révolte n'est-elle pas l'un des apanages de la jeunesse? Sébastien, je t'approuve de réfléchir : aucune décision importante ne doit être prise à la légère. Mon garçon, tu as encore quarante-huit heures devant toi, jusqu'à lundi. Mais je te préviens : si, ce jour-là, tu ne prends pas possession du bureau que je t'ai fait aménager, ce ne sera plus la peine de te présenter aux usines Dubois. J'ai d'ailleurs donné des ordres pour que le poste d'aide-comptable que tu occupais soit supprimé : il ne servait strictement à rien!

— On me met donc à la porte de partout?

— Non. Ta mère et moi ne cherchons qu'une chose : te voir réussir. Alors qu'à ce mouvement, on ne voulait que ta perte! Je crois, Catherine, qu'il serait préférable que nous en restions là pour aujourd'hui. Je fais confiance à votre fils.

— Il faut que je prenne l'air... Merci, ma tante, pour ce déjeuner et pour toutes vos bonnes intentions à mon égard. Au revoir, maman.

— Où vas-tu? Tout de même pas retourner au M.L.E.?

— Ils ne veulent plus de moi!

— Pourquoi n'irais-tu pas au cinéma? Ça te changerait les idées.

— Les idées...

— Et après, tu rentreras sagement à la maison.

— Je ne sais pas. Cela dépendra...

Il s'en alla, laissant de nouveau sa mère et sa tante en tête-à-tête.

Le silence fut pesant et interminable dans le salon. Ceci jusqu'à ce que la mère éclate une fois de plus en sanglots.

— Ah, non, Catherine! Cela suffit! Assez de larmes! Ça ne sert à rien, les pleurnicheries.

— Je suis sûre, larmoya la mère, qu'il va encore faire une sottise!

— Il ne la fera pas parce que, cette fois, il a compris... L'appât du gain est un excellent moteur. Je m'en suis toujours rendu compte et, tout récemment encore, avec le soi-disant *frère* Athanase! Lundi, Sébastien sera à son bureau. Rentrez chez vous : vous le reverrez ce soir.

Sébastien avait dû réfléchir. Le lundi, à neuf heures, il pénétrait dans le beau bureau après avoir contemplé, pendant quelques instants, la plaque de cuivre apposée sur la porte où son nom et ses nouvelles fonctions étaient gravés. Et pendant quelques mois il n'y eut plus de discussions de famille. Il semblait même que les choses allassent pour le mieux. Les déjeuners hebdomadaires du samedi, chez la tante, continuèrent à leur cadence régulière. On y parlait un peu de tout et, plus spécialement, des activités de Sébastien qui se montrait plus bavard et même enjoué, donnant l'impression réconfortante d'avoir enfin trouvé sa vraie voie. Il mangeait et il était moins maigrichon. Il n'avait pas encore découvert la garçonnière de rêve mais il assurait qu'il la cherchait et que ce n'était pas facile de dénicher le coin douillet où il pourrait connaître les quelques aventures indispensables qui le conduiraient plus tard à devenir le fondateur d'un foyer d'où sortirait la dynastie à trait d'union des Arban-Dubois. Tout le monde semblait heureux. Ce fut l'harmonie jusqu'à un certain soir où, à l'heure à laquelle – selon ses nouvelles habitudes –, Sébastien rentrait chez sa mère pour y partager son dîner, on sonna à la porte de Mme Arban. La bonne espagnole revint, affolée, en annonçant :

— Madame, c'est un monsieur de la police.
— La police ? Qu'est-ce qu'elle me veut ?

Le visiteur avait le visage grave. Après avoir présenté sa carte et décliné son identité, il demanda sans plus attendre :

— Madame, il y a combien de temps que vous n'avez vu votre fils ?

— Sébastien ? Mais, ce matin... Il m'a embrassée après avoir pris son petit déjeuner comme il le fait chaque jour avant de se rendre au travail. Je l'attends, d'ailleurs, d'un instant à l'autre pour le dîner.

— Madame, il va vous falloir faire preuve d'un grand courage... Croyez bien que ce genre de visite m'est très pénible... Votre fils s'est suicidé, au début

115

de l'après-midi, en se jetant dans la Seine, du haut du pont d'Iéna. Des passants l'ont vu accomplir son geste : deux d'entre eux ont même plongé mais, hélas, quand ils ont ramené le corps, c'était trop tard. Il a été transporté à l'Institut médico-légal où les premiers examens ont prouvé d'une façon irréfutable qu'il était mort par hydrocution. On a trouvé sur lui une lettre qui vous était destinée et que je me suis permis d'apporter.

Il tendit une enveloppe à peine sèche et sur laquelle le nom et l'adresse de la destinataire, délavés, étaient difficilement lisibles. La malheureuse femme, secouée par un tremblement, la prit et s'évanouit. Ce ne fut que tard dans la nuit, après qu'elle eut reçu les soins d'un médecin appelé en toute hâte, qu'elle put la lire. Une lettre qui n'était pas longue. Chaque mot semblait irréel : les caractères, dilués par les eaux, donnaient l'impression de s'être allongés vers l'infini...

Maman chérie, ne m'en veux pas mais, malgré l'apparence de belle humeur que j'ai pu te donner à toi et à tous ceux que j'ai côtoyés ces derniers mois, je n'en puis plus! Ni toi, ni tante Eliane, ni personne au monde n'a voulu comprendre que ma seule joie d'exister m'a été apportée par le M.L.E. qui, lui aussi, m'a rejeté. Je préfère mourir, sachant que je ne pourrai plus jamais servir à rien, malgré tous les beaux projets que ma tante et toi aviez élaborés pour mon avenir. C'est terrible de se dire que l'on est voué à rester un inutile! Mon unique raison de vivre était d'avoir compris que, comme nous tous ici-bas, je n'étais qu'un pécheur auquel le Mouvement de Libération de l'Esprit *avait offert la faveur insigne de pouvoir se racheter de ses fautes pendant tout le temps qu'il aurait encore à passer sur terre. Je sais que, maintenant, tu vas te trouver bien seule mais tu pourras moins souffrir de cet isolement si, toi aussi, tu agis comme ton fils : oublie toutes les contingences stériles qui t'entourent et ne pense plus désormais qu'au rachat de tes fautes. Ce ne sera qu'à ce prix que nous nous retrouverons un jour ailleurs... Adieu, maman.*

Cette mort tragique fut l'effondrement de tout : d'une mère et des rêves d'une tante Eliane. L'enterrement de Sébastien fut discret. Eliane estima qu'il était inutile de révéler à d'autres et surtout à l'innombrable clientèle des *Conserves Dubois* que le seul héritier de l'entreprise colossale n'était plus. On aviserait plus tard. Les *Conserves Dubois* ne devaient-elles pas continuer à se vendre? Et, puisqu'elle-même, la veuve du fondateur, était encore jeune et en bonne santé, la firme conserverait son éclat commercial : ce qui, en fin de compte, était la seule chose importante pour sa présidente. En y réfléchissant, Eliane en arriva même à penser qu'il valait peut-être mieux que son neveu ait disparu avant de conduire, par son incapacité, la fructueuse affaire créée par son oncle à la faillite. Les mânes d'Aristide ne l'auraient pas supporté.

Le lendemain des obsèques, alors qu'elle se trouvait seule chez elle méditant sur la vanité des projets humains, un visiteur se présenta qui donna sa carte au valet de chambre. Quand elle lut le nom gravé sur le bristol, la présidente des *Conserves Dubois* sursauta en disant au serviteur :

– C'est incroyable! Dites qu'étant donné mon grand deuil je ne reçois personne.

– Mais, madame, ce monsieur insiste : il dit qu'il a une communication urgente à vous faire.

– Eh bien, faites-le entrer!

Sur la carte, elle avait lu FRERE ATHANASE. Il pénétra dans le salon, égal à lui-même avec son visage sévère, sa chevelure blanche, sa misère vestimentaire et son humilité. La voix douce dit :

— Croyez bien, chère madame, que je m'en veux d'avoir presque forcé votre porte mais j'ai estimé que mon devoir était de vous révéler un fait qui me paraît être d'une réelle importance... Avant cela, je vous demande de bien vouloir accepter mes condoléances les plus émues pour le terrible deuil qui vous frappe, ainsi que madame votre belle-sœur à qui, bien que je ne la connaisse pas personnellement, je vous prie de transmettre mes sentiments affligés.

— Je vous remercie, monsieur, mais je ne pense pas que votre visite soit très opportune.

— Elle l'est, comme vous allez pouvoir bientôt vous en rendre compte... Certes, j'aurais pu ne pas la faire mais trois raisons me l'imposent : d'abord, le sentiment d'amour familial qui vous attachait au cher disparu et dont j'ai pu mesurer la profondeur lorsque vous êtes venue me rendre visite à son sujet, il y a de cela six mois... Ensuite, ma propre tristesse de voir ainsi disparaître, au moment où il allait être appelé, grâce à vous, à un brillant avenir, un jeune homme dont la droiture, la sincérité et la sensibilité m'ont toujours émerveillé... Enfin, et c'est de loin la raison la plus importante, parce que j'ai reçu de votre neveu, postée la veille même du jour où il s'est donné la mort et arrivée seulement à notre siège dans la soirée qui a suivi son geste fatal, une lettre qu'il m'a adressée personnellement. Vous devez bien vous douter que si je l'avais reçue le matin, je vous aurais immédiatement alertée pour que nous tentions, à nous deux, de conjurer l'irréparable ! Malheureusement, le destin en a voulu autrement... Une lettre atroce qui m'a bouleversé ! Mais j'ai jugé préférable, estimant qu'il n'y avait plus rien à faire, d'attendre le lendemain de la triste cérémonie pour vous en parler et même pour vous l'apporter. La voici, madame, sous son enveloppe qui vous prouvera que j'en étais effectivement le destinataire. Bien que son contenu ne soit pas particulièrement bienveillant à mon égard, je me fais un devoir de vous la faire lire. Vous jugerez!

Il présenta la lettre à Eliane qui la prit en remarquant :
– C'est bien l'écriture de Sébastien.

Et elle lut en silence pendant qu'Athanase conservait son regard rivé sur les dessins du tapis d'Orient. Une lettre reflétant une angoisse désespérée :

Frère Athanase,
quand vous recevrez cette lettre, j'aurai déjà accompli le geste qui me séparera à jamais du monde des vivants. Si je l'ai fait, c'est parce que j'ai compris, pendant ces mois qui ont suivi mon exclusion du M.L.E., que je n'avais plus de raison de continuer à végéter sur cette terre de misère où je n'aurai aucune possibilité de me rendre utile pour mes frères et sœurs puisque je ne pourrais plus y expier mes fautes. C'est vous-même qui m'avez retiré cette joie suprême en me faisant comprendre que le Mouvement de Libération de l'Esprit *ne pouvait pas s'encombrer d'adhérents de mon genre qui étaient incapables de faire preuve d'assez de personnalité. Ce qu'il lui fallait, ce sont vos propres paroles, c'étaient des êtres forts « ayant une foi invincible dans les lois du mouvement et capables de tout faire pour assurer son extension universelle ». Je suis faible – le geste que je vais accomplir en sera peut-être une nouvelle preuve, mais encore, je me le demande : je pense qu'il ne faut pas manquer d'un certain courage pour se supprimer – mais j'affirme une fois pour toutes que j'avais cette foi que vous exigez de tous!... Alors, pourquoi m'avoir renié? Je vous en veux à vous personnellement, mais pas au M.L.E. qui restera toujours une chose immense dont*

j'ai pu moi-même apprécier les bienfaits. Pendant tout le temps où j'en faisais partie, j'ai enfin trouvé, grâce à mes expiations morales ou physiques, l'équilibre de ma conscience. Maintenant, je ne sais plus où j'en suis, ni à qui confier mes angoisses... Je me sens abandonné entre les conseils que ne cesse de me prodiguer ce qu'il me reste de famille et ceux que vous me refusez. Je préfère disparaître en souhaitant de toute mon âme que mon sacrifice soit profitable au M.L.E. qui, comme toutes les sublimes croyances, doit avoir lui aussi ses martyrs. Si je pouvais formuler un dernier vœu, c'est qu'à l'avenir vous ne rejetiez plus dans les ténèbres aucun autre de nos frères et de nos sœurs qui, comme moi, s'y sentiraient perdus à jamais. Adieu, frère Athanase! Je ne vous dis pas au revoir parce que je sais, et vous-même nous l'avez maintes fois enseigné, que le suicide est la plus impardonnable des fautes, celle qui ne peut se racheter. C'est pourquoi il me sera interdit de vous retrouver, ainsi que tous mes chers frères et sœurs, dans la béatitude que nous réserve le Créateur universel.

C'était signé : *Frère Sébastien.*

— Tout cela est affreux! Vous tenez à conserver cette lettre?

— Non, madame. Personne d'autre que vous et moi n'en prendra connaissance. (Il déchira en menus morceaux la pauvre missive :) Voilà qui est fait. Ce qui ne me délivre pas moralement! Je me sens très fautif à l'égard de ce garçon... Coupable surtout de vous avoir écoutée parce que j'ai cru agir au mieux de vos intérêts familiaux et de ceux de Sébastien. Mais, je ne suis pas le seul coupable... Il y a quelqu'un qui l'est plus que moi : vous, madame!

— Moi?

— Si vous n'étiez pas venue me voir pour me supplier de ne pas garder votre neveu au *M.L.E.*, il est certain qu'il serait encore vivant aujourd'hui, ayant enfin trouvé au sein de notre mouvement, comme le prouve cette lettre déchirante, la joie d'exister qu'il recherchait désespérément depuis des années. Votre intervention a été néfaste! Souvenez-vous que je vous ai demandé au cours de votre visite si vous ne commettiez pas une erreur risquant d'être préjudiciable à Sébastien. Je n'aurai pas assez du restant de mes jours pour me reprocher d'avoir fait preuve de faiblesse ce jour-là! Initialement, c'est donc vous la grande responsable! Vous ne me laisserez pas croire qu'une femme aussi avisée et aussi sensible que vous n'en ait pas de regrets? (Elle demeura muette.) Je veux bien considérer ce silence comme étant une forme de remords qui commence à vous poursuivre vous aussi. Cette faute devra être expiée d'une manière ou d'une autre si vous voulez sincèrement remettre de l'ordre dans votre conscience.

— C'est vrai. Jamais je n'aurais supposé que ma démarche pourrait nous mener, vous et moi, au point où nous en sommes... Et il y a ma malheureuse belle-sœur! Je me demande avec angoisse ce qu'elle va devenir? Depuis la mort de son mari, son fils était tout pour elle : elle ne vivait que pour lui... C'est épouvantable! Conseillez-moi, monsieur Athanase, je vous en supplie! A qui d'autre puis-je m'adresser puisque vous êtes seul à être dans mon terrible secret. Que faire pour expier mon erreur?

— Si vous apparteniez au *M.L.E.*, peut-être parviendrais-je à vous aider mais, ce n'est, hélas, pas le cas!

— Je n'en fais pas partie, c'est certain, mais si je vous faisais un nouveau don pour aider vos efforts, ne pensez-vous pas que ce serait là pour moi une manière indirecte de réparer en prouvant au *Mouvement de Libération de l'Esprit*, dans les bienfaits duquel mon pauvre neveu a continué à croire jusqu'à sa dernière seconde de vie, que j'ai la plus grande estime pour la tâche surhumaine qu'il a entreprise?

— Peut-être serait-ce en effet un moyen vous permettant de retrouver une paix relative de l'âme mais je tiens à préciser que je ne suis nullement venu vous faire prendre connaissance de cette lettre avec l'intention de faire une quête scandaleuse que m'interdisent aussi bien ma probité que ma conscience. Je ne suis là que pour vous mettre en présence de votre responsabilité qui est lourde. C'est à vous seule d'en mesurer l'ampleur. Si nous acceptions un pareil don, ce ne serait que pour vous rendre service en allégeant vos regrets qui, je le sens, sont sincères.

— Dès demain matin, me souvenant de ce que vous m'avez expliqué il y a six mois sur la façon dont je devais m'y prendre pour remettre au *M.L.E.* une obole, je vous apporterai une enveloppe.

— Si, entre-temps, vous changiez d'avis, soyez certaine que le *M.L.E.* ne vous en tiendra aucune rigueur. Il n'en a pas le droit, considérant que votre chagrin atroce est déjà pour vous le commencement de l'expiation... Vous agirez uniquement selon ce que vous dictera votre conscience. N'ayant plus aucune raison de rester ici, je vais donc vous demander la permission de me retirer en souhaitant de tout mon cœur qu'un jour vienne où vous trouverez l'apaisement... Au revoir, madame.

— Je vous promets d'aller à votre siège demain et merci pour votre visite qui m'a beaucoup touchée.

— Mais j'aurais manqué à tous mes devoirs si je ne l'avais pas faite.

Le lendemain, elle remit à *frère* Athanase l'enveloppe qu'il eut la délicatesse de ne pas ouvrir en sa présence mais, dès qu'elle fut partie, il le fit. Et un nouvel embryon de sourire se dessina sur ses lèvres minces : cent mille francs. C'était le prix auquel la conscience de la présidente des *Conserves Dubois* avait estimé le suicide de Sébastien. La pensée d'Athanase, qui courait très vite, fut alors : « Maintenant, mon vieil Athanase, tu ne dois plus bouger. Le mécanisme de la faute inexpiable est bien enclenché. Attends un peu... Cette jeune veuve fortunée reviendra te trouver quand ses remords la reprendront... Seulement, est-elle capable d'avoir réellement des remords ? Si elle a casqué une seconde fois, c'est uniquement parce que ta visite imprévue chez elle l'a inquiétée : elle a peur que tu ne pratiques sur elle une sorte de chantage... Ne serait-ce pas très ennuyeux pour la bonne réputation de son fructueux commerce si l'on apprenait un peu partout la véritable raison pour laquelle l'héritier présomptif de la firme a mis fin à ses jours ? Et, si ses remords, bénéfiques pour ton compte personnel, tardaient un peu trop à se faire sentir, tu n'hésiteras pas à aller lui rendre une nouvelle visite... N'est-il pas indispensable de ranimer chez les êtres les plus endurcis le salutaire sentiment de culpabilité pour qu'ils se sentent empoignés par la grande frousse qui ne les lâchera plus ? »

Il n'eut pas besoin de recourir à ce procédé. Trois mois plus tard, Eliane l'appelait au téléphone :
— Monsieur Athanase ? Il m'arrive encore quelque chose d'épouvantable ! Ma belle-sœur, Catherine, la mère de Sébastien, est devenue folle... Oui, le chagrin... Il a fallu l'enfermer !
— Quelle tristesse, madame ! Cela vous soulagerait-il que je vienne vous voir, ne serait-ce que pour vous donner quelques conseils qui vous aideront peut-être à surmonter cette nouvelle épreuve ?
— Je n'osais vous le demander. Oui, venez vite ! J'ai besoin de vous...

— Quand cela, madame?
— Mais... tout de suite! Je sens que, si tout cela continue, moi aussi, je vais devenir folle!
— Mais non. Vous êtes une femme sensée et raisonnable. Il faut savoir se maîtriser pour regarder en face les pires événements. Restez calme. J'arrive.

Une demi-heure plus tard, il était chez elle : une Eliane dont le visage restait décomposé par l'inquiétude et qui dit, dès son entrée :
— Ah! Enfin... Vous êtes le seul qui peut être mon sauveur.
— Je n'en suis pas tellement certain mais je vais quand même essayer de faire de mon mieux... Alors, comme ça, votre malheureuse belle-sœur vient d'être internée dans une maison de repos?
— Oui et les spécialistes me laissent assez peu d'espoir qu'elle puisse en sortir un jour!
— Cette mort de son fils est un vrai drame! Tout s'enchaîne : après le fils, la mère... C'est une conséquence logique. Vous rendez-vous mieux compte, maintenant, de la gravité de la faute que vous avez commise? Parce que, enfin, rien de tout cela ne se serait produit si...
— Arrêtez! Oui, je sais... Je suis très coupable. Que faire?
— D'abord, laissez votre belle-sœur là où elle est en ce moment : elle ne pourrait pas être mieux soignée ailleurs!
— Mais si elle ne retrouve jamais sa tête?
— Il faudra bien vous faire une raison. Vous êtes une femme assez forte pour vous montrer capable de tout surmonter mais pour que je puisse vous être de quelque utilité, il faudrait que je vous connaisse mieux. Réfléchissez : ça ne fait que la quatrième fois que nous nous rencontrons et encore il y en a eu deux, quand vous êtes venue à

notre siège apporter des preuves de votre grande générosité, où nous ne sommes restés en présence que quelques instants. Je crois qu'il faudrait, dans l'immense désarroi où je vous sens aujourd'hui, que vous commenciez à avoir le courage de vous confier à moi qui suis votre ami.
– Mon seul ami...
– Justement! Quand on se trouve dans votre cas, on ne se confie qu'à un ami de ce genre... Puis-je me permettre de vous poser quelques questions?
– Toutes celles que vous voudrez.
– Voilà une décision qui va me faciliter la tâche. En premier lieu, j'aimerais que vous me parliez un peu plus de vous car, jusqu'à présent, nous n'avons fait, vous et moi, que nous pencher sur les malheurs des autres! J'ai comme l'intuition que les vôtres sont beaucoup plus importants.
– J'ai eu, en effet, une enfance et une jeunesse difficiles.
– Je le pressentais! Seulement, comme vous êtes une femme courageuse, vous avez dû cacher cela à tout le monde. Est-ce exact?
– A qui aurais-je pu me confier, à part vous?
– A votre mari, peut-être?
– Il y avait une trop grande différence d'âge entre nous : il ne m'aurait pas comprise.
– Pourtant, il vous a aimée?
– Comme peut aimer un vieillard! Je pense plutôt qu'il ne m'a épousée que parce qu'il a eu le temps de m'estimer et d'avoir une entière confiance dans ma probité et mon dévouement pendant la période où nous n'étions pas encore mariés... C'était un excellent homme mais d'un naturel assez méfiant.
– Ce qui est fréquent chez ceux qui possèdent une grosse fortune... Il faut croire que votre gentillesse à son égard a réussi à faire pleinement sa conquête puisqu'il vous a désignée comme étant sa seule héritière.

– Ça, c'est une tout autre histoire!
– Je ne comprends pas.
– Si vous le voulez bien, nous en reparlerons plus tard quand je vous aurai raconté ce qu'a été mon existence avant que je ne le rencontre.
– Peut-être êtes-vous née dans une famille modeste?
– Parlons-en de ma famille! Je ne l'ai jamais connue... J'ai été élevée aux frais de l'Etat. Passons des détails plus ou moins sordides qui ne me laissent plus que des mauvais souvenirs et venons-en à ma majorité qui, à cette époque, était encore fixée à vingt et un ans. Aujourd'hui – vous voyez que je ne vous cache rien – j'en ai dix de plus.
– C'est-à-dire l'âge idéal de la femme... Disons que vous avez tout : l'intelligence, le charme, une jeunesse épanouie et beaucoup d'argent. Que voulez-vous demander de plus? C'est pourquoi vous n'avez pas le droit de vous laisser abattre par les événements qui viennent de se passer ces derniers mois... Quand votre époux est mort, quel âge aviez-vous?
– Juste trente ans et lui en avait soixante-quatre... Mais, revenons à ma majorité : ce jour-là, j'étais heureuse parce que je venais d'obtenir mon diplôme d'infirmière.
– Vous aviez déjà l'esprit de dévouement, ce qui ne m'étonne pas.
– Je croyais sincèrement que ce serait là ma vocation et je suis entrée, avec un contrat, dans un hôpital parisien où j'ai commencé à assurer un service de nuit. C'était très dur mais j'avais foi dans ma profession. Ensuite, je suis passée dans d'autres services mais vous connaissez les hôpitaux avec leur routine administrative et toutes les petites mesquineries ou histoires de coucheries qui existent dans le corps médical entre internes et infirmières. Ça m'a écœurée et, très vite, j'ai commencé à déchanter.

— Je vous comprends tellement! Qu'avez-vous fait alors?

— J'ai trouvé un poste dans une clinique privée où le seul avantage était d'être moins mal payée mais, pour le reste, c'était encore pire! J'étais presque décidée à tout lâcher et à trouver n'importe quel autre emploi quand un miracle voulut que, parmi les malades soignés dans cette clinique, se trouvât une dame ayant dépassé la soixantaine et dont l'état de santé demandait des soins pratiquement permanents du fait qu'à une paralysie des jambes survenue brusquement, qui l'empêchait de se déplacer autrement que dans une voiture d'infirme, s'ajoutait un état dépressif épouvantable. Ce qui s'expliquait très bien quand on savait qu'avant d'être frappée par son mal cette dame avait toujours été très active. Elle était mariée, sans enfant, et avait toujours aidé son époux à diriger avec succès une affaire considérable : la fabrique des *Conserves Dubois* qui s'orientait de plus en plus dans la préparation d'une alimentation surgelée fournissant d'innombrables clients, non seulement en France, mais aussi à l'étranger. Son mari était un peu plus jeune qu'elle : trois ans de moins. C'était un homme charmant que l'on sentait désespéré par l'état de santé de sa femme qu'il adorait. Il venait la voir tous les jours à la clinique, le plus souvent seul mais parfois aussi accompagné de son unique sœur qui était veuve et du fils de cette dernière, un jeune garçon de quatorze ans. Ce fut ainsi que je fis connaissance, alors que je portais encore mon voile d'infirmière, de Catherine qui devait devenir, quelques années plus tard, ma belle-sœur et de Sébastien.

» ... Aristide ne songeait alors, en excellent époux qu'il était, qu'à améliorer, si c'était possible, les conditions dans lesquelles sa femme allait être désormais condamnée à vivre. Je dois reconnaître que je l'ai trouvé tout de suite sympathique et même très touchant dans sa sollicitude conjugale. Je ne fus pas longue non plus à comprendre aussi que je ne lui étais pas antipathique ainsi qu'à sa sœur. Je crois qu'ils me trouvaient gaie parce que je savais remonter le moral de la malade. J'arrivais même – ce qui les stupéfiait – à la faire rire de temps en temps. Estimant – après avoir pris conseil des plus grands spécialistes appelés en consultation et qui avaient confirmé que le mal était inguérissable – qu'il n'y avait aucune raison pour que sa femme continuât à se lamenter et à broyer du noir dans une chambre de clinique qui a toujours un côté un peu sinistre, Aristide prit la décision de la ramener à son domicile où elle connaîtrait une fin d'existence moins pénible. Mais cela n'était possible que si elle avait toujours auprès d'elle une garde-malade capable de lui assurer les soins constants dont elle avait besoin. Ceci était d'autant plus vrai qu'elle avait toute sa tête et qu'elle restait capable d'entretenir n'importe quelle conversation. En plein accord avec sa sœur et avec la direction de la clinique, il me fit donc l'offre de venir m'installer chez lui pour remplir ce rôle. Pendant quelques jours j'hésitai, mais finalement, n'en pouvant plus de végéter dans un établissement hospitalier, j'acceptai. Et puis, cela aussi comptait, les appointements qui m'étaient proposés dépassaient de loin ce que n'importe quelle clinique aurait pu m'offrir! Il ne me déplaisait pas non plus, moi qui n'avais jamais eu de famille ni connu un vrai foyer, de vivre enfin une existence bourgeoise et douillette. A vingt-cinq ans, j'entrais donc dans l'intimité d'Aristide Dubois et de son épouse.

– Continuez, madame, je vous en prie! Tout ce que vous me direz sera de la plus grande importance pour que je puisse vous conseiller à bon escient. Parlez!

— Tout se passa alors le mieux possible en ce sens que, si le mal physique de Mme Dubois ne pouvait qu'empirer, son esprit par contre retrouvait une certaine gaieté, en grande partie – je pense – grâce à ma vigilance attentive et à ma belle humeur. L'optimisme est indispensable dans ce genre de maladie inguérissable : c'est le meilleur des baumes! Mme Dubois n'était plus la même : elle ne se plaignait plus de son sort à longueur de journée. Je lui faisais la lecture, nous jouions aux cartes, nous discutions un peu de tout, nous papotions, elle me racontait ce qu'elle avait fait pour aider son mari quand elle était encore alerte et libre de ses mouvements. Tout le monde était heureux : son époux, sa belle-sœur, moi-même...

— Et Sébastien?

— Sa mère l'amenait chaque semaine faire une visite à sa tante, comme elle l'a fait plus tard chez moi après la mort d'Aristide.

— Je vous félicite : vous aviez déjà gagné une rude partie.

— Croyez-vous?

— Après la triste enfance que vous aviez connue et les premières années qui avaient tempéré votre enthousiasme naturel, ne découvriez-vous pas vous-même enfin une certaine joie de vivre?

— Je n'étais quand même pas aussi à l'aise dans cette famille que vous pourriez le penser! Oui, je vous dois cette autre confidence, depuis longtemps déjà j'avais un amant...

LE CONFIDENT

— Un amant? répéta Athanase de plus en plus intéressé. Voilà évidemment un rebondissement qui modifie la face des choses... Mais, après tout, n'était-ce pas normal qu'à vingt-cinq ans, charmante comme vous l'êtes, vous ayez un amant? C'est le contraire qui eût été surprenant! Quel genre d'amant?

— Celui que je n'aurais jamais dû avoir.

— Expliquez-vous.

— Il y a toutes sortes d'amants, monsieur Athanase : des jeunes, des plus âgés, des hommes mariés, des célibataires et aussi des voyous. Mario est de cette dernière espèce.

— Parce qu'il vit toujours?

— Il n'est pas âgé : il a cinq ans de plus que moi.

— Vous n'allez pas me dire qu'il est toujours votre amant?

— Je le lui fais croire parce que je ne sais pas comment m'en débarrasser... Par sa faute et contrairement à ce que l'on pourrait penser — puisque je donne l'impression d'avoir toutes les chances de mon côté : la jeunesse, la fortune et la liberté que m'a apportée le veuvage — mon existence est encore actuellement un enfer! Plus les années de notre liaison se sont accumulées et plus je le hais! Il est odieux! Si vous saviez le chantage permanent auquel il me soumet... Maintenant que je n'ai plus de mari, il voudrait que je l'épouse mais cela je ne le ferai jamais! J'ai trop appris à le connaître... Il est capable de tout, me harcelant et me téléphonant à n'importe quelle heure pour que je lui donne de l'argent.

— Vous le faites?

— J'y suis bien obligée sinon il me menace de tout raconter.

— Raconter quoi?

Elle eut un moment d'hésitation avant de répondre :

— Et puis, tant pis! Il vaut mieux que je dise tout puisque vous avez accepté de m'aider... Je l'ai connu alors que je travaillais à l'hôpital.

— Vous m'avez bien dit qu'il se prénommait Mario. Serait-il corse?

— Il est né à Nice mais d'origine sicilienne.

— Diable! Comment l'avez-vous rencontré?

— A l'hôpital où il avait été admis, dans la salle où j'assurais mon service de nuit, pour y être soigné d'une blessure qu'il avait reçue au bras gauche : un coup de couteau. Il affirmait que ce n'avait été qu'un accident survenu à la suite d'une bagarre sans importance dans une boîte de nuit mais, plus tard, il m'a avoué qu'il s'était agi en réalité d'une rixe dans la rue.

— Fichtre! Un voyou de grand chemin...

— C'est presque cela. Il n'est d'ailleurs pas resté longtemps à l'hôpital et s'est très vite remis de sa blessure : c'est un garçon solide.

— Mais qu'est-ce qui a bien pu vous séduire en lui, vous, une femme aussi intelligente et aussi équilibrée?

— Ce qui m'a séduit? Il était beau... très beau avec des grands yeux noirs admirables qui avaient un charme fou! Pour vous donner une idée, sa voix était aussi douce que la vôtre. J'ai toujours été sensible aux voix douces... Je déteste les gens qui haussent le ton ou qui se mettent en colère pour rien. Vous pouvez être certain que ça ne lui arrivera jamais! C'est la raison pour laquelle il est d'autant plus dangereux... Mais, à vingt-quatre ans, je ne me rendais compte de rien : je le trouvais beau, ça me suffisait... Il me fascinait! J'étais aussi tellement seule, sans parents, sans amis, sans personne qui aurait pu me conseiller comme vous le faites aujourd'hui. C'est terrible la solitude quand on se sait encore jeune et désirable! Je lui ai cédé... Quand il est sorti de l'hôpital, il est venu habiter dans la petite chambre que j'avais louée, depuis deux années déjà, dans le quartier des Gobelins. Nous avons vécu ensemble. Tous les soirs, vers dix-neuf heures, je partais pour l'hôpital où je me retrouvais au milieu des malades et souvent même des mourants pendant des veilles de nuit interminables... Quand je rentrais au petit matin, je retrouvais Mario qui m'attendait, endormi dans notre lit. Ce fut à cette époque que je commençai à détester ma profession qui m'empêchait de passer toutes mes nuits avec lui. Je vois que vous m'observez d'une façon étrange : oui, j'étais devenue folle de mon Mario! Je ne pouvais plus me passer de sa présence... Quand, à mon retour de l'hôpital, je me glissais dans les draps à côté de lui, je retrouvais son corps magnifique et une chaleur humaine. C'était à un tel point que, pendant mes heures de veille, je ne pensais plus qu'à ce moment-là... Cela me donnait le courage de continuer à m'occuper des malades : c'était mon seul réconfort. Il avait fait de moi une amoureuse... Pire, peut-être, son esclave! Vous m'en voulez, n'est-ce pas, d'avoir été cette femme-là?

— Je n'en ai pas le droit, madame. Chacun a son libre arbitre, et quand la passion s'en mêle, rien ne peut la contrecarrer... On n'est plus maître de soi-même. Tout cela est très compréhensible. Avait-il une profession?

— Au début, il m'a raconté qu'il s'occupait de l'entretien de machines à sous et de juke-boxes placés dans les bars mais, je n'ai pas été longue à comprendre qu'en réalité il ne faisait rien... Tous les après-midi il sortait sous prétexte de faire sa tournée d'entretien mais, en réalité, il les passait sur les hippodromes. Un vaurien!

— ... qui vous prenait le peu d'argent que vous gagniez pour aller le dépenser aux courses! Et vous avez admis cela?

— Je croyais l'aimer... Je vous jure que maintenant c'est bien fini!

— L'ennui, c'est que vous ne parvenez pas à sortir de ses griffes! Nous verrons cela... Comment les choses se sont-elles passées avec ce personnage quand vous avez pris la décision de quitter l'hôpital pour entrer dans une clinique privée?

— C'est lui qui m'y a poussée.

— Sans doute voulait-il que vous rapportiez plus d'argent?

— C'est exactement cela mais, à ce moment-là encore, j'étais toujours amoureuse. Alors, je l'ai écouté.

— Vous aviez là un bien étrange conseiller! Enfin... Pour vous ce fut une expérience...

— Qui, pour mon malheur, dure toujours!

— Vous l'écoutez encore aujourd'hui?

— Il n'en est pas question. Ça ne suffit donc pas que je le paie pour qu'il me laisse tranquille?

— Qu'est-il advenu quand vous êtes entrée chez les Dubois?

— Là encore, Mario était entièrement d'accord puisque j'étais beaucoup mieux rétribuée.

— Mais vous ne pouviez plus revenir chaque matin pour le retrouver?

— Il a bien fallu qu'il se fasse une raison. Moi

aussi... Je devais me consacrer entièrement à ma malade qui était très exigeante. Je n'avais que mon jour de congé, le vendredi, pour voir mon amant.

— Il continuait à habiter aux Gobelins?

— Naturellement et moi je payais le loyer.

— La passion du début ne s'est-elle pas un peu émoussée dans de telles conditions?

— Pas encore parce que nous nous voyions moins. Une séparation relative peut avoir du bon : quand on se retrouve, on se désire encore plus! Je crois que ce qui, à la longue, fait s'effriter les sentiments, c'est la vie en commun : c'est aussi vrai pour les gens mariés que pour ceux qui ne le sont pas.

— Evidemment, aussi bien la famille Dubois que les gens que vous connaissiez ne se doutaient pas de cette liaison?

— Personne! Même aujourd'hui vous êtes, monsieur Athanase, le seul homme à qui j'ai révélé ce secret.

— Vous avez bien fait. Combien de temps cette garde a-t-elle duré?

— Deux années pendant lesquelles son état physique n'a fait qu'empirer. Les six derniers mois furent épouvantables! La malheureuse souffrait atrocement et son mari était de plus en plus désespéré. Ceci à un tel point qu'il me dit, un soir, alors que je venais de lui faire une piqûre pour qu'elle pût dormir :

— *Ça ne peut pas durer ainsi, Eliane! Vous et moi, nous savons qu'il n'y a plus aucun espoir et que nous ne pouvons plus soulager ma pauvre femme... En votre âme et conscience, estimez-vous que nous devons continuer à la laisser souffrir?*

— *Je ne sais pas, monsieur. Par moments, je me fais l'impression d'être une sorte de bourreau...*

— *En toute franchise, si votre malade était l'une de vos parentes proches, que feriez-vous?*

135

» La question était terrible. Je finis par répondre à voix basse :

– *Je crois que j'abrégerais une fois pour toutes ses souffrances.*

– *Vous auriez raison. On n'a pas le droit de laisser agoniser ainsi pendant des jours, des nuits, des semaines, des mois peut-être, quelqu'un que l'on adore et qui a été tout pour vous... J'ai le sentiment que notre devoir est d'agir comme vous le feriez pour quelqu'un de votre famille. Il y a des jours et des jours que je pense à cela... Mais avons-nous le droit de le faire?*

– *L'euthanasie n'est pas légale mais n'est-ce pas une solution de lâcheté que de ne pas y penser devant la souffrance d'autrui?*

– *Pour la pratiquer, que faudrait-il faire, à votre avis?*

– *Une simple piqûre pendant le sommeil de la malade suffirait... Elle ne sentirait rien pour passer d'un monde à l'autre.*

– *Croyez-vous que vous pourriez trouver le médicament nécessaire sans que personne d'autre que vous et moi ne le sache?*

– *Certainement, si j'allais le chercher à la pharmacie de l'hôpital que je connais bien. Mais ce serait un genre de crime!*

– *Je ne le crois pas, ma petite Eliane. Si nous agissions dans ce sens, je ne me considérerais pas comme l'un des meurtriers de ma femme que j'aime plus que tout au monde mais plutôt comme ayant été à son égard le sauveur nécessaire qui l'a enfin débarrassée de toutes ses souffrances.*

– *C'est là un point de vue qui peut se défendre mais, si moi je vous aidais à accomplir ce geste, que votre grand amour considère comme libérateur, je connaîtrais quand même la hantise d'avoir été la complice d'un meurtre! Et ce n'est pas possible!*

– *Réfléchissez autant que je l'ai fait moi-même et*

vous verrez que vous finirez par penser exactement comme moi. Ma femme ne doit plus souffrir!

» ... Pendant trois semaines j'ai réfléchi... Où était mon devoir sur un plan strictement humain? Finalement, un soir, après avoir prévenu M. Dubois, j'ai fait la piqûre en sa présence pendant que son épouse dormait... Ceci autant par pitié pour la femme que pour son malheureux époux dont je sentais les nerfs à bout et qui ne pouvait plus supporter le spectacle véritablement effroyable qu'il avait sous les yeux depuis des mois. Ai-je bien agi ou pas? Je me le demande avec angoisse encore aujourd'hui. Qu'en pensez-vous, monsieur Athanase?

— Je ne sais que répondre. Ce très grave problème de l'euthanasie a autant de partisans que d'adversaires... Etes-vous bien certaine qu'à l'exception de M. Dubois et de vous personne n'ait été mis au courant?

— Absolument! C'est un secret qui est resté entre Aristide et moi.

— Un terrible secret!

— Oui... La seule phrase qui nous a un peu réconfortés a été celle du médecin traitant, appelé après le décès, qui nous a dit en délivrant le permis d'inhumer : « Son mal l'a emportée : le cœur n'a pas tenu. Il vaut mieux qu'il en soit ainsi... Si elle avait continué à vivre, ses souffrances auraient été pires et nous n'aurions pu la prolonger inutilement que sous l'effet de la morphine. » La mort inéluctable n'est venue qu'un peu plus tôt, voilà tout.

— Comme vous le dites : voilà tout... Et, après cette disparition, comment en êtes-vous venue à épouser le veuf?

— Cela ne s'est fait que trois années plus tard quand il était lui-même très malade et considéré comme perdu.

— La même maladie que sa femme?

— Non : un cancer généralisé qui a évolué rapidement en deux mois. Jusque-là, on n'avait rien décelé. Je dirai même que, malgré le chagrin insurmontable qui le rongeait depuis la disparition de son épouse, il donnait l'impression d'avoir surmonté sa peine. Il continuait à s'occuper activement de ses affaires.

— Vous étiez restée auprès de lui?

— Après le décès de sa femme, je voulus m'en aller.

— Pour rejoindre votre amant?

— N'était-ce pas normal? Seulement deux jours avant mon départ, Catherine, la sœur de M. Dubois, vint me parler un jour où il était à son usine. Une conversation qui me laissa perplexe :

— *Vous voulez donc absolument partir, Eliane?*

— *Mais, je n'ai plus rien à faire ici, madame! Je n'ai été engagée que pour soigner votre belle-sœur : mon rôle est terminé.*

— *Ne croyez pas cela! Il doit continuer... Mon pauvre frère a besoin de vous.*

— *Je ne comprends pas.*

— *Jamais il n'osera vous le demander. C'est pourquoi je le fais à sa place. Je le connais mieux que personne au monde : sous son apparence un peu bourrue, c'est un sensible qui se sentira désespérément seul quand il se retrouvera dans cette demeure où il a connu, pendant des années, avec son épouse une union sans aucun nuage. Et il finira par mourir de chagrin! Si vous restez auprès de lui, non plus en qualité d'infirmière parce que sa santé n'en a nul besoin, mais, disons... comme gouvernante ou demoiselle de compagnie qui s'occuperait de la bonne marche de la maison, je suis persuadée qu'il vous en serait infiniment reconnaissant! Personne ne vous attend... alors? Naturellement, vous continuerez à recevoir les mêmes appointements... Vous ne semblez pas vous rendre compte à quel point vous êtes deve-*

nue pour lui, comme vous l'étiez déjà pour ma chère belle-sœur, le rayon de soleil indispensable! Vous savez être gaie tout en restant toujours à votre place. Dès les premiers jours où vous êtes entrée dans cette maison – je dirais presque dans notre famille – vous avez fait mon admiration par le tact et la discrétion dont vous avez fait preuve.

– Mais pourquoi, madame Arban, si vous redoutez tant cette solitude pour votre frère, ne viendriez-vous pas habiter ici avec lui? Cette maison est grande : il y a de la place pour vous et votre fils dont la jeunesse apporterait un élément de gaieté!

– Mon fils est un très gentil garçon mais, malheureusement, il est triste et renfermé. De plus, mon frère, qui a ses idées, n'apprécie pas beaucoup Sébastien... Il prétend qu'il n'est pas intelligent! Ce qui est faux mais allez donc essayer d'amener Aristide à changer d'avis sur quelqu'un! Il détestait déjà mon mari! Et moi, je dois continuer à m'occuper de mon fils qui n'a que sa mère pour véritable soutien. Je dois donc vivre avec lui : c'est la raison pour laquelle je ne peux pas venir habiter ici. D'ailleurs, je ne crois pas que mon frère y tienne! Déjà, quand nous étions enfants et tout en nous aimant beaucoup, nous ne cessions pas de nous quereller... Ça recommencerait et, à l'âge que nous avons maintenant lui et moi, ce serait insupportable! Tandis que vous, vous êtes jeune et charmante : entre deux générations, les choses peuvent mieux s'arranger... Si vous restiez, ce serait un peu comme s'il avait encore auprès de lui une grande fille qui n'a pas voulu se marier pour ne pas le quitter. Vous me comprenez?

– J'essaie, madame, mais ne croyez-vous pas que ma présence ici, auprès d'un veuf, pourrait risquer de créer un climat assez spécial et ferait jaser les gens?

– Aristide et moi n'avons jamais attaché la moindre importance à l'opinion des autres. La seule chose qui importe maintenant est que mon frère ne soit pas trop *malheureux! Vous seule, à mon avis, pouvez être l'instrument d'un tel miracle... Je viendrai souvent vous voir pour vous donner quelques conseils si vous en aviez besoin. Mais je serais bien étonnée que ce soit nécessaire! Ayant appris à vous juger pendant ces deux années où vous avez su soigner ma belle-sœur avec ce dévouement, j'ai la conviction que tout irait très bien. Acceptez-vous?*

— Tout en vous remerciant d'une offre qui, je le reconnais, pourrait être tentante pour une femme comme moi qui est absolument seule dans la vie, il me faut quand même réfléchir.

— Réfléchissez vite puisque vous êtes déjà à l'avant-veille de votre départ.

— Je vous promets de vous donner ma réponse demain après-midi.

— Je serai là à quinze heures en espérant de tout mon cœur que la réponse sera favorable!

» ... Le lendemain, je lui annonçai que je restais.
» Elle m'embrassa en disant :

— Laissez-moi annoncer cette bonne nouvelle à Aristide! Il ne le montrera peut-être pas tout de suite au début mais, je suis sûre qu'il sera très heureux!

— Qu'est-ce qui vous avait fait prendre cette décision?

— Une autre conversation avec Mario auquel j'avais raconté le soir même la proposition qui venait de m'être faite. Dès que j'eus terminé, il s'écria :

— Eliane, mon trésor, c'est la chance de ta vie!

— Comment cela?

— Je sais que ce marchand de conserves n'est pas très appétissant mais, enfin, il a du fric... beaucoup de fric! Et il est veuf, donc à remarier! Pourquoi n'essaierais-tu pas?

— Tu es fou, chéri! Tu me vois portant le nom de ce vieil homme et vivant avec lui?

— On a vu des choses pires, ma cocotte! Ce ne sera

pas la première fois qu'une jolie fille se fait épouser pour épingler un gros magot!

— Ça ne te ferait rien de me savoir mariée?

— Ça m'enchanterait à condition que tu l'aies fait intelligemment pour pouvoir hériter de tout, le moment venu, c'est-à-dire soit sous le régime de la communauté de biens, soit — ce qui serait encore mieux — sans contrat. Mais, cela m'étonnerait que cette seconde solution soit très en faveur dans ce milieu où tu te trouves placée! Il faudra sûrement se rabattre sur la première.

— Et toi, qu'est-ce que tu deviendrais?

— Cette question! Je resterai « ton » Mario et, le jour où tu seras veuve à ton tour, je t'épouserai! Comme cela, tout se passera bien et légalement!

— Il n'y a qu'un os dans tes savants calculs mais il est de taille : dans l'offre qui vient de m'être faite, il n'a nullement été question pour moi de mariage futur mais uniquement de jouer les demoiselles de compagnie ou les gouvernantes.

— Bien sûr! Parler de remariage quelques jours après la mort de la première épouse serait de très mauvais goût! Il faut laisser faire le temps pendant lequel, étant toujours dans la place, mais, cette fois, sans rivale même impotente, ce sera à toi d'agir... Un vieux comme ce bonhomme, ça ne demande qu'à se laisser séduire par une femme qui pourrait être sa fille!

— C'est curieux ce que tu viens de dire... Cela fait la deuxième fois aujourd'hui que l'on veut me faire jouer le rôle de sa fille.

— Il veut donc t'adopter?

— Ne serait-ce pas pour moi la meilleure solution puisqu'il n'a pas d'enfant?

— Ne m'as-tu pas dit qu'il avait un neveu? C'est toujours très embêtant les neveux dans les affaires de succession possible : ils cherchent à se mêler de tout

141

et si celui-ci entend parler d'adoption faite par l'oncle à héritage, il deviendra ton ennemi!

— Sébastien n'est pas bien dangereux!

— On croit cela tant que l'oncle est en vie, mais après! Non! Mieux vaut le mariage avec le vieux : c'est direct, c'est net et ça te met en première position. Une fois mariée selon l'un des modes que je t'ai expliqué, tu seras bien installée pour éliminer le neveu et même tous les autres affamés d'oseille. Ce sera ton petit Mario tout seul qui bénéficiera de tes largesses... Ton Mario qui ne t'a jamais lâchée depuis deux ans que tu ne vis plus avec lui et qu'il ne te voit qu'une nuit par semaine.. Ce n'est pas de la fidélité, ça? Je t'aime, moi!

— Moi aussi, chéri, mais tu m'effraies!

— Moi? Tu ne trouveras jamais un homme plus doux ni plus compréhensif...

— Ça, je le sais. Alors, vraiment, tu crois que je dois dire oui?

— C'est indispensable! Pendant quelque temps, pas trop quand même, tu vas jouer les gouvernantes... Gouverner, n'est-ce pas prévoir? Et, quand tu te sentiras bien accrochée au vieux, bien vue aussi de sa sœur dont il faut absolument te faire une amie...

— Là, je crois que c'est pratiquement fait.

— Parfait! A ton avis, le neveu ne compte pas?

— Je te répète qu'il est insignifiant! Mieux que cela : son oncle ne l'aime pas.

— De mieux en mieux! Suis-moi bien : tu commences alors à jouer le grand jeu... Pourquoi me regardes-tu comme ça?... Mais oui : tu te débrouilles pour rendre le vieux amoureux fou!

— Il faudra que je couche avec lui?

— Surtout pas! Tu lui feras comprendre que tu es une femme honnête qui a des principes et qui se refuse à coucher en dehors du mariage... S'il te veut vraiment, ça risque de marcher : il t'épousera!

— Mais, une fois mariée, il faudra bien que je le fasse?

— Une fois passée devant le maire, tu ne te bousculeras pas trop dans ce domaine... Tu biaiseras... Tu sais, quand les hommes de cet âge se remarient, ce ne sont pas tellement les coucheries qu'ils recherchent : ça les épuise! Et ils rêvent de durer encore longtemps! Ce qu'ils veulent surtout, c'est d'avoir la sensation d'être devenus les propriétaires légaux d'une jeune femme. Ils ont de nouveau à leurs côtés une « madame » qu'ils présentent à leurs amis et dont la présence les flatte... Ce ne sont que de vieux égoïstes! Je suis même certain que, parmi eux, il y en a beaucoup qui sont ravis à l'idée d'avoir une jeune veuve qui héritera plus tard d'eux... Ce qui leur permettra de faire à titre posthume un bon tour à ceux qui les ont entourés et choyés pendant des années interminables en tirant la langue dans l'espoir d'être couchés sur leur testament! Il ne faut avoir aucune mansuétude pour les autres! L'existence que tu as été contrainte de subir t'a prouvé que personne n'a jamais eu ce sentiment à ton égard à l'exception de moi... Et encore, je dis des bêtises : moi, ce n'est pas par charité que je t'ai mise dans ma vie, c'est uniquement parce que je t'ai dans la peau! La preuve en est que tu es la seule femme avec laquelle j'ai pu vivre aussi longtemps... Depuis que je t'ai connue, jamais je n'en ai recherché une autre! Je ne demande qu'à ce que ça continue... Et, si tu réussis le coup avec ce vieux qui ne sera pas éternel, je te jure que je t'épouserai après sa mort! Là aussi, pour la décence, il faudra respecter quelques mois de veuvage, mais après! Il faut bien en finir par là : nous nous marierons sans faire trop de tam-tam et nous aurons tout, ma bibiche, pour être heureux! Tu te rends compte! Ça ne te plaît pas, mon idée?

» ... Ce que je vous raconte là, monsieur Athanase, doit vous paraître monstrueux mais que voulez-

vous, c'était plus fort que ma volonté! Moi aussi, à cette époque-là, j'avais encore Mario dans la peau... Pourtant, je m'étais déjà rendu compte qu'il n'était qu'un voyou mais il continuait à me plaire! Je ne vivais que par lui!
— L'amour est aveugle...
— C'est pourquoi, une fois de plus, j'ai accepté l'offre de Catherine Arban et je suis restée auprès de son frère.
— Comment les choses se sont-elles passées pendant cette période que nous pouvons qualifier de préconjugale et qui a duré...?
— Les trois années qu'à encore vécu Aristide. Quand il m'a épousée, ce fut sur son lit de mort, la veille de son décès.
— On peut dire que ce fut tout juste! Et Mario?
— Il a continué à m'attendre aux Gobelins.
— Il faut reconnaître qu'il a su faire preuve de persévérance! Vous vous voyiez quand même de temps en temps?
— Beaucoup plus souvent qu'avant : surtout l'après-midi. Aristide était à son bureau... Il se portait encore très bien. Ce ne fut qu'au cours des deux derniers mois que le mal incurable s'est révélé. C'était donc assez facile pour Mario et pour moi. Je n'étais pas dans l'obligation de rester tout le temps à la maison auprès d'un grand malade comme cela s'était passé pour Mme Dubois. Mais, pendant les trois années de vie commune, j'ai pu complètement apprécier la gentillesse de son ex-mari... C'était un homme étonnant de vitalité et merveilleux! Il avait avec moi des intentions d'une délicatesse extrême comme seuls savent en avoir des hommes de cet âge. Presque tous les jours, quand il rentrait du bureau, il me rapportait des fleurs, à moi qui n'en avais jamais reçu avant.
— Pas même de Mario?
— Lui? Apporter des fleurs? Mais, il ne sait même

pas encore aujourd'hui ce que ce petit geste représente pour une femme! Tandis qu'avec Aristide, tout était tellement facile! Très vite, beaucoup plus tôt que je ne l'aurais cru, je commençai à m'attacher réellement à lui...

— Vous l'aimiez?

— J'avais pour lui une immense tendresse.

— J'apprécie cet aveu! Il vous réhabilite dans mon esprit.

— L'idée de l'épouser un jour, s'il me le demandait, ne m'inquiétait même plus! Je comprenais que l'existence avec un homme pareil serait pour moi le seul mariage possible. Et le drame survint...

— Le cancer?

— Ce fut atroce! Peut-être plus pour moi que pour lui qui, comme tous ceux qui se sont toujours bien portés, ne parvenait pas à réaliser la gravité de son état. Même étendu sur son lit, il continuait à plaisanter, disant que tous les médecins n'étaient que des ânes incapables de trouver ce qu'il avait et qu'il saurait bien s'en sortir sans leur aide! Il faisait alors des projets et, parmi eux, celui de m'emmener en croisière, moi qui n'avais jamais quitté Paris... Un soir pourtant, alors que je me trouvais à son chevet, il me prit la main en disant avec une voix grave et étrange que je ne lui avais encore jamais connue :

— *Ma petite Eliane, décidément je ne me sens pas très bien... Je crois que j'approche de la fin mais je veux terminer mon existence en beauté... Accepteriez-vous de m'épouser, même si ce n'était que pour quelques jours? Il faut profiter de ce qu'on a encore toute sa lucidité pour accomplir un acte important.*

— *Je vous aime, Aristide.*

— *N'en dites pas plus! Cela me suffit... Ce matin, par téléphone, j'ai convoqué mon notaire. Il sera là demain à deux heures : j'ai décidé de modifier complètement mon testament. Vous serez ma seule héritière.*

— Mais, votre sœur et votre neveu qui vous chérissent, eux aussi?

— Catherine m'a toujours détesté et j'estime avoir fait bien assez de choses pour elle depuis la mort de son mari. Quant à Sébastien, après avoir tout tenté pour lui donner une situation, je me suis persuadé qu'on ne pouvait pas compter sur lui : c'est presque un demeuré! Ce qui ne l'empêche pas d'être un bon garçon mais, c'est tout. Il n'y a que vous qui pouvez me succéder à la tête de mon affaire. Une affaire qui est d'ailleurs en pleine expansion. Vous y trouverez un excellent directeur que j'ai formé et qui me seconde depuis des années. Il vous expliquera tout et vous pourrez lui faire confiance. Pendant ces cinq années, j'ai eu le loisir de vous observer et de vous étudier : vous êtes intelligente. Vous saurez mener l'entreprise sans commettre d'erreur. C'était aussi l'opinion de ma chère défunte sur vous. Il faut que le nom que je suis parvenu à donner à mes produits continue à rayonner avec son prestige de marque. La seule chose que je vous demande est d'aider mon neveu à devenir un jour quelqu'un malgré son incapacité. Je suis sûr que ce ne sera pas toujours facile pour vous, mais j'ai confiance : vous y parviendrez. Vous avez une âme forte et un cerveau équilibré. J'ai trouvé préférable de ne pas mettre ma sœur, son fils ni personne de mon entourage au courant de ma décision de vous épouser quand il en est encore temps. Ils se retrouveront tous après-demain devant le fait accompli car le mariage aura lieu ici dès demain par dérogation spéciale puisque je ne peux plus me déplacer. J'ai obtenu aussi, vu l'urgence, une dispense pour la publication des bans. Le maire adjoint de l'arrondissement, qui est pour moi un ami de longue date, sera également là, mais à dix-sept heures pour cette petite cérémonie que j'estime indispensable. Mon notaire me servira de témoin. Puisque vous n'avez aucune famille ni, je pense, aucune relation intime qui pourrait remplir le

même rôle pour vous, je crois que le mieux serait de demander à ma vieille femme de chambre, qui m'a dit vous aimer autant que ma défunte épouse, d'être le deuxième témoin. Ainsi, tout se passera dans la plus stricte intimité. Avez-vous une objection à formuler?

— *C'est-à-dire que tout cela est tellement rapide...*

— *Il le faut, Eliane! Mes heures sont maintenant comptées. Regretteriez-vous de m'avoir dit que vous m'aimiez?*

— *Jamais je n'aurai ce regret!*

— *Alors, n'hésitons plus, vous et moi, et franchissons joyeusement l'épreuve qui vous donnera le droit, à l'avenir, de porter mon nom. Je trouve que ça sonne très bien : Eliane Dubois... Et vous?*

— *Je suis tellement émue que je ne sais que répondre...*

— *Ne cherchez pas! Quand l'adjoint vous posera la question rituelle, il suffira, pour vous comme pour moi, d'un petit « oui »... Maintenant, je vais essayer de dormir. Il faut que je sois demain en pleine forme pour le grand jour que nous allons vivre. Bonsoir, ma chérie.*

» ... Il me baisa longuement la main avec une infinie tendresse sous laquelle se décelait presque de l'humilité. Son visage irradiait une étrange satisfaction intérieure et son regard était rempli de larmes qui donnaient l'impression d'être joyeuses. Puis il ferma les yeux. Je restai assise auprès du lit continuant à laisser ma main dans la sienne. Quand je compris qu'il s'était assoupi, je quittai doucement la chambre. Pendant un moment, je pensais prendre un taxi pour faire un rapide aller et retour jusqu'aux Gobelins où j'annoncerais la prodigieuse nouvelle à Mario mais, finalement, j'y renonçai. Lui aussi serait mis devant le fait accompli et puis – ce que je vais vous dire va peut-être vous sembler incroyable – je n'avais plus envie de quitter, ne serait-ce que pour une très courte séparation, celui dont je deviendrais l'épouse légale dès le lendemain.

» ... Ce jour-là, les choses se passèrent exactement comme les avait prévues Aristide. A dix-sept heures quinze, nous étions mariés, sans qu'aucun discours n'ait été prononcé. J'étais heureuse. Je suis sûre qu'Aristide l'était aussi. Après la cérémonie, il fit apporter, par la femme de chambre, du champagne que nous bûmes avec le maire-adjoint et le notaire. J'entends encore celui qui était devenu un jeune époux tout en étant un vieux mari dire, en se redressant sur son lit et en levant son verre : *Je bois à ma seconde femme tout en pensant à la première que je ne vais pas tarder à aller rejoindre et qui m'accueillera, j'en suis sûr, dans l'autre monde en me disant : " Tu as bien fait, Aristide, d'accomplir ce geste pour cette petite Eliane, qui a su se montrer si douce et si patiente avec moi pendant mes deux dernières années de vie où j'ai dû me montrer odieuse tellement je souffrais! Ma gentille infirmière que, moi aussi, j'aimais parce qu'elle savait sourire... "*

» ... Voilà, monsieur Athanase, comment s'est réalisé mon mariage.

Elle s'était tue et regardait son visiteur avec l'anxiété de celle qui se demande si elle avait bien agi et comment elle allait être jugée par cet homme étrange qui ne pensait qu'à la rédemption des fautes. La réponse fut aussi douce que la voix :

— Tout cela est très émouvant, madame... Vous avez bien fait de parler. Vous sentez-vous un peu libérée?

— Je crois...

— Rien ne vaut l'aveu pour retrouver un commencement de quiétude. Avez-vous encore la force de continuer?

— Il le faut! Après tout ce que je viens de connaître ces derniers mois et qui me laisse de nouveau seule au monde, j'avais besoin de me confier... Je vous sais un gré infini d'avoir bien voulu m'écouter. Si vous estimez que c'est nécessaire pour que vous puissiez m'aider à remonter la pente, vous pouvez me poser d'autres questions. J'y répondrai.

— Je ne voudrais pas vous importuner ni, surtout, vous fatiguer... Je sais qu'il n'y a rien de plus épuisant que de raviver des souvenirs! Il me paraît quand même indispensable, pour pouvoir poursuivre la tâche que vous me demandez d'assumer, que vous me disiez quelle a été, après ce mariage presque improvisé, la réaction de celle qui venait de devenir votre belle-sœur ainsi que celle de son fils.

— Quand Catherine l'a appris le lendemain de la bouche même de son frère auquel elle était venue rendre visite, elle est devenue très pâle et elle m'a regardée avec une expression de haine que je n'oublierai jamais! Un regard qui devait vouloir dire : « Vous avez bien réussi votre coup! Et dire que c'est grâce à mon insistance que vous êtes restée auprès d'Aristide! Moi qui vous ai prise pendant cinq années pour la plus dévouée et la plus désintéressée des femmes, vous avez préparé sournoisement votre avenir... Hypocrite! » Seulement, devant son frère au seuil de la mort, elle n'osa que dire d'une voix sèche :

— *Je ne sais si je dois vous féliciter tous les deux mais je souhaite quand même que votre bonheur dure...*

— *Rassure-toi, Catherine,* répondit Aristide. *Il continuera longtemps après ma disparition pour Eliane puisque j'ai fait d'elle ma légataire universelle.*

— *As-tu quand même prévu quelque chose pour ton unique neveu?*

— *J'y ai pensé... Après ma mort, Eliane pourvoira à ses besoins et donc à ceux de sa mère. Toi et ton fils ne manquerez de rien.*

– J'en prends note. Il ne me reste plus qu'à vous souhaiter la plus longue lune de miel possible!

» Après son départ, mon mari me dit en souriant :

– Je l'ai toujours considérée comme n'étant qu'une vraie peste mais je n'aurais jamais cru qu'elle pût aller jusqu'à nous faire un pareil souhait! Il y avait tellement de fiel dans ses paroles que j'ai très bien fait de la rayer de mon testament. Ceci dit, ma petite Eliane, il ne faudra jamais oublier Sébastien : le malheureux! S'il ne lui restait que sa mère pour l'aider à vivre, il serait rapidement au chômage! Maintenant, ma chérie, profitons des derniers moments d'existence qui me restent pour ne plus nous occuper que de nous deux.

– Je vais vous poser, madame, une question très indiscrète à laquelle vous êtes parfaitement libre de ne pas me répondre... Etiez-vous déjà devenue la maîtresse de M. Dubois avant qu'il ne vous fasse sa demande en mariage?

– Je ne l'ai jamais été ni même, ensuite, bibliquement sa femme. Quelques heures à peine après la visite de sa sœur, son état a brusquement empiré. Je fis venir le médecin qui m'annonça qu'il ne passerait probablement pas la nuit. Il est d'ailleurs resté avec moi à son chevet, et celui qui n'avait été mon époux que pendant quelques heures est mort dans mes bras et a rendu le dernier soupir en sa présence à cinq heures du matin, ayant conservé jusqu'à la fin son entière lucidité. Le dernier mot qu'il prononça fut le prénom de sa première femme.

– Ce qui a dû être pour vous un choc terrible?

– Non! C'était normal : elle seule avait vraiment compté dans sa vie. Moi, je n'étais que la remplaçante.

Ses yeux s'étaient remplis de larmes. La voix douce d'Athanase reprit :

– Je m'en veux de vous avoir posé une pareille

question... Pardonnez-moi! Et dites-vous bien que vous avez été pour cet honnête homme beaucoup plus qu'une remplaçante : la jeune fée de ses dernières années... C'est donc ainsi que vous vous êtes retrouvée sa veuve légale. Et Mario, que devenait-il dans tout cela?

– Il s'est conduit d'une façon ignoble!

– Pourquoi? Pourtant son rêve se réalisait : n'allait-il pas, selon sa promesse, pouvoir enfin vous épouser après qu'un certain délai de veuvage, voulu par la décence, se serait écoulé?

– Son rêve! Eh bien, justement il ne l'a pas vécu et il ne le vivra jamais! Pendant les trois années que j'ai passées auprès d'Aristide, il n'y eut pas de semaine où Mario ne m'ait dit, chaque fois que je m'échappais l'après-midi pour aller le retrouver :

– *Qu'est-ce que tu fiches avec ce vieillard? Si tu t'occupes trop bien de lui, il ne crèvera jamais et il finira centenaire! Tu verras que ce sera lui qui nous enterrera tous et figure-toi que moi j'ai envie de vivre au grand jour avec toi depuis le temps que dure la clandestinité de notre amour! Tu ne pourrais pas un peu l'aider à mourir?*

– Il a eu l'affront de dire cela? C'est une honte! Autant la façon dont vous avez agi, en plein accord avec M. Dubois, pour mettre définitivement fin aux souffrances de sa première épouse pourrait, à la rigueur, se justifier, autant je trouve ces paroles de Mario abominables! Vraiment vous avez raison : ce Mario est un vilain personnage!

– Depuis que je suis veuve, il ne cesse de me relancer en répétant sans cesse : « *Quand m'épouses-tu?* »

– C'est du pur chantage!

– Comme je ne veux plus aller le retrouver, il me téléphone à n'importe quelle heure, parfois même en pleine nuit! Par sa faute, je vis un véritable cauchemar!

— En pleine nuit ? Ça ne peut plus durer !

— C'est la vraie raison pour laquelle je vous ai appelé au secours tout à l'heure. Ce matin encore... Il se fait de plus en plus menaçant ! Il me dit au bout du fil qu'il révélera des choses...

— Quelles choses ?

— Je ne sais pas, moi... Qu'il fera savoir partout qu'il est mon amant depuis des années et bien avant que je ne me sois fait épouser... Que, m'ayant connue vierge quand je travaillais à l'hôpital – ce qui est d'ailleurs vrai – je suis « sa femme »... Vous savez aussi bien que moi ce que ce mot veut dire dans son milieu ! Je ne sais plus comment me débarrasser de lui...

— Vous continuez à lui envoyer de l'argent ?

— Evidemment, pour le faire taire ! Mais je sens très bien que cela ne sert à rien ! Ce qu'il veut, c'est le mariage et vivre dans le grand luxe ! Il m'a même fait comprendre que le jour où nous serions mariés il s'achèterait tout de suite une écurie de courses !

— Voyez-vous ça ! Sa passion des hippodromes... Il est plus qu'ignoble : il devient dangereux. Il faut absolument mettre un terme à cette histoire ! Mais, comment ? Peut-être pourrait-on le faire arrêter ?

— Sous quel motif ? Il se fait toujours remettre, par l'intermédiaire que j'ai choisi pour le lui porter, l'argent – ce sont des sommes de plus en plus importantes parce qu'il devient exigeant ! – en espèces ! Il n'y a pas de reçu, donc pas de traces ! Et il se garde bien d'écrire ! Je suis désespérée, monsieur Athanase ! Aidez-moi une fois de plus...

— Je vais le faire.

— Si je porte plainte, il n'y aura aucune preuve contre lui et, en admettant même que la police s'arrange pour l'effrayer, il recommencera ! Ce n'est pas un individu à lâcher le gros magot qu'il convoite. Il ira jusqu'au bout ! J'ai peur aussi...

— Peur de quoi ?

— Qu'il ne me tue quand il réalisera qu'il n'obtiendra jamais ce qu'il recherche.

— Il n'en est pas question. Si quelqu'un devait disparaître, ce serait plutôt lui et pas vous qui êtes bonne et charitable. Il faut une justice dans ce bas monde! Mais dites-moi, cet intermédiaire dont vous utilisez les services pourrait peut-être parler devant la police? Ne serait-ce pas un excellent témoignage?

— Elle ne dira rien. Oui, c'est une femme : la seule amie que je me suis faite quand je travaillais à l'hôpital. Comme moi, elle était infirmière. Elle l'est d'ailleurs toujours, dans le même hôpital. Mais, si on l'interroge, elle ne parlera pas. Elle connaît Mario et elle aussi a peur de lui... Elle a d'ailleurs toujours été contre ma liaison et m'a dit cent fois qu'avec un homme pareil ça finirait mal un jour pour moi. Je vous dis qu'il me tuera!

— Il faut donc agir vite!

— En désespoir de cause, j'en suis même venue à me demander si le mieux, pour obtenir définitivement la paix, ne serait pas de lui verser, une fois pour toutes et pour solde de tout compte, une très grosse somme qui constituerait pour lui une sorte de capital? Peut-être consentirait-il enfin à me laisser tranquille?

— Et pourquoi pas cinquante pour cent des actions de votre société? N'y comptez pas! Ce serait pure folie : il voudra tout! Je connais ce genre de personnage. Nous devons trouver un autre moyen... Laissez-moi quelques jours de réflexion. Je vous promets de revenir avant la fin de la semaine.

— Monsieur Athanase, ne me lâchez pas!

— Vous pouvez être certaine que je ne vous lâcherai jamais!

— Je n'ai plus que vous.

— Je sais. J'estime aussi que vous m'en avez assez dit pour aujourd'hui : votre jeunesse difficile, votre vocation d'infirmière, votre arrivée chez les Dubois, votre mariage, votre liaison désastreuse... Tout cela ajouté au suicide du cher Sébastien et à la folie de sa mère, ça fait déjà beaucoup! Je vais vous demander la permission de me retirer : ce qui vous permettra de vous reposer.

Il s'était levé.

— Franchement, vous qui êtes un homme d'expérience, vous croyez que je méritais tout cela à mon âge?

— Dans ce qui vous est arrivé jusqu'à présent, il y a eu du bon et du mauvais... Vous méritiez sûrement votre beau mariage. Quant au reste... C'est bien pourquoi j'ai consacré toute ma vie au *M.L.E.* qui permet à des âmes aussi meurtries que la vôtre de retrouver la joie de vivre dans la libération continuelle de la conscience... Mes hommages, madame, et à bientôt.

La semaine passa sans qu'Athanase ne donnât signe de vie, puis la semaine suivante et une troisième. Par contre, les appels téléphoniques de Mario devenaient de plus en plus pressants. Et, brutalement, un événement se produisit. Ce fut Eliane qui appela le fondateur du *M.L.E.* :

— Monsieur Athanase, venez vite!
— Il veut vous tuer?
— Non. Il est mort.
— Comment?
— Oui, mort... bien mort!
— Ce n'est pas vous qui l'avez tué?
— J'y ai pensé aussi, mais ce n'est pas moi. Venez : je vous expliquerai.
— Avant de raccrocher et sachant qu'un pareil fait ne peut aucunement vous attrister, je prends la liberté de vous dire tout de suite que c'est là une nouvelle inespérée dont nous ne pouvons que nous féliciter! Je viens tout de suite, madame.

— Vous sentez-vous délivrée ?
— Oui, mais ce qui est arrivé est quand même affreux ! Apprendre qu'un être que l'on a connu pendant des années disparaît d'une façon aussi stupide et aussi brutale est bouleversant ! Il avait certes des défauts et quels défauts ! Mais, qui n'en a pas, comme vous le dites si bien.
— Vous appelez cela des défauts ? Mais, madame, d'après ce que vous m'avez dit sur son compte, cet homme n'était qu'un triste personnage qui s'est conduit d'une façon ignominieuse à votre égard ! Vous n'allez tout de même pas le regretter ? Imaginez ce qui aurait pu se passer pour vous s'il avait continué à vivre ! Vous devriez, au contraire, remercier le destin qui vient de vous délivrer de son odieuse présence.
— Sans doute mais il a quand même été « mon » Mario à moi à une époque où je n'avais que lui...
— Qu'est-ce qui s'est produit exactement ?
— J'ai appris la nouvelle par un officier de police qui est venu me rendre visite juste avant que je ne vous appelle au téléphone. Il a pu me joindre parce que Mario avait sur lui, au moment où c'est arrivé, une carte d'identité mentionnant son domicile aux Gobelins. Le policier s'y est rendu et comme là il a appris par la concierge que la chambre était louée à mon nom, il a bien fini par me retrouver.
— Quand vous vous êtes mariée, vous l'aviez donc mise à votre nom de jeune femme, cette chambre ?
— Mario me l'avait conseillé.
— Il pensait à tout ! C'était cependant là une grave erreur de votre part ! Vous vous rendez compte ? Une chambre louée par Mme Eliane Dubois pour y loger un individu pareil ! S'il avait continué à vivre et qu'il se soit fait prendre dans une affaire douteuse, vous auriez pu connaître les pires ennuis !

Enfin, paix à son âme, si vile fût-elle... Comment est-il mort? Brusquement, dans cette chambre, d'une attaque cardiaque peut-être?

— Il a été écrasé par une voiture hier après-midi alors qu'il sortait du champ de courses de Vincennes... Le conducteur ne s'est pas arrêté et a pris la fuite sans que personne n'ait eu le temps de relever le numéro de la voiture.

— Encore un chauffard!

— Il a été tué sur le coup. On l'a transporté à la morgue et l'enquête a commencé.

— Ça me surprendrait qu'elle donnât des résultats! J'ose espérer que ce policier n'est pas venu ici pour vous imposer la lugubre corvée de vous rendre à l'Institut médico-légal pour la reconnaissance du corps?

— Je m'y suis refusée, prétextant que ce monsieur n'était qu'un ami avec lequel je n'avais aucune parenté et à qui je prêtais cette chambre uniquement pour lui rendre service.

— C'est assez habile mais la concierge? Elle est là depuis longtemps?

— Des années! Elle occupait déjà la loge quand j'avais loué la chambre.

— Elle vous a donc connue habitant avec Mario?

— Sûrement.

— Et si elle parlait, ça risquerait de devenir très ennuyeux pour vous...

— J'avoue que je n'ai pas eu le temps de penser à cela. Il fallait d'abord que je vous voie mais je reconnais que vous avez raison : la concierge... Elle nous appelait « les amoureux »!

— Quand vous avez changé de nom, qu'a-t-elle dit?

— Je n'en sais rien. Je ne lui ai pas demandé son avis!

— Il faut absolument, de toute urgence, empêcher

cette bonne femme de parler! Et vous devez résilier ce bail désormais inutile qui n'évoquera plus pour vous que des mauvais souvenirs... Mario avait de la famille?

— Il m'a dit un jour qu'il avait encore un frère habitant dans la région de Nice mais je ne sais pas où...

— C'est ce personnage, s'il existe encore, qu'il faudrait faire prévenir. C'est lui qui doit s'occuper du corps : le plus tôt il sera enterré et le mieux ce sera. Seulement comment retrouver ce frère? En tout cas, ce n'est pas à vous de le faire : cela pourrait attirer l'attention... Il serait préférable que quelqu'un qui n'a jamais eu affaire directement avec Mario s'en occupât... Voulez-vous que j'essaie de m'en charger ainsi que de faire taire la concierge? Oh, pour elle ce ne sera qu'une question de pourboire.

— Vous feriez cela?

— Ne vous ai-je pas promis de vous aider? N'y pensez plus et laissez-moi agir.

— Merci! Bien entendu, je vous rembourserai tous les frais que vous aurez à débourser.

— Nous verrons cela plus tard. De toute façon, rassurez-vous : ils ne seront pas énormes. Ce n'est pas comme si nous devions nous occuper d'une personnalité très connue : un Mario de plus ou de moins sur terre, ce n'est pas un grand deuil pour la société! Parlons de vous : maintenant que vous êtes débarrassée de la hantise que vous infligeait la présence de cet individu, qu'allez-vous faire?

— Je ne sais pas... Ou plutôt si : j'ai heureusement la fabrique dont je dois m'occuper.

— C'est déjà quelque chose mais croyez-vous que ce sera suffisant pour vous faire tout oublier et vous meubler entièrement l'esprit? C'est très bien, les *Conserves Dubois*, mais comme ça marche déjà tout seul sur sa lancée... Me permettriez-vous de vous donner un conseil?

— Je ne demande que cela!

— Pourquoi ne feriez-vous pas un voyage? Un grand voyage qui, en vous faisant découvrir d'autres villes et d'autres pays – à vous qui m'avez confié n'avoir jamais pu quitter Paris – vous changerait complètement les idées? C'est merveilleux, les voyages! Ça fait tout oublier... Pourquoi ne pas faire une sorte de tour du monde? Vous verrez, quand vous reviendrez, que vous serez une tout autre femme!

— J'avoue que c'est assez tentant mais « mon » affaire?

— Le télégraphe et le téléphone n'ont pas été inventés pour rien! Ils vous permettront, d'où que vous soyez, de rester en contact permanent avec votre directeur.

— Je vais y réfléchir. Où me conseillez-vous d'aller?

— Partout où vous ne penserez plus au passé.

— Si je prenais une telle décision, savez-vous qui me manquerait le plus? Vous, avec vos sages conseils.

— Vous m'écrirez et je vous répondrai. Moi aussi, j'aimerais bien partir loin, très loin... Mais, cela m'est impossible! Mon devoir me retient auprès du M.L.E. Que deviendraient tous mes chers *frères* et *sœurs*?

— Sans vous, ils seraient perdus! Merci d'avoir répondu, encore une fois, à mon appel. Vous m'assurez que je n'ai plus à me préoccuper de l'enterrement de Mario?

— Je vous le certifie. Prévenez-moi pourtant si vous partiez.

— Je vous promets de vous mettre au courant de tout ce que je ferai à l'avenir.

— Bravo. Voilà une bonne résolution. A bientôt peut-être?

Un mois plus tard, Athanase recevait un nouvel appel de la jeune veuve :
— Suivant vos conseils, je pars demain. Je m'embarque à Toulon pour une croisière de trois semaines en Méditerranée. C'est celle qu'Aristide voulait m'offrir. Pendant toute sa durée, je ne penserai qu'à lui qui reste mon unique bon souvenir... Je visiterai les musées du Caire, je verrai les Pyramides, Alexandrie, je remonterai le Nil en bateau pour admirer les temples : il voulait me montrer tout cela... Dès mon retour, je vous appellerai pour vous raconter mon voyage au cours d'un dîner chez moi que vous me ferez, j'espère, le plaisir d'accepter.
— Je viendrai. Il ne me reste plus qu'à vous souhaiter un excellent voyage.

De croisière en croisière et de voyage en voyage, la vie d'Eliane commença à s'organiser autrement. A chacun de ses retours, elle ne manquait jamais d'inviter son confident qui l'écoutait pendant le repas sans poser la moindre question. Il se contentait de l'écouter et de s'exclamer quand elle lui décrivait les merveilles qu'elle avait vues. La seule nouvelle qui sembla vraiment l'intéresser fut d'apprendre que les *Conserves Dubois* se portaient de mieux en mieux. Un soir pourtant, quand elle eut terminé son récit, il demanda :
— Quel sentiment éprouvez-vous chaque fois que vous vous retrouvez en France et surtout, ici, chez vous?
— Le sentiment de solitude... Pendant mes voyages, je vois beaucoup de monde autour de moi, des figures nouvelles... Je suis entourée aussi de mouvement et de vie mais, dès que je reviens ici, je commence à m'ennuyer!
— C'est mauvais, l'ennui à votre âge, et anormal puisque vous avez tout pour être heureuse! A

propos, j'ai complètement omis, depuis une année que vous parcourez le monde et que vous ne nous revenez que pour des périodes assez courtes, de vous demander des nouvelles de votre chère belle-sœur.

— Catherine? Je ne vous l'ai donc pas dit? Elle est morte, il y a six mois, dans la maison de repos pendant que j'étais au Mexique. C'était préférable pour elle: dans le triste état où elle se trouvait!

— Si j'avais su qu'elle était au plus mal pendant votre absence, j'aurais pu me rendre auprès d'elle et m'occuper de toutes les formalités.

— Je sais qu'avec votre bon cœur vous l'auriez fait si je vous l'avais demandé d'où j'étais par un télégramme. Mais je n'ai pas voulu vous accabler d'une pareille corvée puisque vous ne l'aviez pas connue. Elle a été enterrée au cimetière Montparnasse entre son mari et son fils... Pauvre Catherine! Elle ne m'a plus aimée le jour où elle a été convaincue que j'avais tout mis en œuvre pour me faire épouser par son frère, alors que vous savez bien qu'il en fut autrement... Elle n'a pas eu une vie très heureuse entre son époux qui n'a pas connu la réussite dans sa profession d'architecte et son fils! Entre deux voyages, j'ai été fleurir leur tombe: c'est tout ce que j'ai pu faire.

— Oublions aussi cela et revenons à vous qui êtes, heureusement, bien vivante... Avez-vous l'intention d'entreprendre bientôt un nouveau voyage?

— Même pas! Je commence à être lasse de toutes ces pérégrinations.

— Au cours de ces déplacements, vous n'avez donc rencontré personne qui vous soit vraiment sympathique? Une amie, par exemple, qui habiterait comme vous Paris et que vous pourriez revoir? Et, pourquoi pas aussi, un ami? Un homme bien sous tous les rapports avec lequel vous pourriez sortir, aller au théâtre, voyager peut-être également?

— Je n'ai vu que des égoïstes qui ne pensaient qu'à eux-mêmes... Vous savez, le public actuel des croisières ou des voyages n'est plus ce qu'il devait être autrefois! On ne rencontre que des gens assez médiocres qui comptent surtout leurs sous et qui ne veulent dépasser pour rien au monde le budget touristique qu'ils se sont fixé! Peut-être seriez-vous étonné si je vous disais qu'au cours de mes voyages j'ai été très peu invitée.

— Une personne aussi charmante que vous? C'est à peine croyable... Les gens sont devenus des mufles!

— Ils voyagent en groupe. Ils aiment cela... Sans doute parce que eux aussi redoutent la solitude?

— Revenons-y, à cette solitude... C'est même curieux : plus la population du globe augmente et plus chacun se sent perdu au milieu de l'immensité des foules! Puisque vous semblez ne plus avoir tellement envie de recommencer ces expériences de dépaysement organisé, nous devons trouver pour vous un remède... La présidence de votre firme ne suffit pas : il faut autre chose! Il me vient bien une idée, seulement je ne sais pas si elle vous conviendra... Vous persistez, n'est-ce pas, à me considérer comme étant pour vous un véritable ami?

— De plus en plus! Je vous l'ai déjà dit : je n'ai que vous!

— Alors ça ne vous sourirait pas de venir en aide à ce seul ami?

— Vous avez besoin d'un peu d'argent pour votre mouvement? Mais vous savez bien, cher Athanase, que ma bourse vous est ouverte.

— Je sais, chère amie... Le *M.L.E.* aura toujours besoin d'argent.

— Comment marche-t-il, votre mouvement?

— Très bien, mais justement l'afflux des fidèles me pose des problèmes de plus en plus ardus...

— L'exiguïté du local?

— Celui-là et beaucoup d'autres... M'offrir de nouveau une aide financière, c'est très généreux de votre part mais malheureusement, ce n'est pas pour notre *M.L.E.* une solution durable! Vous devez bien vous douter de ce qui se passe : dans ces organisations charitables, il y a toujours un trou financier urgent qui se présente et, dès qu'on l'a bouché, il en surgit un autre! Je ne sais plus où donner de la tête! De plus, ma véritable mission n'est pas de récolter les fonds indispensables à notre survie mais de conserver le maintien de la foi qui, seule, saura sauver nos désespérés. Pour remplir cette tâche vivifiante mais écrasante, il faudrait que je puisse réserver toute mon activité au spirituel sans perdre un temps précieux à trouver les solutions matérielles! C'est ce qui finit par me tuer à la longue... J'ai encore heureusement une bonne santé mais... combien de temps cela durera-t-il? Je ne suis plus tout jeune! Ce qu'il faudrait et que je recherche désespérément depuis des années, ce serait d'avoir à mes côtés quelqu'un de très dévoué et de très averti qui me seconderait pour résoudre ces questions pratiques... Pourquoi ne seriez-vous pas cette personne? C'est là mon idée.

— Mais je serais totalement incapable d'y arriver!

— C'est vous qui le dites, madame! Pas moi! Je crois au contraire, maintenant que la volonté du destin vous a placée à la tête d'une grande entreprise qui n'a fait que progresser sous votre égide et vous a appris à gérer une grosse fortune, que vous seriez la femme rêvée pour le plus grand bien du *Mouvement de Libération de l'Esprit*! L'argent qui afflueraient grâce à votre expérience me permettrait à moi, pauvre *frère* Athanase, d'engager les dépenses nécessaires pour que notre mouvement puisse enfin atteindre la toute première place qu'il devrait avoir depuis longtemps sur le plan universel et qu'il n'a pu obtenir jusqu'à présent uniquement parce qu'il a été gêné par de mesquines considérations de gros sous! Cette nouvelle activité offrirait aussi pour vous l'inestimable avantage d'apporter dans votre vie solitaire une prodigieuse occupation!

» ... Cette impression de lassitude qui vous envahit et ce mépris très justifié que vous avez à l'égard des gens égoïstes, que vous venez de rencontrer pendant cette année où vous avez eu l'entière liberté de vos décisions et de vos mouvements, sont les responsables de votre écœurement. Souvenez-vous de ce que le cher Sébastien a écrit dans ses dernières lettres, adressées aussi bien à sa mère qu'à moi-même : *Il n'y a rien de pire que de se savoir inutile*! Il se sentait désœuvré... Vous aussi, madame, vous l'êtes malgré votre situation sociale et vos millions! Aujourd'hui il n'y a que les gens qui n'ont rien à faire, à tuer le temps en voyages d'agrément! Ah! je vous certifie bien que si vous vous occupiez du *M.L.E.* avec moi, vous n'auriez plus un instant à consacrer aux futilités! Et ce n'est pas tout! Réfléchissons calmement à votre cas...

» ... Souvenez-vous de ce que je vous ai déjà dit sur l'obligation absolue que nous avons tous de réparer nos fautes. Si, personnellement, je n'avais pas eu cette conviction aussi intime que profonde, jamais je n'aurais consacré ma vie à l'épanouissement du *M.L.E.*! Je serais resté bien tranquille chez moi, enfermé dans ma coquille d'égoïste – un de plus! – et exerçant une profession quelconque qui m'aurait permis de percevoir aujourd'hui une retraite plus ou moins confortable me permettant de subsister... Croyez-vous que c'eût été un idéal pour moi? Je ne touche aucune retraite, je n'en aurai jamais et j'en suis fier! Mais quand je disparaîtrai à mon tour, j'ai tout lieu d'espérer que je m'estimerai en règle avec ma conscience. C'est là l'unique chose qui compte! Ne pensez-vous pas qu'il serait bon pour vous, le jour où cela vous arrivera aussi – ce que je souhaite, bien entendu, le plus tard possible! – que vous vous trouviez dans le même état d'apaisement?

» ... N'oublions pas non plus que nous ne sommes tous ici-bas que des coupables! J'ai commis, au cours de mon existence déjà longue, beaucoup de fautes que je m'efforce de réparer peu à peu et, parmi elles, une que vous connaissez et qui me pèse toujours : celle d'avoir exclu votre neveu de notre mouvement... Faute, je vous l'ai d'ailleurs fait comprendre en son temps, dont vous êtes peut-être encore plus responsable que moi! Vous venez de visiter des mondes nouveaux pour tenter de l'oublier, mais avez-vous l'impression de l'avoir vraiment réparée? Ce n'est pas le don spontané que vous nous avez alors remis qui peut seul y suffire! Ce serait trop beau et trop facile si l'on parvenait ainsi, grâce à l'argent, à effacer d'un seul coup tout le mal que l'on a fait! Et ceux qui n'ont pas d'argent, comment pourraient-ils s'acquitter de leur dette morale? Le seul moyen qu'il leur reste est de continuer à expier pendant toute leur vie. Vous devez agir comme eux : l'expiation perpétuelle deviendra pour vous la plus exaltante des occupations! Enfin, les confidences que vous m'avez faites m'ont fait comprendre que vous aviez perpétré d'autres fautes tout aussi graves que celle-ci!

» ... Loin de moi la pensée de jouer ce soir le rôle de celui qui n'est venu que pour vous rafraîchir la mémoire mais enfin, madame, ne pensez-vous pas que la façon dont vous avez abrégé la vie de celle qui fut la première femme de votre époux, la lâcheté qui vous a poussée à continuer à entretenir secrètement pendant des années un individu méprisable, et même la folie suivie de la mort de votre belle-sœur à la suite du suicide de son unique enfant, sont de très lourdes fautes exigeant une réparation qui n'a pas encore été faite ?

Cette fois ce fut Eliane qui baissa les yeux pendant que la voix douce continuait :

— Vous seule pouvez être le juge de vos actes. Réfléchissez. Je vais vous laisser en emportant cependant la conviction que, si vous parvenez à mesurer le poids réel de toutes ces fautes, vous ne tarderez pas à m'appeler de nouveau pour me dire que vous souscrivez entièrement à l'idée que je viens de vous soumettre en toute objectivité. Seule, madame, votre collaboration effective au rayonnement du *M.L.E.* pourra rétablir l'indispensable équilibre de votre conscience. Je m'excuse de me montrer aujourd'hui aussi sévère à votre égard mais c'est nécessaire pour vous aider à retrouver un jour une certaine joie d'exister. Si je n'agissais pas ainsi, vous continueriez à vivre sans aucun enthousiasme, vous contentant d'encaisser des dividendes et d'errer sans but précis à travers le monde... Peut-être m'en voulez-vous de faire preuve d'une telle franchise ? Uniquement pour votre bien j'en assume le risque. La flatterie n'a jamais été de mon ressort ! Au revoir, madame.

Quelques jours passèrent avant qu'Athanase ne décroche son récepteur pour entendre la voix exaltée d'Eliane disant :

— Une fois de plus, vous vous êtes montré mon sauveur. Merci ! Quand nous voyons-nous pour que vous me précisiez exactement ce que je dois faire à vos côtés ?

— Ce sera très simple. Votre situation sociale vous a ouvert obligatoirement beaucoup de portes. Ce sera à celles-là que vous devrez frapper et si, pendant les premiers temps de notre collaboration, le résultat de vos interventions se révélait assez décevant, il ne faudra pas reculer : vous contribuerez personnellement à l'assainissement de notre trésorerie. Ceci, non pas par des dons alloués de temps en temps selon les besoins les plus pressants, mais en nous garantissant un financement régulier. Je sais que vous en avez les moyens. S'il le fallait, il ne faudrait pas hésiter, en le prélevant au besoin sur votre fortune personnelle, à constituer un capital solide qui serait placé au nom du *M.L.E.* et dont les revenus assureraient définitivement notre stabilité. Ce serait une sorte de donation irrévocable, faite de votre vivant, qui présenterait pour vous le sérieux avantage de vous apporter de très importants dégrèvements fiscaux. C'est d'ailleurs la principale raison pour laquelle beaucoup de gens possédant une grosse fortune n'hésitent pas à en laisser une bonne partie à une fondation qui porte généralement leur nom. Ce qui est très bien : il est juste que le nom de ceux qui ont su faire preuve d'une réelle générosité passe à la postérité. Pourquoi voudriez-vous qu'il y ait une Fondation Rothschild ou un hôpital Boucicaut ? Les premiers furent des banquiers et le second le créateur du *Bon Marché*.

– Cher Athanase, ne m'aviez-vous pas dit, au cours de la première visite que je vous ai faite, que l'une des toutes premières règles de votre mouvement était de conserver l'anonymat et qu'aucun nom, y compris le vôtre, ne devait apparaître ? Que seule aussi comptait l'appellation *Mouvement de Libération de l'Esprit* ?

– C'est exact mais cela n'empêche pas la création d'une fondation dont tout le monde saurait que son but est d'assurer le financement du mouvement et qui porterait, elle, le nom du principal donateur ou de la principale donatrice. Ce serait là un hommage que rendrait le *M.L.E.* à celui ou à celle qui lui a permis de vivre. Personne, ni au sein du mouvement ni à l'extérieur, ne pourrait trouver quelque chose à y redire. Ne trouvez-vous pas qu'une FONDATION ELIANE DUBOIS, ça ferait très bien? Et pourquoi pas la FONDATION ARISTIDE DUBOIS en souvenir de votre mari, le créateur de la célèbre fabrique sans les revenus de laquelle vous ne pourriez pas nous aider? Ce serait pour vous une manière de vous acquitter de la dette de reconnaissance que vous avez à l'égard de ce très honnête époux tout en continuant, comme il le souhaitait et longtemps après sa disparition, à magnifier la qualité de ses produits d'alimentation!

— C'est là une merveilleuse idée! Ça s'appellera la FONDATION ARISTIDE DUBOIS! Mais ça va demander beaucoup de temps avant qu'elle ne soit édifiée.

— Sans aucun doute. Il nous faudra d'abord trouver l'emplacement rêvé et ensuite acheter le terrain. Vous vous occuperez de tout cela... Pour les travaux eux-mêmes, nous devrons prévoir quelques années pour qu'ils soient véritablement parfaits et que le *M.L.E.* ait enfin un siège digne de lui. Ce qui nous fera peut-être gagner du temps, c'est que j'ai déjà établi depuis longtemps des plans d'aménagement que je vous soumettrai. Je les crois rationnels mais je suis prêt à accueillir toutes les critiques et surtout les vôtres! Il faut que ce soit une totale réussite!

— Vous avez raison. Aristide n'aimait que le beau!

— Attention, ma chère collaboratrice! Nous devrons éviter le luxe tapageur et surtout superflu! Le *M.L.E.* ne doit pas s'amollir dans une débauche de confort : il doit rester dépouillé! Par contre, il nous faudra beaucoup de dortoirs, beaucoup de lits, plusieurs salles de relaxation, une vaste cuisine pour pouvoir servir des centaines de repas à nos pauvres *frères* et *سœurs*. Je n'insiste pas : vous avez pu constater notre misère là où nous sommes encore en ce moment...

— J'en ai presque pleuré!

— Parce que vous êtes une âme sensible mais il ne le fallait pas! Ce n'est que dans le dénuement et la pauvreté que germent les idées salvatrices.

— Il n'y aura toujours pas de baignoire?

— Rien que des douches... et une piscine.

— Pourquoi une piscine?

— Pour nous permettre de trouver un mode complémentaire de relaxation...

— Et la prison?

— Il en faudra une mais beaucoup plus grande! Si je vous disais que celle, trop exiguë, que nous avons actuellement refuse du monde tellement il y a de demandes pour y séjourner! Il n'y a pas un seul de nos *frères* ni une seule de nos *sœurs* qui n'exige d'aller s'y recueillir... Je suis très ennuyé de ne pouvoir leur donner satisfaction.

— Comme c'est étrange!

— C'est normal : tous ont compris que le châtiment volontairement accepté est la seule véritable expiation! Cela vous intéresserait-il que je vous apporte demain après-midi les plans que j'ai conçus depuis longtemps déjà pour un futur siège de notre mouvement tout en me disant — alors que je les dessinais avec la collaboration de quelques-uns de nos membres les plus doués — que, hélas, je ne verrai jamais une pareille réalisation!

— Je vous promets que vous la verrez, Athanase.

— Le Créateur vous entende, madame!

— S'il le faut, j'y emploierai toute ma fortune!

— Ah! non... Ça, je m'y oppose formellement! Seulement une partie de cette fortune... La moitié peut-être mais ce sera le maximum! Vous conserverez l'autre pour vos besoins personnels. Vous êtes encore jeune, ayant donc devant vous une longue vie en perspective, et vous devez savourer tous les bonheurs : celui de la paix de la conscience et ceux que peuvent quand même vous apporter – même si elles ne sont que très relatives – certaines joies terrestres... Et qui sait? Peut-être vous arrivera-t-il un jour de vous remarier? Parce que enfin votre première union fut des plus platoniques... Vous avez le droit absolu de connaître un bon et vrai mari!

– Je ne retrouverai jamais un homme comme Aristide! Aussi, ne me remarierai-je jamais!

– On dit cela, madame, mais la vie révèle parfois de ces surprises... Souvent femme varie!

– Pas moi!

– Je sais : vous êtes une femme exceptionnelle! Mais quand même... Malheureusement je vais être contraint de raccrocher l'appareil : on m'informe qu'un nouveau postulant demande à être reçu par moi. C'est capital pour l'avenir du mouvement, le recrutement... A demain! Nous nous pencherons tous les deux sur les plans de la future fondation : cela vous passionnera!

Elle fut tellement passionnée qu'elle ne pensa plus qu'à la fondation. Il faut reconnaître qu'Athanase était un as pour savoir donner, aussi bien à chaque adhérent du *M.L.E.* qu'à une *sœur* bienfaitrice, l'éblouissante illusion d'être devenu un rouage indispensable à l'éclosion de la rédemption imminente de l'humanité par elle-même. Après l'explication des plans, qui furent adoptés avec enthousiasme par la présidente des *Conserves Dubois*, il y eut la recherche du terrain où l'on construirait l'édifice, les tractations pour l'achat de ce terrain, l'établissement des devis et l'ouverture du chantier. Personne ne savait très bien, dans le quartier choisi, ce que l'on allait bâtir là, à l'exception de *frère* Athanase, de ses collaborateurs immédiats et de sa commanditaire, mais on sentait que ce serait quelque chose de grandiose et destiné à une œuvre des plus charitables. C'était à peine si Eliane avait le temps de penser à son usine. Elle ne faisait plus qu'y passer rapidement, se limitant à présider les conseils d'administration et à approuver ce que décidait le miraculeux directeur choisi par son défunt époux. Comme elle ne connaissait pas grand-chose à la fabrication des produits alimentaires, tout était beaucoup mieux ainsi. Il lui suffisait d'apposer sa signature au bas de bilans qui auraient fait rêver n'importe quelle entreprise concurrente, sans se mêler d'ennuyer le directeur pour des petits détails. Grâce à Athanase, elle avait très vite compris qu'il ne pouvait exister aucune comparaison possible entre la flamme spirituelle dont il fallait être environné pour édifier le futur siège d'un *Mouvement de Libération de l'Esprit* et les appétits mercantiles qui continuaient à faire fabriquer des tonnes de surgelés. On ne mélange pas l'esprit et la matière.

De nouvelles années passèrent pendant lesquelles les blocs de béton et même de pierre, encerclés d'échafaudages de plus en plus impressionnants et dominés par les indispensables grues élévatrices, commencèrent à se dresser fièrement vers le ciel où se trouvait peut-être ce Créateur dont parlait Athanase. Un Créateur assez flou qui devait se réjouir, autant que son surprenant représentant sur terre, que le sentiment de culpabilité bien ancré dans le cœur des hommes puisse les conduire aux plus sublimes réalisations! La *S.F.I.M.* ou *Société Foncière et Immobilière du Mouvement* avait été rapidement créée pour assurer le financement de départ. Les demandes de fonds faites par Eliane auprès des banques habituées à travailler régulièrement avec la firme de conserves n'avaient donné que d'assez piètres résultats, mais qu'est-ce que cela pouvait faire puisque feu Aristide avait eu la grande intelligence de se constituer de son vivant une immense fortune personnelle? Même s'il arrivait un jour que la vente du surgelé périclitât, le nouveau temple du *M.L.E.* verrait le jour. La grande machine conçue par Athanase s'était mise en marche et plus rien ne pourrait l'arrêter. Au passage, il prenait sur chaque devis sa part « privée », ignorée d'Eliane grâce à une savante combinaison de ristournes et pratiquée entre lui et les entreprises dont il faisait accepter les devis faramineux. Part qui allait grossir le compte secret en Suisse. Il devint ainsi cet homme très riche qu'il avait toujours voulu être.

Pendant l'interminable durée des travaux, il ne fut pas question de vacances pour *frère* Athanase et encore moins de voyage d'agrément pour Eliane qui ne vivait plus que dans l'idée de racheter ses fautes grâce à tout cet argent qu'elle dépensait, sans même prendre le temps de compter, pour ce qui serait le plus fabuleux siège de « mouvement spirituel » que l'on aurait jamais vu!

Seulement, une passion aussi dévorante pour la construction finit par épuiser les nerfs. C'était comme si Eliane était empoignée par une fièvre permanente tandis qu'Athanase, lui, continuait à rester parfaitement calme. Un jour – ce fut au début de juillet alors que la chaleur parisienne était étouffante et que le fondateur et sa commanditaire venaient de faire un tour d'inspection complet pour visiter minutieusement les étages déjà bâtis – il y eut entre eux une petite discussion, la première, pour un motif saugrenu. Athanase affirmait qu'il serait judicieux d'installer la piscine dans les sous-sols mais Eliane estimait que sa place devait être au centre du jardin, presque un parc, qui venait d'être aménagé derrière le bâtiment central.

— Vos *frères* et *sœurs*, disait-elle, préféreraient certainement s'ébattre et se relaxer dans une piscine en plein air où ils pourraient profiter des bienfaits du soleil.

— Je m'y refuse, chère amie! Pensez un peu aux fenêtres des immeubles voisins qui auront vue sur le jardin. Si nos *frères* et *sœurs* éprouvent le besoin de se baigner nus, ce qui est pour eux un droit aussi absolu que celui de l'être pendant les séances de relaxation dans des salles fermées, cela risquerait de déclencher des scandales fomentés par les bourgeois des alentours. Si, au contraire, la piscine est située au sous-sol, personne ne pourra assister à leurs ébats à l'exception de nos adhérents seuls admis à pénétrer et à œuvrer à l'intérieur! Il peut très bien se trouver aussi certains de nos membres qui soient brusquement saisis par le besoin impérieux de s'accoupler, avant ou après le bain, pour se rapprocher de l'extase qui, en assouvissant le désir charnel, favorise la libération de l'esprit... Vous imaginez cela en plein air, au bord de la piscine et à la vue de n'importe quel voisin installé à sa fenêtre qui ne manquerait pas de prendre des photographies pour les porter immédiatement à la police sous prétexte d'attentat à la pudeur ou de provocation! Cela risquerait de porter un tort considérable à la réputation morale du *M.L.E.*!

— Ne serait-ce pas sublime et même assez émouvant que de pouvoir contempler nos jeunes gens et nos jeunes filles s'enlaçant en plein jour sous le soleil?

— Vous-même avez pu le constater : ils ne sont pas tous jeunes ni tous d'une beauté académique! Mieux vaut, dans ce domaine, une certaine discrétion...

— Pendant ces années que je viens de vivre en vous aidant dans votre tâche, j'ai eu parfois l'occasion de remarquer que vous étiez un peu sévère avec vos fidèles... N'avez-vous pas l'impression qu'un certain adoucissement de la discipline que vous leur imposez serait souhaitable?

— Madame Dubois, ce serait la perte irrémédiable de la foi sur laquelle repose toute la doctrine de notre mouvement! Et ce ne serait plus la peine de continuer à intensifier nos efforts comme nous le faisons, vous et moi.

— C'est bon. A l'avenir je crois préférable de ne plus discuter avec vous sur ce domaine puisque vous êtes notre grand maître...

— Chère amie, je n'aime pas beaucoup ce ton ni votre petite critique à laquelle je n'attache d'ailleurs pas trop d'importance! Et j'excuse le tout parce que, depuis ces derniers mois, je vous sens fatiguée par les gros efforts, financiers ou autres, que j'ai été contraint de vous imposer... Cela va faire des années que, vous vouant entièrement à votre tâche de bienfaitrice, vous n'avez pas pris un seul jour de repos.

— C'est vrai mais je ne le regrette pas!

— Je sais : vous êtes une femme extraordinaire ne méritant que des éloges et l'admiration de toute notre communauté... Seulement il arrive un moment, quand les nerfs sont à bout par excès de travail, où il faut avoir la sagesse de recourir à la détente... Nous arrivons à la période où, par suite des congés payés – auxquels nous ne pouvons, hélas, pas échapper à moins de nous trouver en contradiction avec les lois sociales que nous devons respecter si nous ne voulons pas connaître de sérieux ennuis – les ouvriers qui travaillent pour parachever cet édifice, dont la construction approche de sa fin, vont prendre leurs vacances. Souvenez-vous : chaque année ce fut la même chose! Pendant quatre semaines, l'activité va cesser sur le chantier. Pourquoi n'en profiteriez-vous pas cette fois pour entreprendre de nouveau un voyage, vous qui aviez tant apprécié ce mode d'évasion et d'oubli à l'époque où vous connaissiez tous vos soucis familiaux? Et puisque je continue à me sentir en excellente forme et que ma présence est indispensable à la tête du mouvement, je resterai ici. S'il y avait une décision importante à prendre en votre absence, je ne manquerais pas de vous demander votre avis à distance soit par un câble soit par un appel téléphonique. Ainsi vous pourriez partir tranquille avec la certitude que nos intérêts communs, qui sont ceux du *M.L.E.*, continueraient à être défendus au mieux. Et, quand vous nous reviendriez en septembre, ce serait avec des forces créatrices décuplées!

— Peut-être qu'après tout vous êtes une fois de plus dans le vrai?

— Ce ne sera pas de gaieté de cœur que je vous verrai ainsi vous éloigner de nous pendant quelques semaines... Car vous êtes devenue pour notre grande œuvre un élément primordial! Sans vous toujours à mes côtés pour m'encourager, pour me conseiller, pour me faire même des objections très pertinentes, je me sentirais perdu. Heureusement, ce ne sera pas le cas! C'est pourquoi, plutôt qu'un long périple en avion qui se révèle presque toujours éreintant parce qu'un dépaysement trop rapide est assez néfaste pour l'organisme, je me permets de suggérer que vous profitiez plutôt d'une croisière à temps limité. Souvenez-vous de la toute première que vous aviez faite en Méditerranée pour découvrir les trésors de l'Egypte dans le pieux souvenir de votre époux. Elle vous avait fait beaucoup de bien! Certes, vous m'avez confié n'y avoir pas rencontré, pas plus qu'au cours des voyages que vous fîtes par la suite, de personnes bien intéressantes mais qu'est-ce que cela a pu faire? Une femme de votre trempe ne s'embarque pas pour faire des rencontres sur un navire mais pour s'évader elle-même d'une certaine routine. Ces années de construction méthodique de notre fondation ont, elles aussi, par leur durée même, pris une forme de routine. Comme je vous l'avais prédit, elles vous ont bien occupée mais elles vous ont aussi fatiguée! Il vous faut du repos.

— Et vous, Athanase, comment faites-vous pour tenir toujours le coup?

— C'est la foi qui me sauve, madame!

— Mais moi aussi, j'ai foi dans le *M.L.E.*!

— Je reconnais qu'elle a nettement progressé en vous depuis ces dernières années mais c'est une foi qui ne vous est venue qu'à la trentaine à la suite d'une succession de malheurs et de chagrins tandis que la mienne est ancrée en moi depuis ma prime jeunesse! Déjà, quand je n'étais qu'un enfant, je ne pensais qu'à faire du bien à mes semblables... Besoin inné qui a fini par se cristalliser dans la grande idée du *Mouvement de Libération de l'Esprit*! Il faut croire que j'ai dû avoir la chance insigne d'être touché par une grâce providentielle...

— Ce doit être pourquoi tous, dans le *M.L.E.*, vous considèrent comme une sorte de saint laïc?

— Tous se trompent! Il n'y a pas de saint parmi nous et il n'y en aura jamais! Je vous le répète : nous ne sommes que des pécheurs... Pour moi, vous n'êtes encore qu'une néophyte qui se rapproche peu à peu de cet état d'âme grâce à tout ce qu'elle a déjà fait mais qui n'a pas encore franchi la porte sublime de l'abnégation totale... C'est pourquoi il vous faut encore des étapes qui vous permettront de reprendre votre souffle et de vous retrouver seule avec vos pensées pour récupérer de nouvelles forces spirituelles qui vous conduiront vers l'idéal absolu! Cette croisière me paraît indispensable...

— Mais où aller?

— De nouveau en Méditerranée puisqu'elle vous avait déjà revigorée... Vous pourriez cependant modifier l'itinéraire. Pourquoi ne pas pousser une pointe vers la mer Egée? Connaissez-vous les îles grecques?

— Non.

— Elles sont admirables et dispensatrices de beauté... Myconos, la Crète, Rhodes... autant de noms qui chantent et de sites qui enchantent! Et Chypre? Vous devez faire une escale à Chypre!

— Vous connaissez?

— J'ai très bien connu Chypre... et le Bosphore aussi. Vous n'avez pas le droit de ne pas profiter de l'occasion pour passer deux ou trois jours à Istanbul.

— Vous connaissez aussi?

— Oui... Le Grand Bazar, la Corne d'Or...

— Mais, quand avez-vous pu visiter ces pays, vous qui, dès votre enfance, ne pensiez déjà qu'à la grande idée de votre mouvement?

— Il y a longtemps, madame... Je suis un très vieux bonhomme! A cette époque, j'errais un peu partout à la recherche du bien et surtout d'un pays où l'idée pourrait éclore et se répandre sur la terre partout où il y aurait encore des hommes de bonne volonté... Ce pays prédestiné, il n'y en avait qu'un : la France! Le seul qui a toujours su se montrer accessible à toutes les détresses morales et physiques, à toutes les folies, à toutes les charités... Où aurais-je trouvé, par exemple, dans un autre pays que celui-ci une femme telle que vous qui, après avoir compris le sens de ma mission, est venue à moi de son plein gré pour m'encourager et pour me seconder? Sans vous, madame, cette fondation, que nous pourrons certainement inaugurer l'année prochaine et dont les portes s'ouvriront largement sur la misère spirituelle de nos *frères* et *sœurs*, ne serait encore qu'à l'état de projet! Oui, il a fallu une Française... C'est aussi l'une des raisons essentielles pour lesquelles il faut vous ménager. Longtemps, très longtemps encore après ma disparition, le

Mouvement de Libération de l'Esprit aura besoin de celle qui lui a apporté son enthousiasme et sa jeunesse... Quand vous embarquez-vous? Le plus tôt sera le mieux.

— Vous êtes terrible, Athanase! Avez-vous jamais rencontré quelqu'un qui vous ait résisté?

— Hélas, oui, madame! Tous ceux, et ils sont innombrables, qui ont refusé la vraie foi que je leur proposais...

Les semaines de soleil passèrent. Quand elle revint de sa croisière, Eliane était une tout autre femme. Une fois encore, Athanase s'était révélé prophétique. Mais, le changement opéré dans le comportement de la bienfaitrice était tel qu'il ne put s'empêcher de lui dire, le soir même de son retour :

— Il semble que ce voyage vous ait fait le plus grand bien?

— Je me sens transformée! répondit-elle gaiement.

— A ce point? Sans doute est-ce le résultat de l'influence lénifiante des îles grecques? Je l'avais prévu... Avez-vous fait escale à Chypre?

— J'y ai même bu un excellent rosé en pensant à vous.

— C'est très gentil. Et Istanbul?

— J'y ai acheté au Grand Bazar un petit souvenir qui est encore dans mes bagages et qui vous est destiné.

— Quelle charmante attention! Il n'y avait pas trop de gens désagréables ou insignifiants à bord?

— J'ai fait la connaissance d'un homme merveilleux...

— Vraiment?

— Je suis sûre qu'il vous plairait! C'est un prince...

— Voyez-vous cela! Un prince de quel âge?

— Celui qui me convient : ni trop jeune ni trop âgé : la cinquantaine... Mais, très bel homme! Un parfait homme du monde aussi ayant des manières exquises auxquelles je n'ai jamais été habituée!

— Pourtant, votre mari?

— Ce fut autre chose... Aristide était un monsieur bien élevé alors que le prince est un seigneur... Moi qui n'avais aucune idée de ce qu'était la bourgeoisie, j'ai commencé à la découvrir chez les Dubois mais, jusqu'à ce voyage, j'ignorais complètement l'aristocratie dont j'entendais souvent parler avec haine ou envie. Elle ne me disait pas grand-chose!

— Et brusquement, sur le paquebot, vous vous êtes trouvée face à un prince authentique! Quelle sensation cela vous a-t-il fait?

— Je l'avoue : une sorte d'éblouissement... Ça s'est passé en fin d'après-midi, quelques heures après notre départ de Gênes, au bar qui est installé sur le pont arrière, au bord de la piscine.

— Vous voyez que les piscines ont du bon mais elles sont très dangereuses en plein air pour la moralité! Naturellement, je ne parle pas de vous qui, à mon humble avis, deviez au contraire vous trouver un jour face à un tel péril... Il n'est pas normal qu'une femme aussi désirable ne connaisse pas, au milieu de tous les soucis et de tous les tracas que lui apportent la construction et le lancement d'une telle fondation, quelques dérivatifs... La rencontre d'une amie qui ne soit pas ennuyeuse ou d'un chevalier servant est certainement l'un de ces dérivatifs... Vous savez depuis longtemps déjà que je suis sans doute votre plus grand ami mais, étant beaucoup plus âgé que vous, je ne puis pas suffire en tout à une femme encore jeune!

— Je vais avoir quarante ans!

— N'est-ce pas le véritable épanouissement de la jeunesse pour la femme d'aujourd'hui? Nous ne sommes plus au temps de Balzac qui estimait que la femme de trente ans devait savoir faire preuve d'une certaine modération et surtout de beaucoup de discrétion dans ses liaisons! Actuellement, la femme de quarante ans a appris, grâce aux bienfaits de l'esthétique, à rester belle et désirable... Vous êtes cette femme-là! Seulement, depuis votre veuvage prématuré qui n'a pas succédé à une véritable union, vous étiez, reconnaissez-le, plutôt désemparée... Il fallait dans votre vie une amitié moins sévère que la mienne. Je sais que je suis rarement drôle! Mais comment voulez-vous que je le sois en exerçant la pieuse mission de charité continuelle qui m'a été dévolue par le destin? Je dois toujours gourmander, réprimander, châtier même si c'est nécessaire! Tandis qu'avec un homme de la classe de ce prince charmant les mille et un petits événements de l'existence peuvent prendre une apparence plus souriante... A propos du prince, serait-ce indiscret de connaître son nom?

— Il porte un très beau nom, le prince Serge de Wakenberg.

— Le prénom rappelle la Russie mais le nom évoquerait plutôt l'Europe centrale?

— Il est, en effet, le dernier descendant d'une grande famille de Bohême qui a été dépossédée de ses biens et de ses immenses terres par la dernière guerre.

— Il n'a donc pas de fortune?

— Il me l'a avoué en toute simplicité.

— Ce qui prouve qu'il est un authentique grand seigneur... Il doit cependant lui rester encore quelques revenus puisqu'il a les moyens de s'offrir une croisière?

— Heureusement pour lui, ses parents, qui ont disparu dans la tourmente qui a ravagé l'Europe centrale, avaient pris la précaution de faire de judicieux placements en France : ce qui lui a permis de vivre jusqu'ici dans une relative aisance, mais il a eu aussi la franchise de me confier qu'il n'était pas loin d'épuiser les dernières ressources qui lui restent.

— Peut-être travaille-t-il aussi?

— Il m'a dit avoir maintes fois essayé... Seulement, vous savez ce que c'est : nous ne sommes plus à une époque où l'on a besoin d'un prince dans les affaires.

— Et on a tort! Les princes, à condition qu'ils soient comme celui-ci de qualité, peuvent être encore très utiles... Ils ont une façon bien à eux d'accueillir les gens et de savoir dominer les discussions qui, grâce à leur présence, ne s'enveniment pas. Comme vous le disiez si bien tout à l'heure, ils ont des manières...

— Ah, ça! Je vous jure que Serge n'en manque pas! Si je cherchais à faire une comparaison, je pourrais dire que sa façon de s'exprimer se rapproche beaucoup de la vôtre.

— N'exagérons pas! Lui est un prince-né alors que je ne suis qu'un roturier. Ma famille, comme la vôtre sans doute, était de très humble extraction.

— Peut-être est-ce pourquoi nous nous entendons aussi bien?

— Je reconnais que sur beaucoup de points nous sommes très près l'un de l'autre. Mais, parlons plutôt du prince... Vous l'appelez déjà Serge?

— Comme il m'appelle Eliane. Nous avons décidé de cela dès le lendemain de notre rencontre : n'était-ce pas plus simple? Ceci d'autant plus que nous ne nous sommes pratiquement pas quittés pendant tout le restant de la croisière.

— Vous vous tutoyez?

— Oh, non! Dans son milieu, on ne se dit que « vous ».

— C'est beaucoup mieux : le tutoiement a toujours quelque chose d'un peu vulgaire. D'ailleurs, vous avez pu remarquer que je l'ai proscrit à mon égard au *M.L.E.* où tout le monde me dit « vous ». Certains vieux usages avaient du bon! Vous vous êtes donc quittés au retour en débarquant à Gênes?

– Avec la ferme intention de nous revoir le plus tôt possible! Il habite Paris.

– Quelle chance!

– Depuis des années, n'ayant plus les moyens d'avoir une domesticité, il a pris la décision de vivre dans un petit hôtel de la rive gauche où il se sent, m'a-t-il dit, tout à fait chez lui.

– C'est un sage. L'hôtel est la meilleure des solutions pour un homme seul. Il n'est pas marié au moins?

– Il ne l'a jamais été, estimant qu'un homme de son rang ne pouvait envisager une union durable que s'il avait les moyens d'assurer à sa compagne une existence digne du nom qu'il lui apporterait.

– C'est aussi un gentleman... Au cours de vos conversations, lui avez-vous parlé de notre fondation?

– Je crois même n'avoir fait que cela!

– Ça l'a intéressé?

– Il a été enthousiasmé! Il m'a même dit qu'il n'y avait qu'en France que pouvait naître une aussi grande idée et qu'il serait très heureux de la visiter avec moi.

– Il ne faudra pas manquer de lui offrir cette joie... Lui avez-vous dit un mot sur moi?

– Comment voudriez-vous que l'on puisse parler du *Mouvement de Libération de l'Esprit* sans citer le nom de son fondateur?

– Quelle a été alors sa réaction?

– Celle de tout le monde : que vous ne pouviez être qu'un homme exceptionnel.

– En somme, il vous a presque encouragée à continuer à nous soutenir?

— Il m'a dit que si je ne le faisais pas, je faillirais à mon devoir!

— Il a dit cela? Décidément, ce prince est un monsieur très bien.

— J'aimerais tant vous le présenter!

— Quand vous voudrez. Ce sera un plaisir pour moi de faire sa connaissance puisqu'il semble avoir réussi à ramener sur votre visage ce sourire qui lui manquait depuis tellement longtemps et qui lui convient si bien! Mon plus grand désir n'a toujours été que de vous sentir heureuse.

— Cher Athanase! Je crois que je le suis enfin!

— Ce prince serait-il aussi magicien?

— Il n'y aura toujours qu'un magicien dans ma vie : vous! Mais, en me laissant entraîner à vous raconter ma rencontre, j'ai complètement omis de vous poser la question la plus importante : comment vont les travaux?

— Ils ont repris avant-hier avec la même activité qu'avant les vacances. Vous pouvez maintenant être assurée que l'inauguration de votre fondation ne sera plus qu'une question de mois.

— Ce sera un grand jour!

— Un très grand jour pour la sauvegarde de l'humanité souffrante... Ce jour-là aussi, nos chers *frères* et *sœurs*, auxquels je n'ai jamais donné l'autorisation d'aller se promener sur nos chantiers, pourront enfin découvrir le nouveau local dont les dimensions permettront à leur foi de progresser encore davantage : elle ne connaîtra plus de limites! Quelques jours plus tard, ils pourront s'y installer sans que je sois contraint, par manque de place, de limiter notre accueil. Et ce sera à vous qu'ils devront cette facilité! Chère amie, bientôt vous allez être fière de votre œuvre!

— Ce ne sera jamais la mienne mais la vôtre, *frère* Athanase!

— Restons modestes : ce ne sera pas la mienne non plus mais celle du *M.L.E.*

— Que deviendra l'ancien local?

— Je vais le rendre à ses propriétaires auxquels j'ai fait une véritable rente depuis des années! Maintenant, le *M.L.E.* sera chez lui. Et je suis enchanté de quitter le vieil hôtel poussiéreux!

— Vous avez pourtant dû y connaître des joies sublimes?

— C'est vrai. Je me souviens du jour où s'est présenté le premier adhérent... C'était un jeune garçon à peu près aussi timide que l'était ce pauvre Sébastien... Mais, depuis, il s'est virilisé. Il est devenu l'un de nos meilleurs propagandistes. Ce qui se serait certainement produit pour votre neveu s'il était resté des nôtres...

— Oui. Je suis la coupable!

— Vous l'êtes un peu moins aujourd'hui. L'inauguration prochaine de la fondation sera la preuve éclatante que vous avez déjà beaucoup fait pour réparer cette faute.

— Je le souhaite de toute mon âme! Accepteriez-vous de venir dîner demain soir? J'inviterai Serge...

— Je serai là.

Le repas fut cordial. Le prince de Wakenberg sut se montrer étincelant de savoir-faire et d'allure. Une certaine morgue perça, par moments, sous ses propos mais elle ne fut jamais déplaisante : elle lui convenait. Athanase souriait comme il ne l'avait encore jamais fait tout en conservant son extrême humilité. Le courant de sympathie s'établit à un tel degré qu'à la fin du dîner ils étaient presque devenus des amis. Eliane — qui, comme toutes les amoureuses de fraîche date, était anxieuse avant la rencontre, se demandant si son vieil et son nouvel ami s'entendraient — était franchement radieuse. L'élément imprévu qui venait de s'immiscer brusquement dans sa vie semblait devoir être bénéfique aussi bien pour elle que pour l'avenir du *M.L.E.* Quand ils se quittèrent il fut convenu que, dès le lendemain après-midi, le prince irait visiter la fondation non seulement en compagnie de sa conquête mais aussi avec Athanase qui jouerait les guides éclairés.

Deux mois s'écoulèrent pendant lesquels une Eliane, débordée, passa son temps entre des visites au chantier et des sorties avec celui qui était devenu son amant sans oublier cependant les fastidieuses apparitions obligatoires au comité de direction des *Conserves Dubois* où, les affaires continuant à marcher toutes seules, il n'y avait jamais de grand problème.

Un matin, Athanase lui téléphona :
— Je n'ai pas eu la joie de vous voir depuis trois jours à la fondation. J'espère au moins que vous n'êtes pas souffrante?
— Je ne me suis jamais mieux portée mais Serge, qui se passionne pour la peinture, m'a entraînée d'exposition en exposition.
— Il a bien fait et, précisément, à propos du prince, il m'est venu depuis quelque temps une idée qui ne devrait pas trop vous déplaire et dont j'aimerais vous entretenir mais, ceci, en dehors de sa présence. Ce sera un peu pour lui une surprise...
— J'adore faire des surprises! Voulez-vous venir chez moi cet après-midi, vers quinze heures? Je sais qu'à cette heure-là il sera chez son tailleur.
— J'ai toujours admiré la façon dont il s'habillait... Il faut dire aussi qu'il en a le loisir! Je serai là à l'heure dite.

— Chère amie, dit-il aussitôt introduit, je me fais l'impression de préparer avec vous une petite conspiration... Je n'ai pas été sans remarquer, ainsi que tous ceux ou toutes celles qui vous ont rencontrés, le prince et vous, ces derniers temps, que vous sembliez déjà être sérieusement épris l'un de l'autre. Ce dont je me réjouis : vous méritez d'être heureuse et Serge de Wakenberg paraît être exactement celui qui vous convient... Pourquoi, puisqu'il en est ainsi, ne pas l'épouser? A vous deux vous avez tout : l'amour, la classe, la fortune... Et beaucoup d'autres éléments, qui ont une grande importance dans une union, s'accordent... D'abord l'âge : vous allez avoir quarante ans et lui en a, m'a-t-il dit, cinquante-deux... Douze années de différence, c'est très bien pour des gens sérieux. Physiquement aussi, vous vous complétez dans une charmante harmonie : vous êtes toute blondeur et il a les tempes grisonnantes... Il est très grand, vous êtes d'une taille honorable pour une femme... Les timbres de vos voix diffèrent également : celui de la vôtre est clair, le sien plus grave... C'est là un ensemble de contrastes qui font un couple. Il y a enfin un point sur lequel vous pouvez vous retrouver en permanence : tous deux vous aimez passionnément la vie! Ce qui est rare aujourd'hui où l'on ne rencontre le plus souvent que des gens mariés parfois depuis longtemps et dont on sent qu'ils ne sont pas nés et n'ont jamais été faits l'un pour l'autre! Ce qui est navrant... Si je voulais résumer, j'estime que vous pourriez constituer réellement ce que l'on appelle « le couple idéal ». N'est-ce pas aussi un peu votre avis?

— Je suis émue que vous me parliez ainsi. Depuis quelque temps, j'ai les mêmes pensées que vous : ce qui prouve à quel point notre amitié est devenue forte! Seulement, je n'osais rien vous dire, craignant une certaine réprobation de votre part.

— Vous avez eu le plus grand tort! Rien ne me rendrait plus content que de ne plus vous sentir seule dans l'existence comme vous ne l'avez que trop été! Notre amitié, doublée de l'estime réciproque, c'est déjà une grande chose mais ce n'est pas suffisant pour vous... Il vous faut aussi un compagnon sûr, dévoué et – pourquoi ne pas le dire? – très brillant! Le prince l'est. Evidemment, et vous avez dû pouvoir le constater quand vous apparaissez en sa compagnie au cours de ces expositions qui ont toujours un côté assez mondain, ce serait autre chose pour vous que d'être la princesse Eliane de Wakenberg plutôt qu'une Mme Eliane Dubois! Ceci sans nullement porter offense au nom plus qu'honorable que vous a donné votre défunt mari... Seulement, des Dubois, il y en a beaucoup tandis qu'il ne reste qu'un seul prince de Wakenberg! La célébrité des *Conserves Dubois*, c'est bien, le panache et le passé qui s'attachent au nom des Wakenberg, c'est mieux! Quelle est la femme à qui ne sourirait pas l'idée de devenir une princesse adulée et même enviée? L'envie est un très vilain défaut que je réprouve au *M.L.E.*, mais quand on est appelée, comme vous, à continuer à tenir un rôle important dans la société, on ne peut pas le supprimer complètement... Vous saisissez?

— Très bien et je reconnais qu'une telle éventualité n'est pas déplaisante! Ceci d'autant plus que j'ai maintenant la conviction que Serge et moi nous nous aimons sincèrement.

— Alors, pourquoi attendre? Une liaison trop prolongée finit toujours par produire mauvais effet. C'est même une faute grave si l'on s'y accroche quand il n'y a aucun empêchement à ce que les choses soient régularisées. C'est un peu comme si l'on avait honte de ses sentiments. Il existe d'ailleurs un admirable vers d'Edmond Rostand, placé intentionnellement par le poète en dernière réplique de l'une de ses plus belles pièces, *la Princesse lointaine : Oui, les grandes amours travaillent pour le ciel*!... Même mariée avec Wakenberg, vous ne serez heureusement pas une princesse lointaine parce que vous saurez toujours conserver cette simplicité qui est l'un de vos plus grands charmes. Chez vous le bon sens populaire aura toujours sa vigueur! Cela créera un contraste supplémentaire et exaltant entre vous et celui dont vous porterez le nom. Il n'y a rien de plus agréable pour autrui que de se trouver face à une grande dame qui sait se mettre à la portée des plus humbles. Là aussi, vous aurez un rôle à jouer! Il s'harmonisera avec celui de, je n'ose même plus dire « la bienfaitrice » mais « la protectrice » du *M.L.E.*!

— Que dira-t-on à l'usine?

— Qu'est-ce que vous voulez qu'ils disent! Tous vos braves employés seront flattés d'apprendre qu'ils ont pour présidente de l'affaire une princesse!

— Je n'en suis pas aussi sûre que vous! Ne considéreront-ils pas que le fait de changer de nom sera pour moi une sorte de trahison à l'égard de celui que m'a laissé Aristide et qui a fait la réputation de la firme?

— Les *Conserves Dubois* continueront, comme par le passé, à se vendre et les Wakenberg vivront leur vie d'amoureux à laquelle ils ont droit! Il ne faut jamais mêler les affaires aux sentiments : ça, c'est un mauvais mariage!

— Vous avez raison.

— Vous êtes absolument certaine des sentiments de Serge à votre égard?

— Lui aussi ne veut plus de liaison. Il estime qu'elle n'a que trop duré.

— Comme Mario! Seulement les pensées du prince sont d'un tout autre ordre! Le prestige même de son nom lui interdit de laisser se prolonger une situation équivoque... De plus c'est un homme d'honneur qui ne peut pas se permettre de continuer à s'afficher auprès d'une veuve sans la compromettre. Epousez-le, madame! Vous avez ma bénédiction.

Le mariage se fit dans la plus stricte intimité. C'était à se demander si le destin de l'ancienne infirmière n'était pas de convoler toujours en cachette. La seule différence vint de ce que cela se passa dans une salle de mairie un jour de semaine. Comme au temps d'Aristide, il n'y eut que deux témoins : pour Eliane, ce fut Athanase, son seul ami, et pour Wakenberg un autre prince dont le titre et le nom rappelaient plutôt les grands d'Espagne en rupture d'activité. Aucun membre du *M.L.E.*, à l'exception du fondateur, ne fut mis dans le secret, pas plus que le personnel des conserves. Il n'y eut même pas de voyage de noces tellement l'ouverture prochaine de la fondation se précisait. Ce serait pour plus tard, quand tout fonctionnerait à souhait. Le seul changement important dans l'existence de la nouvelle princesse fut son déménagement : il ne pouvait être question qu'elle continuât à habiter en compagnie de son deuxième mari dans les lieux mêmes où elle avait vu mourir le premier. Le prince, qui était très sensible, n'aurait pu le supporter.

Mais, un mois à peine avant le grand jour tant attendu de l'inauguration de la fondation, Athanase demanda aux nouveaux époux de le recevoir de toute urgence dans leur résidence encore à demi meublée de l'avenue Foch. Il semblait atterré.

– Que se passe-t-il, cher monsieur Athanase? demanda le prince intrigué.

– Il se passe que nous sommes sur le point de commettre une erreur monumentale – c'est vraiment le cas de le dire! – que nous devons éviter à tout prix!

– Mais, Athanase, dit en souriant Eliane, vous qui

êtes toujours si calme, je ne vous ai jamais vu dans un pareil état!

— Il y a de quoi, princesse! Pratiquement, il ne reste plus actuellement qu'à graver en lettres d'or, comme c'est prévu depuis longtemps dans les plans, le nom de celui dont la fortune a permis d'ériger notre nouveau siège. Je sais très bien que votre souhait le plus cher a été que l'ensemble s'appelât **FONDATION ARISTIDE DUBOIS** mais, sincèrement, n'estimez-vous pas, ainsi que votre époux — étant donné que les largesses viennent en réalité de vous et que maintenant vous portez son nom — que cela ne paraisse un peu bizarre aujourd'hui?

— Pourquoi bizarre? demanda Serge.

— Mais enfin, prince, admettrez-vous que votre épouse laisse graver sur la façade de la fondation le nom de celui qui fut son premier mari? Ne serait-ce pas là une sorte d'atteinte à votre dignité?

— Evidemment, c'est là un point auquel nul d'entre nous n'a pensé et qui mérite, en effet, réflexion...

— Mais, nous n'avons que ce soir pour réfléchir! Les spécialistes devaient commencer leur travail dès demain! Venant seulement de me rendre compte de notre bévue, je leur ai donné l'ordre d'y surseoir vingt-quatre heures. Que décidons-nous? (Ce fut le silence.) Je crois, reprit Athanase, malgré les regrets très certains que pourrait vous apporter une telle solution, qu'il serait peut-être préférable, princesse, de substituer votre nom à celui de M. Dubois... Cela ferait en lettres d'or : **FONDATION PRINCESSE ELIANE DE WAKENBERG**... Ce n'est pas mal... Ce serait même très bien! Si l'on y réfléchit, nous ne léserons même pas la mémoire de votre premier époux : en vous léguant toute sa fortune, il vous a octroyé par le fait même le droit d'en disposer au mieux de vos intérêts. Il me semble que l'un des tout premiers de ces intérêts est pour vous de laisser à la postérité le nom que vous avez maintenant et non pas celui de quelqu'un qui n'est plus de ce monde et qui n'a plus aucun héritier le portant. Voilà déjà dix années qu'Aristide Dubois est mort... Les morts vont et les gens oublient vite, surtout les prénoms! Alors que vous, vous êtes toujours là, mariée à un grand seigneur et fermement décidée, avec sa précieuse collaboration affective, à continuer à surveiller et à encourager la saine gestion du *Mouvement de Libération de l'Esprit*. Ne paraîtrait-il pas étrange, aux yeux de la nouvelle génération, que ce soient le prince et la princesse de Wakenberg qui s'occupent d'une fondation portant le nom d'un disparu? Cela pourrait même vous faire tort : les gens se poseraient des questions, feraient des recoupements et, malfaisants comme ils le sont, n'hésiteraient pas à dire que le prince de Wakenberg n'a trouvé pour seul moyen de redorer son blason que d'épouser, sur le tard, la riche veuve d'un fabricant de conserves! Cela pourrait être assez gênant... Qu'est-ce que vous en pensez?

— Pas grand-chose de bon, dit le prince. Et vous, Eliane?

— Notre grand ami a peut-être raison, mais mettez-vous à ma place : nous devons tout, aussi bien vous que moi, à la grandeur d'âme d'Aristide. Sans son aide financière posthume, il n'y aurait pas de fondation aujourd'hui et il est à peu près certain aussi que nous n'aurions pas pu faire connaissance au cours d'une merveilleuse croisière pour la bonne raison que je n'aurais pas eu les moyens de m'offrir un pareil délassement! Et si j'ai aujourd'hui la possibilité de vous assurer — ce qui est très normal puisque j'ai eu la chance d'hériter d'une telle fortune — une existence digne de votre rang et du nom que vous avez bien voulu me donner, nous ne serions pas ici, avenue Foch, n'ayant pas le moindre souci pour l'avenir... C'est pourquoi cela m'ennuie beaucoup d'être contrainte d'abandonner le projet, que m'avait d'ailleurs suggéré Athanase lui-même, de donner le nom de mon défunt époux à la fondation qui va octroyer au *Mouvement de Libération de l'Esprit* – pour lequel nous avons, vous et moi, la plus grande admiration – la place qui, depuis longtemps déjà, aurait dû être la sienne! Vous comprenez quelle peut être ma perplexité?

– Très chère, s'il en était autrement dans vos pensées, cela signifierait que vous n'êtes pas une femme à avoir ce qui s'appelle la reconnaissance du cœur. Ce qui me décevrait cruellement! Heureusement ce n'est pas votre cas : vous êtes essentiellement généreuse... Seulement je vous demande de vous mettre à votre tour à ma place : comme vient de nous le faire comprendre avec beaucoup de tact votre conseiller, est-ce que je ne risquerais pas, si le nom initialement prévu était maintenu, de paraître assez ridicule aux yeux de tous ceux qui savent maintenant que vous portez le mien? Chez les Wakenberg et dans la plupart de nos grandes familles on déteste le ridicule! C'est une arme redoutable qui peut tuer une réputation! Le tout est de savoir si nous acceptons de courir un pareil risque. Et les gens mal intentionnés ne diraient-ils pas également que la seule chose qui vous a vraiment attirée dans notre union a été de devenir une princesse alors qu'en réalité vous restiez profondément attachée, dans le secret de votre cœur, au souvenir d'Aristide Dubois? Ce qui pour moi serait plus qu'une simple blessure d'amour-propre : un doute sérieux sur la nature réelle de l'amour dont vous avez fait preuve à mon égard depuis le premier jour de notre rencontre... Et ça, je ne peux pas croire qu'il en soit ainsi!

Il y eut un nouveau silence, assez pénible cette fois, pendant lequel le regard du prince continuait à fixer celui de son épouse tandis que les yeux d'Athanase demeuraient obstinément baissés vers le sol. Un Athanase qui, sentant l'urgence de venir au secours du couple sur le point de s'entre-déchirer, sut trouver les paroles de conciliation :

– Les deux points de vue peuvent se défendre et ce n'est pas à moi de les juger, mais il me semble cependant que le vôtre, prince, pourrait se justifier s'il était question d'appeler notre fondation : FONDATION PRINCE ET PRINCESSE DE WAKENBERG. Ce qui n'a jamais été mon idée. A mon humble avis vous ne devez pas paraître sur la façade mais uniquement la PRINCESSE ELIANE DE WAKENBERG... Ainsi, l'honneur de votre noble famille serait sauf.

– Evidemment, il y aurait une nuance, reconnut le prince.

– Franchement, poursuivit Athanase, ne croyez-vous pas tous deux que cette appellation frapperait davantage les foules admiratives qui passeront devant un aussi bel édifice ? N'avons-nous pas à craindre que, s'ils lisent en lettres d'or FONDATION ARISTIDE DUBOIS, il n'arrive à quelques-uns d'entre eux d'établir un regrettable rapprochement avec la fabrique de conserves et qu'ils ne disent en pensant au fondateur : « Celui-là a gagné tellement d'argent avec son surgelé qu'il a trouvé, par ce procédé, le moyen d'atténuer dans nos esprits l'énormité de la fortune qu'il a réussi à amasser ! » Ce serait désastreux... Ça ternirait l'image que nous avons tous – y compris ceux qui comme vous-même, prince, et comme moi n'avons pas eu la chance de le connaître –, que l'on peut et que l'on doit se faire de l'homme exceptionnel que fut Aristide Dubois... Qu'en pensez-vous, princesse ? Le prince sait comme moi que la décision finale ne dépend que de vous seule.

Après avoir regardé amoureusement son époux, elle répondit :

— Vous avez trouvé la bonne solution : donnez mon nom à la fondation.

— Je vous remercie pour le *M.L.E.* Une fois de plus, vous faites preuve, là, de cette grandeur d'âme qui vous caractérise en sacrifiant un légitime sentiment de reconnaissance à l'égard du défunt. Je comprends très bien aussi ce qu'une pareille abnégation représente pour vous et je suis convaincu que cette décision viendra encore s'ajouter à la somme des bienfaits dont vous avez déjà été prodigue. Il vous en sera tenu compte un jour... Je vous laisse avec votre mari pour aller immédiatement donner des instructions dans ce sens.

Quand les époux se retrouvèrent seuls, le prince demeura silencieux. Eliane, qui le regardait un peu angoissée, finit par demander :

— Etes-vous satisfait, Serge?

— Moi aussi je vous remercie : vous venez de me donner une immense preuve d'amour... Ne parlons plus de cela, voulez-vous?

— Je ne l'ai fait que parce que je vous aime... Mais c'est quand même épouvantable pour Aristide! Que va-t-il penser de moi, à qui il avait fait une telle confiance, là où il est maintenant?

— Rassurez-vous : il ne pensera rien puisqu'il ne le saura pas...

L'inauguration de la fondation fut presque aussi discrète que le mariage. Il y eut très peu d'invités et pas le moindre discours. Sur les conseils d'Athanase, les journalistes furent exclus.

— Le propre de ces gens-là, dit-il après la cérémonie, est la curiosité permanente. Ils en vivent. Si nous les avions conviés, ils auraient commencé par regretter qu'il n'y ait pas de buffet et n'auraient pas manqué de répandre dans leurs comptes rendus ce fiel que nous avons le devoir d'éviter pour l'avenir du *M.L.E.*... Il était préférable de les placer, ainsi que les foules, devant le fait accompli : la fondation existe maintenant, solide, bien construite et défiant le temps. Dès demain, nos adhérents commenceront à y affluer : ce sont eux seuls qui comptent! Comme je vous l'ai déjà dit et comme vous l'avez très bien compris, la charité n'est totale que si elle sait s'envelopper de discrétion.

Cela dura pendant des années. Les gens du quartier finirent par se familiariser avec la présence de la grande bâtisse qui n'était pas plus laide que beaucoup d'autres construites à notre époque. La façade, tout imposante qu'elle fût, était moins mystérieuse que celle du petit hôtel du XVIIe arrondissement. Ne présentait-elle pas l'immense avantage de s'étaler au grand jour? On savait peu de choses de cette fondation, sinon qu'elle était due à la générosité d'une très grande dame ayant su se pencher sur la détresse humaine et que cette dame s'appelait la PRINCESSE ELIANE DE WAKENBERG : n'était-ce pas écrit en lettres d'or? Qui était cette princesse? Vivait-elle encore ou appartenait-elle déjà à l'empire des ombres? Tout le monde s'en moquait éperdument. L'essentiel n'était-il pas qu'elle ait répandu le bien? Ce qui se passait derrière ces hauts murs? On ne le savait pas, on ne voulait même pas le savoir : les œuvres charitables attirent moins les gens que les lieux de joie ou de plaisir. La charité n'est pas tellement gaie en elle-même. Mieux vaut la respecter sans trop chercher à la comprendre. Elle éloigne beaucoup de monde : on s'occupe d'abord de soi et des autres ensuite... Assez vite, on en arriva à penser dans le voisinage que c'eût été presque dommage que l'édifice n'existât pas ou qu'il y eût, sur le même emplacement, un bâtiment qui fût hideux! Finalement, cette princesse avait bien agi.

Il n'y eut aucune histoire ni le moindre scandale.

L'administrateur, que l'on ne voyait jamais, passait pour être un homme des plus avisés. Jour et nuit Athanase, qui résidait dans les lieux où il s'était fait aménager un appartement discret, veillait au grain. La noble machine tournait en plein rendement. Tous ceux qui y entraient ou qui en ressortaient donnaient l'impression d'être paisibles et heureux : ils avaient le sourire et la politesse du *M.L.E.* Ils n'étaient pas plus bavards que dans le XVIIe et ne cherchaient pas à révéler à des inconnus le secret de leur joie qui était purement intérieure. Ils avaient la foi voulue par le fondateur. Plus ils se multipliaient, plus celle-ci grandissait... Bien sûr, ils savaient n'être que des pécheurs mais il semblait que tous aient fini par trouver dans cette conviction le seul stimulant capable d'accroître leur volonté de rachat.

Pendant ce temps, la bienfaitrice se montrait de plus en plus dans Paris et dans une société – où l'on avait fini par l'accepter parce qu'elle était princesse et qu'on la savait immensément riche – en compagnie de son noble époux. Le couple rayonnait d'une quiétude sans nuages. Il savait se comporter avec cette simplicité qui peut donner à penser qu'un tel homme et une telle femme avaient toujours été heureux et n'étaient venus sur terre que pour y connaître le bonheur. S'il arrivait que quelque importun se permît de dire à la princesse : « C'est admirable, cette fondation que vous avez créée... Mais, dans quel but exactement ? » elle se contentait de répondre gentiment, en souriant : « Ne devais-je pas venir en aide à ceux qui n'ont pas connu ma chance ? » Et, si l'on parlait à son époux de cette même fondation, sa réponse était encore plus hermétique : « Ma femme n'a toujours eu que de bonnes idées. » Ils firent aussi des voyages enchanteurs, beaucoup de voyages...

Un soir cependant où, ayant renoncé à se rendre

à l'une des innombrables réceptions auxquelles ils étaient quotidiennement conviés, ils se trouvaient chez eux en tête à tête, Serge dit à son épouse :

— Ma chère Eliane, je suis heureux que nous ayons cette soirée d'intimité pour vous parler d'une chose qui m'ennuie un peu...

— Je vous écoute.

— Autant les louables efforts de toutes sortes que vous avez accomplis pour venir en aide au *Mouvement de Libération de l'Esprit* vous honorent et vous grandissent dans l'esprit de ceux que notre rang social nous met dans l'obligation de rencontrer, autant le fait que vous continuiez à vous occuper – d'assez loin, je le reconnais, mais enfin, vous êtes quand même la présidente de la société – des activités des *Conserves Dubois* a quelque chose d'un peu gênant. Vous savez comment sont les gens : il m'est arrivé plusieurs fois d'entendre murmurer dans notre dos, quand nous nous trouvions dans un salon : « Si elle n'avait pas ses conserves, jamais il ne l'aurait épousée! » Ce qui est aussi désagréable pour vous que pour moi... Je vous ai demandé de devenir ma compagne – cela aussi vous le savez très bien – uniquement parce que je vous aimais. J'ai estimé aussi que vous étiez la seule femme capable de porter mon nom avec cette dignité dont vous avez su faire preuve depuis cinq années. Non seulement je n'en ai aucun regret mais je m'en félicite! Estimez-vous aujourd'hui, maintenant que nous sommes unis pour le meilleur et pour le pire, qu'il soit bien nécessaire que vous vous intéressiez au destin de ces produits alimentaires?

— Mais Serge, je m'en occupe le moins possible! J'ai compris depuis longtemps que moins on me verrait à l'usine et mieux ce serait pour tous ceux qui y travaillent.

— Je ne vous le fais pas dire! Alors, pourquoi ne

pas vous débarrasser une fois pour toutes de cette corvée?

— Comment cela?

— Tout simplement en vendant l'affaire, à un prix qui pourrait être considérable, à quelqu'un d'autre ou même à une entreprise concurrente? Ce ne sont sûrement pas les acheteurs qui doivent manquer! Et entre nous, la fortune personnelle que vous possédez déjà ajoutée à celle que vous rapporterait une telle vente, ne devrait plus nous laisser la moindre inquiétude financière pour l'avenir! Nous avons, ou plutôt vous avez bien assez d'argent! De plus ne semble-t-il pas assez improbable que nous ayons un héritier? Sans doute serait-ce encore possible de votre part, mais de la mienne, à mon âge, cela paraît des plus douteux! Alors, puisque nous sommes très heureux, pourquoi ne pas continuer à vivre l'un pour l'autre le plus longtemps que nous le pourrons? Et, si le ciel voulait, par miracle, que nous ayons un enfant, il ne porterait pas le nom de la marque de *Conserves Dubois* mais celui des Wakenberg!

— Si j'acquiesçais à cette idée, ne craignez-vous pas que l'annonce d'une pareille vente ne produise un effet désastreux parmi les employés et tout le personnel de l'usine qui restent très attachés au souvenir d'Aristide?

— Une fois de plus, ma chère, je vous conjure de ne plus trop vous soucier de l'opinion de ces braves gens qui continueraient à très bien gagner leur vie dans l'affaire puisqu'il serait stipulé dans l'acte de vente qu'ils devraient être tous maintenus dans leurs emplois, y compris l'excellent directeur qu'a formé M. Dubois. C'est là l'unique question qui les intéresse puisqu'elle les concerne directement. En contrepartie ils doivent se moquer éperdument de ce qui pourra bien nous arriver à vous et à moi! Ce en quoi ils ont mille fois raison! Si vous n'aviez plus le souci constant de cette affaire, si florissante qu'elle soit, je suis persuadé que vous auriez l'esprit beaucoup plus libre pour continuer à veiller sur la bonne marche de la fondation qui porte votre nom et aussi... Vous allez penser que je ne suis qu'un vieil égoïste, mais tant pis! Je le dis quand même : et aussi à vous occuper davantage de votre mari qui vous adore. Nous pourrions faire de nouveaux voyages qui nous enchanteraient. Nous profiterions de tous nos instants pendant les années qui nous restent à vivre... Ne serait-ce pas la sagesse?

— S'il m'arrivait de prendre cette nouvelle décision, ce ne serait une fois de plus que parce que je vous aime!

— Je vous en supplie, débarrassez-vous de ces conserves qui n'ont déjà fait que trop jaser!

Ce qui fut fait pour un prix fabuleux à une firme rivale. Quand l'amour veut bien se mêler des affaires, il arrive souvent qu'il soit le plus fort. Car Eliane était réellement amoureuse de son prince auquel elle ne trouvait que des qualités : il était encore bel homme, il avait de l'allure, il était aussi élégant moralement que physiquement, il ne manquait pas non plus d'esprit, il n'élevait jamais la voix, c'était le parfait homme du monde qui avait le tact de ne jamais lui parler de son passé et de ne pas lui faire sentir la modestie de ses origines. Même quand il lui arrivait – de plus en plus rarement – de prononcer le nom d'Aristide Dubois, il savait le faire avec discrétion et respect pour le disparu. De son côté, elle s'était toujours bien gardée de le mettre au courant de sa liaison avec Mario tout en lui racontant sa naissance d'enfant abandonnée, les déceptions de sa profession d'infirmière, la façon dont elle était devenue Eliane Dubois, le suicide de Sébastien, la folie de sa belle-sœur Catherine... Et il avait su compatir comme l'avait fait avant lui Athanase. Enfin, et c'était cela surtout qui avait compté,

Serge s'était montré un vrai mari doublé d'un amant. Passionné de tout, de peinture, de musique, de littérature, de sculpture, de gastronomie, de sports nobles tels que l'escrime ou l'équitation, cet authentique amoureux du beau ne cherchait qu'à faire partager ses goûts à son épouse en lui apprenant, sans le moindre pédantisme, mille et une petites choses qu'elle aurait toujours ignorées sans lui et qui avaient contribué à parfaire dans l'esprit des autres l'image de la grande dame qui est au courant de tout...

L'époux rêvé avait su l'arracher à sa solitude dorée en lui faisant comprendre que l'argent à lui seul ne fait pas le bonheur et qu'il est surtout fait pour être dépensé, soit en faveur d'une œuvre aussi désintéressée que le *M.L.E.*, soit pour le plaisir.

Jamais non plus ce grand seigneur, dont les ancêtres avaient manié des fortunes, ne l'avait amenée à penser qu'il ne la prenait que pour une nouvelle riche. Elle ne regrettait pas du tout, la milliardaire, d'avoir épousé un prince ruiné parce qu'elle avait acquis la certitude qu'il ne l'avait toujours aimée que pour elle et ceci dès leur première rencontre. Si elle avait été pauvre, c'eût été pareil : elle serait quand même devenue sa femme et ils se seraient débrouillés avec leur seul amour pour capital. Donc l'unique regret d'Eliane aurait été de ne pouvoir choyer et gâter « son » Serge comme elle le faisait depuis des années.

Au moment de la vente de la fabrique, il lui avait demandé :

– Avez-vous parlé de cette opération à Athanase ?
– Pas encore. Je craignais qu'il ne s'y opposât.
– De quel droit ? Ce n'est pas parce que votre vieil ami a de très grandes qualités qu'il doit être mêlé à toutes vos affaires personnelles. Vous avez déjà assez fait pour lui en finançant la fondation ! Le capital, qui a été constitué dans cette louable inten-

tion bien avant que nous ne fassions connaissance, est amplement suffisant pour qu'il n'y ait plus de problème de ce côté-là. J'ose même espérer pour vous que les nouveaux milliards que vous allez recevoir grâce à cette vente n'iront pas grossir le capital déjà investi dans la fondation?

— Athanase les refuserait! C'est un trop honnête homme! Au moment où le montant de ce capital a été fixé, lui-même m'a dit que je devais conserver pour moi au moins la moitié de ma fortune parce que après un pareil geste j'avais le droit de continuer à vivre à l'aise.

— Ça ne m'étonne pas de lui! C'est un homme qui a au moins le mérite de savoir se comporter scrupuleusement selon les préceptes qu'il prône dans son mouvement. Les hommes de cette trempe sont plutôt rares de nos jours! Je ne dirai pas qu'il est une sorte d'ascète mais il n'en est pas loin...

— C'est un nouvel apôtre.

— C'est pourquoi nous l'estimons, vous et moi... Vous savez que je ne veux pas me mêler de vos affaires et que je ne l'ai jamais fait depuis que nous sommes mari et femme. Ceci pour deux raisons primordiales : votre fortune n'appartient qu'à vous et je suis assez nul en affaires! Ce que vous avez certainement déjà dû constater!

— C'est vrai et cela vous donne, à mes yeux, un charme supplémentaire... J'aime tant ces moments d'intimité où vous me confiez, avec votre franchise habituelle, que le compte que je vous ai fait ouvrir pour vos dépenses personnelles commence à baisser... C'est charmant! Cela ne veut-il pas dire : « Eliane chérie, n'oubliez pas votre mari dans vos largesses! » C'est là chez vous une marque de confiance qui me touche... Parce qu'il faut bien le reconnaître, vous n'êtes absolument pas né pour gagner de l'argent! Vous ne sauriez pas!

— J'avoue...

— Taisez-vous! Je vous aime.

Quand elle allait à la fondation rendre visite à *frère* Athanase, elle demandait chaque fois :
— Tout va bien?
— Tout marche à souhait, princesse.
— Pas trop d'ennuis?
— Une œuvre comme la nôtre en connaîtra toujours, sinon ce ne serait pas une œuvre! Et, si cela pouvait vous tranquilliser, je vous confierais même que j'ai maintenant la conviction que le jour où nous ne serons plus de ce monde l'un et l'autre, le *M.L.E.* pourra encore vivre et progresser sans nous pendant de longues années... Je n'ose pas dire éternellement parce que l'éternité ne nous appartient pas!
— Mes fautes ne seront quand même pas toutes rachetées?
— Actuellement, tant que vous êtes sur terre, elles s'atténuent d'année en année... C'est là le plus grand bienfait du *M.L.E.* qui sait apporter le pardon progressif à tous ceux qui donnent des preuves de leur volonté d'expier. Si votre fondation ne prospérait pas, vous pourriez avoir des craintes mais ce n'est heureusement pas le cas! Savez-vous que nous comptons aujourd'hui, grâce à la perfection de l'organisation, plus de cinquante mille membres! Un jour viendra où il y en aura cent mille et peut-être beaucoup plus... Nous rayonnerons sur la terre entière, nous aurons des filiales partout, dans tous les continents! Et l'humanité sera sauvée puisqu'elle sera libérée du péché.
— J'en suis sûre!
— Ni vous ni moi ne verrons sans doute ce triomphe universel de la charité mais nous en bénéficierons dans l'autre monde... Même si certaines de nos fautes n'étaient pas encore complètement effacées par le bien que nous aurons fait pendant notre

passage sur terre, elles le seront dans l'au-delà grâce au repentir des millions d'adhérents futurs qui viendra nous envelopper pour achever notre purification. Dans aucune croyance, on n'a jamais mis en doute que les effets de la pénitence acceptée librement par les vivants ne soient bénéfiques à ceux qui ne sont plus là! La prière, qui n'est pas seulement une supplique mais aussi un acte d'humilité, monte toujours de la terre... On ne l'a jamais vue redescendre du ciel!

– Cher Athanase, je vous écouterais pendant des heures! Chaque fois que je ressors de cette fondation, je me sens revigorée et j'en arrive presque à croire que je suis moins mauvaise que je ne l'étais en y entrant!

– Ce n'est pas là chez vous une croyance, princesse, mais une réalité. D'heure en heure, de jour en jour, vous vous rapprochez de la libération totale de votre esprit! Continuez à nous aider jusqu'à votre dernier jour si nous vous le demandons et vous serez dans la bonne voie...

Les hommes proposent et Dieu seul, quel qu'il soit, dispose. Un jour vint où la bienfaitrice fut prise d'un mal terrible. Ses douleurs étaient atroces. Cela se passa alors qu'elle effectuait, en compagnie de son époux, une croisière dans les mers du Nord. Le médecin du bord jugea qu'elle devait être transportée de toute urgence à terre. Le navire fit escale à Malmö où elle fut débarquée en compagnie de Serge. Un avion fit le reste pour le retour en France. Elle exigea – en ayant sans doute conservé un trop mauvais souvenir – de ne pas être admise dans un hôpital ni dans une clinique mais d'être ramenée à son domicile de l'avenue Foch où les spécialistes accoururent. Leur diagnostic fut réservé. En réalité, comme aucun d'eux ne parvenait à déceler la cause du mal, ils parlèrent de cancer généralisé : la maladie maudite derrière laquelle s'abrite l'incompétence. Trois jours plus tard, l'agonie commençait. Jour et nuit, Serge et Athanase se relayèrent au chevet de la mourante. Chose étrange, malgré ses souffrances, elle conserva sa lucidité jusqu'à la fin. Elle mourut en la seule présence d'Athanase : elle avait cinquante-cinq ans et Wakenberg soixante-dix.

Ce fut pendant sa marche solitaire, faite trois jours plus tard en sortant de l'étude du notaire où avait eu lieu la lecture du testament, qu'Athanase commença à se remémorer les conditions dans lesquelles il avait fait la connaissance d'Eliane vingt-quatre années plus tôt. Le fil de ses souvenirs se déroula longtemps après, au cours de la nuit, après qu'il eut rejoint son appartement installé dans la fondation.

Pour lui, la période la plus importante de sa vie d'aventurier – celle qui lui avait apporté la vraie richesse – venait de prendre fin. Celle qui suivrait jusqu'à ce qu'il disparaisse à son tour – échéance à laquelle il ne voulait pas penser – ne serait plus qu'une sorte de routine administrative pendant laquelle il continuerait à tirer de l'excellent fonctionnement du *M.L.E.* le maximum de bénéfices personnels qui alimenteraient son compte en Suisse. Et, au cas où les choses – ce qui était assez peu probable mais ne doit-on pas tout prévoir quand on est un homme d'expérience ? – commenceraient à tourner moins bien pour la fondation, il franchirait de nouveau une frontière selon le processus qui lui avait tellement bien réussi pendant sa jeunesse. La fortune, accumulée patiemment et méthodiquement grâce au merveilleux mécanisme du repentir universel, lui permettrait d'oublier aussi bien la bonne princesse que les fidèles *frères et sœurs* du *Mouvement de Libération de l'Esprit*. Celui-ci disparaîtrait presque sûrement comme cela s'était déjà produit pour d'innombrables autres sectes ou mouvements.

Mais Athanase savait qu'il se trouverait toujours, tant que le monde serait ce qu'il est, de nouveaux « fondateurs » de son acabit pour reprendre le flambeau de l'escroquerie sublime en modifiant légèrement les principes de base. Le bon truc de la faute permanente était d'un rapport trop certain pour que d'autres ne s'en emparent pas à leur tour. Seulement, ces successeurs sauraient-ils se montrer aussi habiles que lui? C'était là toute la question! Mais en fin de compte, qu'est-ce que cela pouvait bien lui faire? L'écroulement du *M.L.E.* ne le chagrinerait pas puisqu'il continuerait à vivre confortablement de ses rentes. Très tard, il finit par s'endormir avec la certitude d'avoir magistralement opéré pour ses propres intérêts.

Son véritable réveil eut lieu – entre-temps il avait continué à se préoccuper aussi bien des progrès spirituels des adhérents que de l'accroissement des recettes – six mois plus tard, un samedi en fin d'après-midi, alors que l'activité intérieure de la fondation était assez réduite, la plupart des dévoués *frères* et *sœurs* étant retournés dans leurs familles respectives pour le week-end. La grande ruche était à peu près aussi calme que le jour où Eliane avait visité le petit hôtel des débuts.

Réveil que n'aurait jamais pu prévoir *frère* Athanase et qui se traduisit par une brusque irruption du prince de Wakenberg dans le bureau directorial :

– Alors? dit Serge. Qu'est-ce que c'est que ce procédé? Je viens d'apprendre par ma banque que vous avez décidé, non seulement de réduire considérablement la rente qui m'est allouée depuis le décès de ma femme, mais aussi de vendre l'appartement que j'occupe?

– Ce n'est pas un procédé, prince, mais une nécessité! Je vous en prie, asseyez-vous. J'ai horreur des gens qui discutent debout! Je vais vous expliquer...

LA FONDATION

Dès que le prince eut pris place face au bureau derrière lequel la silhouette du fondateur semblait s'être ratatinée, ce dernier commença :
— Parlons d'abord de la pension mensuelle qui vous est allouée par la fondation selon la volonté de votre épouse. Je vous rappelle les termes du codicille qui vous concerne et que je n'ai pas manqué de relire avant de prendre, comme votre banque vient de vous en informer, la décision de modifier le montant de cette subvention. Je les ai sous les yeux... Il y est spécifié que moi-même ou mes successeurs éventuels à l'administration de la fondation nous « *engagions formellement à prélever, sur les revenus de la fondation, une somme d'argent suffisante pour assurer au prince Serge de Wakenberg une existence digne de son rang et du dévouement dont il avait toujours su faire preuve envers son épouse. Somme qui serait versée au prince sous forme de rente mensuelle et dont la légataire laissait à M. Athanase l'appréciation du montant qui devait tenir compte de la valeur et des fluctuations de la monnaie. Clause qui serait respectée jusqu'au décès du bénéficiaire* ». Ce qui, vous le reconnaîtrez, a été scrupuleusement fait jusqu'à ce jour.
— Mais je ne suis pas encore mort, Athanase ! J'ai même la ferme intention de continuer à vivre pour

avoir la joie d'assister à votre enterrement puisque étant plus âgé vous devriez normalement partir avant moi.

— Me détesteriez-vous à ce point? Il me semble pourtant n'avoir fait preuve à votre égard que de compréhension et de générosité.

— Parlons-en de cette générosité! Ceci d'autant plus qu'elle n'est faite qu'avec l'argent de ma femme et que, s'il n'y avait pas eu la clause du testament, je serais déjà dans la misère! Ce ne sont pas les circonstances dans lesquelles nous nous sommes connus qui peuvent m'inspirer une grande confiance en vous! Mais revenons à ma pension : vous me la rognez de combien?

— Disons de cinquante pour cent...

— Vous êtes fou?

— Non, prince. C'est vous qui n'êtes pas raisonnable... Depuis la disparition de la princesse, vos demandes se sont faites chaque mois de plus en plus exorbitantes, comme si vous ne teniez aucun compte de la somme déjà très substantielle sur laquelle vous et moi nous étions mis d'accord, le soir où nous avons dîné chez vous au lendemain de la lecture du testament. Savez-vous combien, en plus de cette somme, la fondation vous a versé pendant les six mois qui viennent de s'écouler?

— Je ne veux pas le savoir! Quand j'ai besoin d'argent, il n'y a qu'à m'en donner, comme le faisait Eliane... Elle ne rechignait jamais! Et, elle l'a écrit dans son testament : vous devez m'assurer « *une existence digne de mon rang et du dévouement dont j'ai toujours su faire preuve à son égard...* » Un point, c'est tout! Vos projets de restrictions, connais pas! La fondation serait-elle déjà en faillite, depuis que mon épouse n'est plus là?

— La fondation possède maintenant un capital suffisant pour être tout à fait tranquille mais aucun capital ne pourrait résister à des dépenses aussi inutiles qu'inconsidérées! Enfin, qu'est-ce que vous faites donc de tout cet argent que vous dilapidez?

— Je vais sans doute vous étonner : je m'amuse enfin!

— Parce que ce n'était pas le cas quand vous viviez avec la princesse?

— Je la supportais... Surtout au début! Après, les choses se sont arrangées... Je ne pouvais guère faire autrement puisque c'était elle qui avait la fortune! Vous aussi, vous l'avez supportée, Athanase, et beaucoup plus longtemps que moi!... pour lui prendre son argent peu à peu... Seulement, vous n'avez pas été, comme moi, mis dans l'obligation de subir sa présence physique!

— Mais c'était une femme aussi désirable que charmante!

— Ça, c'est toujours l'avis de ceux qui ne sont pas les maris! Vous vous êtes montré excessivement malin : vous l'avez eue seulement moralement! C'était d'ailleurs le bon moyen puisque, finalement, c'est vous seul qui avez hérité de tout!

— Pas moi, prince, mais la **FONDATION PRINCESSE ELIANE DE WAKENBERG** et, par son intermédiaire, le *Mouvement de Libération de l'Esprit.*

— ... dont vous êtes le vénéré fondateur, ce qui revient au même!

— Ce qui équivaut au néant puisque aucun membre de notre mouvement n'a d'ambition personnelle.

— Pas même vous, *frère* Athanase? Dites-moi : est-ce que vous allez continuer longtemps à vous f... de moi? Alors, comme ça, vous vous figurez que je vais accepter l'amputation de la moitié de ma pension sans rien dire?

— Vous vous tairez et vous serez très content de continuer à toucher ce que la fondation voudra bien vous donner, sinon vous ne recevrez plus rien du tout!

– Par le fait même du testament, la fondation n'en aura pas le droit! Je l'attaquerai en justice et je gagnerai!

– C'est possible. L'ennui, c'est que cela risquera d'être long! Surtout face à un adversaire juridique et richissime sur lequel l'Etat, qui est toujours vorace, doit avoir déjà quelques vues bien précises... N'oubliez pas qu'il est également prévu dans ce testament qu'au cas où je viendrais à disparaître sans avoir trouvé de successeur capable de l'administrer, la fondation reviendra à l'Etat. C'est toujours assez délicat de s'attaquer à l'Etat, même si l'on est un prince... L'Etat est aussi mauvais coucheur que détestable payeur.

– Et mon appartement?

– L'appartement de l'avenue Foch? Il n'est pas à vous et fait partie du capital mobilier légué à la fondation pour lui assurer des revenus... Ce serait plus honnête de votre part de reconnaître que vous y vivez princièrement, sans payer un centime de loyer ni même de charges! Une existence de rêve dont vous ne bénéficiez que parce que je l'ai bien voulu... Car, dans le testament, il n'est nullement question de cet appartement ni d'aucun autre local dont vous pourriez conserver l'usage pendant le restant de vos jours! Si j'ai consenti à vous laisser une telle jouissance, c'est uniquement parce que, le soir même où nous ressortions de chez le notaire, vous avez su m'émouvoir en me faisant comprendre combien il serait douloureux pour vous de ne plus habiter dans ces lieux où vous aviez connu un tel bonheur en compagnie de votre chère épouse! Vous avez même eu ces paroles : « *Si je reste dans cet appartement, j'aurai la merveilleuse impression qu'Eliane vit toujours à mes côtés. Je redoute tellement la solitude! Si je change de domicile, j'ai peur que sa belle âme ne m'accompagne pas ailleurs!* »

» ... Aussi ai-je trouvé normal que vous puissiez

continuer à vivre dans cet appartement encore pendant quelque temps. Mais je n'ignorais pas non plus que les sentiments, quels qu'ils soient, finissent toujours par s'émousser! Six mois ont passé et les propos que vous venez d'avoir, il y a quelques instants, sur la difficulté que vous avez connue à vivre physiquement auprès de votre femme, m'inclinent à croire que votre chagrin s'est quelque peu atténué... C'est pourquoi vous ne souffrirez pas trop de vous installer dans un appartement aux dimensions plus modestes où il ne sera plus nécessaire d'avoir un couple de domestiques pour assurer le service et l'entretien. La simple femme de ménage de tout le monde remplira très bien ce double office.

— Et que deviendra l'appartement de l'avenue Foch?

— Il sera vendu au profit du *M.L.E.*

— Qui n'a pas encore assez d'argent?

— Qui n'en aura jamais assez...

— Et mon standing, qu'est-ce que vous en faites?

— Le standing, prince, n'est plus aujourd'hui pour les gens de votre qualité qu'un sorte d'accessoire dont ils parlent beaucoup mais qu'ils n'ont plus les moyens de montrer.

— Insolent avec cela! Vous étiez beaucoup plus humble, *frère* Athanase, en présence de ma femme...

— Ne le fallait-il pas pour les besoins de la cause? Je devrais même dire : de « notre » cause parce que, enfin, vous n'avez pas été oublié dans l'affaire?

— C'est ma foi vrai et je n'en suis pas plus fier pour cela! Mais, puisque nous en sommes à ce chapitre, je crois que le moment est peut-être venu pour que nous ayons tous les deux une franche explication. Sans doute aurait-elle pu se produire plus tôt mais c'eût été assez indécent dans les tout premiers temps qui ont suivi le décès de la princesse. Ce soir, vous ne me donnez pas l'impression d'être débordé de travail... c'est une fin de semaine pendant laquelle vos troupes se sont égaillées un peu partout et moi-même je n'ai, comme toujours, strictement rien à faire! Il n'y a pas de témoin... Je ne pense pas non plus que vous ayez eu la funeste idée de truffer ce cabinet directorial de micros permettant d'enregistrer sur bandes tout ce qui pourrait s'y dire : ce n'est pas du tout votre genre. Le vôtre s'apparenterait plutôt au mutisme absolu... Suis-je dans l'erreur?

— Absolument pas. Personne ne nous écoute : c'est pourquoi ça ne me dérange pas du tout de vous laisser parler pour me dire tout ce que vous paraissez avoir sur le cœur... Je crois que vous avez raison : l'heure est propice à un tel entretien. Je vous écoute...

— Les éducateurs qui se sont penchés sur ma jeunesse, à l'époque où ma famille n'avait pas encore été spoliée de tout, m'ont appris que si l'on voulait démêler avec quelque chance de succès les fils d'une histoire à l'apparence un peu compliquée, le mieux était de commencer par le commencement... Pour vous et pour moi, ce commencement nous ramène — j'ai fait le compte hier soir — exactement à vingt-cinq années en arrière... Mais oui, Athanase, cela fait déjà un quart de siècle que nous nous connaissons! Vous vous souvenez bien de notre première rencontre?

— Comment pourrais-je l'oublier!

— J'étais évidemment plus jeune mais loin de posséder l'assurance que j'ai acquise depuis : ceci, en grande partie, grâce à vos conseils... Quand j'ai sonné ce jour-là à la porte du petit hôtel particulier où vous aviez installé le premier G.Q.G. de votre mouvement, je n'étais pas très brillant! J'avais surtout faim...

— J'avais cependant remarqué que vous étiez correctement vêtu.

— Quels qu'aient été les hauts et les bas de mon existence, je l'ai toujours été, Athanase! Dans nos familles, nous attachons une extrême importance à la tenue vestimentaire. Un vieux dicton, entendu pendant mon enfance à Budapest, prétendait même que l'on reconnaissait alors un homme du monde à trois choses : à ce qu'il avait fait sa première communion, à ce qu'il montait à cheval et qu'il ne payait jamais son tailleur! C'est sans doute pourquoi, même étant ruinés, nous parvenons encore aujourd'hui à être convenablement habillés puisque nous ne payons personne! Comme vous, Athanase, je revois chaque détail de cette première rencontre... Vous m'avez reçu dans une pièce vous tenant lieu aussi bien de bureau directorial que de chambre à coucher et dont l'ameublement assez fruste n'avait rien à voir avec celui de ce somptueux cabinet!

— C'étaient encore les débuts... Ne faut-il pas un commencement à tout?

— Mais, voyons! Ce qui est curieux, c'est que vous portiez exactement le même costume noir mal coupé et râpé, la même cravate noire, le même col blanc cérémonieux... C'est à se demander, puisque depuis ce jour je vous ai toujours vu habillé ainsi, si vous possédez un autre vêtement? A moins que le *M.L.E.* ne vous ait imposé cet uniforme?

— L'uniforme de notre mouvement n'est que moral, prince!

— Quelle belle réponse! Il faut reconnaître que vous savez toujours avoir celle qui convient... Je ne me souviens pas seulement de nos vêtements respectifs mais aussi de la conversation que nous eûmes ce jour-là.

— Vraiment?

— Au début, étant donné la situation assez

lamentable où je me trouvais, je fus un peu gêné mais, très vite, votre compréhension et la douceur inégalée de votre voix réussirent à me mettre en confiance.

— Qu'est-ce qui vous avait incité à venir me rendre visite?

— La lecture, faite par hasard, de l'un de vos tracts de propagande trouvé chez un ami aussi misérable que moi.

— Le *M.L.E.* n'a jamais envoyé, comme vous le dites, des « tracts de propagande », qui auraient été indignes de lui, mais uniquement — et cela, une seule fois! — un appel...

— Il faut croire qu'il n'a pas été trop mal rédigé. Je me souviens encore d'une phrase de cet appel qui m'avait vivement frappé comme elle a dû le faire pour beaucoup de gens dans mon cas : « *Vous qui êtes au bord de la désespérance et peut-être déjà prêt à en finir avec une existence qui ne vous a apporté, jusqu'à ce jour, que déboires et désillusions, venez nous consulter...* »

— Vraiment, prince, vous en étiez à ce point?

— Mais oui, *frère* Athanase! Et, vous l'avez très bien réalisé alors, tout en n'étant pas assez sot pour croire que le pathos pseudo-spirituel répandu dans votre texte imprimé allait m'amener à adhérer immédiatement au *Mouvement de Libération de l'Esprit* comme l'ont fait ces milliers d'imbéciles qui nous permettent à vous et à moi de vivre aujourd'hui sans trop de soucis! Je l'avoue : ce jour-là, après avoir lu votre prose, je me suis dit : « Voilà encore un nouveau moyen d'appâter les gogos... Après tout, ça risque peut-être de marcher? Et, de toute façon, celui ou ceux qui lancent cette affaire ne doivent pas, eux, être aussi bêtes que ceux qu'ils cherchent à recruter! Et, si elle prend, ils auront sûrement besoin de personnel, ne serait-ce que pour faire du classement ou pour répondre au téléphone... Je présente bien et je parle quatre langues couramment : le français, l'anglais, l'allemand et ma langue natale, le hongrois. Ce serait bien le diable si je ne trouvais pas là-dedans un emploi! » Et je suis venu! Ce n'est pas plus compliqué que ça : voilà comment le grand Athanase et le noble héritier paumé ont fait tout bêtement connaissance... grâce à un prospectus! Oh, pardon : grâce à un « appel »! Je parie, mon cher, que vous ne vous souvenez plus de la première question que vous m'avez posée quand je me suis trouvé en face de vous dans votre bureau crasseux, ainsi que de la réponse que j'y ai faite?

– Ma foi...

– Oui : cette foi dont vous faites étalage à tout bout de champ est prise en défaut... Vous êtes en faute, Athanase! Une faute désastreuse! Ecoutez plutôt : je vais vous rafraîchir la mémoire...

– *Vous souhaitez adhérer au M.L.E.?*

– *Moi? Pas du tout! Je cherche un emploi, n'importe lequel... Et j'ai pensé qu'ici vous recrutiez peut-être du monde?*

– *C'est vrai, mais pas tout le monde! Puis-je connaître votre nom?*

– *Au complet?*

– *Pourquoi cette question bizarre? Il peut se raccourcir?*

– *Actuellement, mes relations et connaissances m'appellent surtout Serge : c'est plus facile et plus simple... Mais, mon véritable nom est prince Serge, Wladimir, Oskar de Wakenberg... Désirez-vous voir mes papiers?*

– *Je vous fais confiance et c'est inutile. J'ai l'impression que vous vous êtes trompé d'adresse. Nous ne sommes pas un bureau de placement.*

– *Pourtant, d'après le texte de votre appel, je croyais...*

— *Vous vous êtes mépris.*

— *Et moi, monsieur, puisque nous sommes entre gens de bonne compagnie, n'est-ce pas à mon tour de vous demander votre nom?*

— *Je suis le frère Athanase.*

— *Pardon?... Après tout, si cette appellation vous fait plaisir, je n'y vois aucune objection! Alors, sincèrement, vous ne pouvez pas me trouver un petit travail, même le plus humble soit-il? Je sais m'adapter à tout.*

— *Puis-je aussi vous demander votre âge?*

— *Quarante-deux ans.*

— *Je vous donnais à peine la trentaine.*

— *Ça ne m'étonne pas! Chez les Wakenberg, nous portons tous beau... Je dis cela parce que je suis le dernier.*

— *Vous n'allez tout de même pas me faire croire qu'un homme en pleine force de l'âge comme vous l'êtes, ayant votre allure, parlant plusieurs langues étrangères et portant surtout un nom pareil n'a pas pu arriver à trouver une situation!*

— *Contrairement à ce que vous pouvez penser, mon nom, précisément, a toujours été pour moi un handicap... Depuis les deux dernières guerres, on chérit moins les princes dans les républiques où l'on raffolait d'eux avant 1914! Nous plaisions alors à toutes les classes de la société : nous étions des amuseurs publics. Aujourd'hui, nous ne sommes plus que les trouble-fête d'une fête qui ne commence jamais! On ne veut plus de nous! Croyez-moi, frère Athanase, c'est très dur maintenant d'être prince et, surtout, de n'être que cela, sans fortune...*

— *En tout cas, vous ne manquez pas d'un certain humour.*

— *C'est ma dernière arme!*

— *J'aimerais vous rendre service mais, je ne vois pas très bien l'emploi qui pourrait vous convenir dans notre Mouvement de Libération de l'Esprit... Avez-vous la foi?*

— *Quelle foi? Les Wakenberg sont orthodoxes mais, depuis le jour où l'on a commencé à leur voler tout ce qui leur appartenait, leur foi s'est quelque peu émoussée...*

— *Je ne parle pas de cette foi, prince, mais de celle que tout homme sur terre doit avoir dans la rédemption possible de ses fautes s'il sait les expier de son vivant.*

— *C'est certainement là un grave problème, mais j'avoue qu'il ne m'intéresse que d'assez loin...*

— *Vous ne vous sentez donc pas coupable?*

— *Comme tout le monde, mais pas plus!*

— *Vous êtes un curieux personnage, monsieur de Wakenberg.*

— *Si cela ne vous ennuie pas, je préférerais que vous m'appeliez prince. Cela peut paraître assez désuet mais j'y tiens!*

— *Peut-être parviendrai-je un jour à vous trouver, non pas un emploi mais plutôt, étant donné votre personnalité, ce que l'on appelle un « job »... C'est à la fois moins précis que le mot « emploi » et plus snob : tout à fait ce qui vous convient! « Le job du prince »... Seulement voilà : quel job? Comme vous-même l'avez dit, ce n'est pas facile de caser un prince... Laissez-moi réfléchir. Y a-t-il un numéro de téléphone où l'on puisse vous joindre?*

— *Prenez cette carte : ce n'est pas la mienne parce que je n'ai plus actuellement les moyens de m'en faire graver et à quoi cela me servirait-il? Qui m'inviterait? C'est l'adresse et le téléphone d'un petit bougnat, « Chez Palamède », où l'on ne mange pas trop mal et pour pas cher. J'y dîne parfois et j'y tiens régulièrement mes assises au retour des courses.*

— *Parce que vous fréquentez les hippodromes?*

— *Où voulez-vous qu'un homme du monde sans emploi puisse mieux passer ses après-midi?*

215

– *Vous gagnez quelquefois ?*
– *Rarement, mais quand cela arrive, ça m'aide à survivre.*
– *Donc, si j'entrevois un job pour vous, j'appelle « Chez Palaméde », entre dix-huit et vingt heures. Et si vous n'êtes pas là ?*
– *On me fera la commission : ils sont très corrects et même très respectueux.*
– *Je suis sûr qu'ils vous appellent « M. le prince » ?*
– *Ça les flatte d'avoir ma clientèle.*
– *Avez-vous quand même un domicile fixe ?*
– *J'ai des vêtements répartis un peu partout chez de tendres amies qui ne détestent pas m'héberger de temps en temps parce qu'elles trouvent que je les amuse... Savez-vous que je peux être très gai ?*
– *Je n'en doute pas.*
– *Je pourrais aussi vous laisser les numéros de ces dames mais vous me toucherez plus rapidement « Chez Palaméde ».*
– *Nous allons devoir nous quitter. D'autres rendez-vous m'attendent alors que le vôtre n'était pas prévu.*
– *Sincèrement, vous ne voyez rien pour moi d'immédiat ?*
– *Absolument rien. Je vous téléphonerai.*
– *On dit cela dans le beau monde mais on ne le fait jamais ! C'est là une promesse bien pratique pour se débarrasser de quelqu'un... Mais si, par miracle, il arrivait que vous m'appeliez chez le bougnat, quel nom laisserez-vous ?*
– *Le mien : frère Athanase.*
– *Vous ne craignez pas que cela ne fasse un peu bizarre « Chez Palaméde » ?*
– *Pas plus que son nom ! A bientôt, peut-être ?*

Comprenant qu'il aurait un mal infini à se débarrasser de son visiteur, Athanase eut un geste qu'il ne pratiquait que très rarement : il sortit un billet de sa poche en pensant que ce serait le seul moyen décisif. Le prince de Wakenberg le regarda avec une réelle stupeur avant de dire :

– *Ah, non, monsieur! Je ne suis pas venu vous trouver pour une aumône mais parce que je cherche du travail. Et je n'ai pas souvenance qu'il soit mentionné sur votre « appel » en forme de prospectus que l'on faisait chez vous la charité. Laissez cela plutôt aux églises ou à l'Armée du Salut où j'ai d'ailleurs rencontré des personnes fort estimables et dévouées... Maintenant que j'ai eu le plaisir de faire votre connaissance, je peux vous affirmer que vous n'avez pas du tout la tête de quelqu'un qui a décidé une fois pour toutes de se ruiner pour les autres! Ce serait même plutôt le contraire : avec votre veston étriqué, votre pantalon élimé, votre cravate défraîchie et votre chemise douteuse, je vous verrais très bien en usurier! Ceux-là, je les connais : ils m'ont pris tout ce qui me restait!*

Le visage d'Athanase, déjà tellement pâle naturellement, blêmit et sa voix perdit toute douceur pour demander, presque sifflante :

– *Qu'est-ce qui vous permet de porter un pareil jugement sur moi?*

– *Je ne sais pas. Une idée comme ça...*

Et le prince s'en alla en relevant la tête avec une telle insolence que le petit homme en noir acquit la conviction qu'il venait de se trouver face à un authentique seigneur.

– Alors, Athanase, est-ce bien ainsi que les choses se sont passées au cours de notre première rencontre? dit Wakenberg en souriant. Reconnaissez que j'ai une excellente mémoire... D'ailleurs, face à vous, je n'en ai pas grand mérite : vous êtes exactement le même qu'il y a vingt-cinq ans. La seule chose qui ait changé ici, c'est le décor : celui-ci est plus somptueux! On voit que les millions de mon épouse sont passés par là... Et ensuite? Vous vous souvenez de notre seconde entrevue?... Pourquoi ne répondez-vous pas? Cela vous ennuierait-il que je l'évoque également? Je n'en vois pas la raison puisqu'elle fut infiniment plus agréable... pour moi, en tout cas! Car il ne m'avait même pas fallu attendre huit jours pour que Palamède me dise, un soir où je venais d'entrer dans son bistrot :

— M'sieur le prince, on vous a téléphoné cet après-midi. C'est un frère...

— Un frère? Je n'en connais qu'un : *Frère* Athanase. Que voulait-il?

— Vous inviter à déjeuner, après-demain à treize heures, au restaurant des Courses à l'Hippodrome de Vincennes. Il rappellera demain vers midi pour savoir si j'ai pu vous joindre et si vous êtes d'accord.

— Vous lui direz que j'y serai mais j'aurais préféré déjeuner à Longchamp ou à Auteuil! Dans ma famille, nous n'avons jamais été des fervents du trot... C'est tellement vrai, mon bon Palamède, que l'on m'a raconté qu'autrefois – à une époque où les turfistes jaugeaient les jolies filles en termes de courses – mon père, le prince Stanislas, avait l'habitude de dire lorsqu'il apercevait l'une de ces demoiselles et qu'il ne la trouvait pas à son goût : « Cette pouliche est tout juste bonne pour un propriétaire d'écurie de courses de trot! »

» ... Ceci dit, je n'étais pas mécontent du tout de votre invitation, mon cher Athanase, en me disant qu'il y aurait peut-être pour moi au bout du repas un job en perspective? Vous ne m'aviez pas fait l'impression d'être un plaisantin ayant du temps à perdre... Mais, au fait – pardonnez-moi de vous le demander avec tant d'années de retard! – pourquoi aviez-vous choisi le restaurant d'un hippodrome?

— M'ayant dit que vous flâniez parfois aux courses, j'ai pensé que l'ambiance y serait plus agréable pour la conversation que nous devions avoir.

— Vous avez commencé par me faire subir une sorte d'interrogatoire en règle destiné à vérifier si ce que je vous avais dit une semaine plus tôt était exact. J'ai même eu l'impression qu'entre-temps, vous aviez dû procéder vous-même à une enquête sur mon compte? Est-ce vrai?

— On ne saurait jamais prendre assez de précautions quand il s'agit de s'entourer de collaborateurs de choix...

— Je vous sais gré de cette marque d'estime. Comme il s'est avéré que je ne vous avais pas menti et que j'étais effectivement l'unique et dernier descendant des Wakenberg, mon cas a commencé à vous intéresser prodigieusement. Il faut dire aussi que vous aviez déjà en tête depuis quelque temps une idée très précise que vous ne m'avez révélée qu'un peu plus tard... Et, mon Dieu, la succession des événements qui ont suivi a confirmé que j'étais bien le seul homme capable de vous aider à réaliser ce projet aussi audacieux que grandiose! Mais, avant d'y parvenir, il était indispensable pour vous de mettre fin à une situation qui bloquait tout. Pour être plus précis, il s'agissait de supprimer quelqu'un... Cette personne étant disparue, le champ serait libre pour réaliser la grande opération qui, elle, promettait d'être des plus fructueuses. Vous voyez : je résume les faits mais je pense qu'ils sont exacts?

— Continuez...

— Naturellement, ce n'est pas au cours de ce premier déjeuner que vous m'avez parlé de votre vaste projet. Vous étiez encore trop méfiant à mon égard et vous aviez bien raison! Ce jour-là, après m'avoir expliqué les buts essentiellement « spirituels » du *Mouvement de Libération de l'Esprit* auxquels j'ai fait semblant d'acquiescer dans la même proportion que celle dont vous avez fait preuve pour essayer de me convaincre, nous sommes tous deux restés sur nos positions, à cette exception près cependant que vous avez ajouté avant que nous nous quittions... de nouveau je cite vos propres paroles :

– *Je comprends très bien, prince, que vous ayez, à une époque aussi dure que celle où nous vivons, quelques difficultés à maintenir votre rang. Je l'avais d'ailleurs réalisé dès notre première rencontre et c'est pourquoi vous ne devez plus m'en vouloir du geste que j'ai pu avoir à votre égard l'autre jour : il n'était nullement dicté chez moi par un besoin de faire la charité mais plutôt par le désir de vous donner une petite preuve de l'admiration que je conserve pour les hommes de votre trempe qui ne composent pas et qui savent rester à leur place en toutes circonstances. Aussi vais-je vous faire une offre loyale... Je ne vois toujours pas comment je pourrais utiliser vos compétences dans l'administration même du M.L.E. mais, par contre, je suis à peu près certain de vous trouver ailleurs une situation qui soit digne de vous. Seulement, pour y parvenir, il me faudrait mieux vous connaître... Il serait presque souhaitable que nous devenions des amis : alors nous pourrions réaliser de grandes choses! Nous devrions très bien nous compléter : vous m'apporteriez cette classe exceptionnelle dont j'ai besoin pour donner un certain lustre à mes entreprises et, en échange, je mettrais à votre disposition ma longue expérience des affaires...*

– ... *et du comportement « spirituel » des humains?*

– *Evidemment. Mais je n'ai pas l'impression que les problèmes spirituels vous intéressent particulièrement?*

– *Je sais qu'il faut avoir de bons sentiments et ça me suffit! Alors, où voulez-vous en venir avec ces projets d'amitié?*

– *Pour commencer accepteriez-vous d'être mon invité à déjeuner une fois par semaine? Cela nous permettrait de mieux nous apprécier et de trouver les points exacts où nous pourrions nous rendre réciproquement des services. Si l'on veut qu'une association soit durable, il faut qu'elle soit rentable!*

— *C'est aussi mon avis. De toute façon, cher monsieur, j'ai pour principe de ne jamais refuser une invitation à un repas, surtout, comme ce fut le cas aujourd'hui, si la chère y est délicate. Donc, vous avez déjà mon accord pour les déjeuners hebdomadaires. Pour le reste, nous verrons... Mais je vous préviens tout de suite que vous ne devez pas compter sur moi comme futur propagandiste de votre mouvement! J'aime trop la bonne vie pour prôner le sacrifice! En revanche, si vous me proposiez une situation dans une affaire confortable, je pense que je pourrais être votre homme...*

— *Prince, nous nous sommes compris. Je téléphonerai « Chez Palaméde » quarante-huit heures avant pour indiquer le lieu de notre prochain déjeuner.*

— *Vous savez, on peut manger très bien ailleurs que dans des restaurants de champs de courses!*

— *Ne vous inquiétez pas : je trouverai...*

» *... Huit jours plus tard, Athanase, je vous rejoignais « Chez Ramponneau ». De semaine en semaine et de restaurant en restaurant, nous finîmes par devenir, sinon des amis comme vous le souhaitiez, mais du moins des complices... Les années ont passé et nous n'avons plus cessé de l'être! Entre-temps, il y eut évidemment pas mal d'événements... L'un des plus marquants fut l'affaire de l'hippodrome de Vincennes où nous étions revenus mais, cette fois, ce n'avait pas été pour déjeuner... Il s'agissait tout simplement de s'y débarrasser de ce personnage encombrant dont je parlais tout à l'heure... Je dois reconnaître que, grâce à votre sang-froid et à votre sens de la précision, ce fut une totale réussite! Vous aviez très bien préparé les choses : au cours de ces aimables déjeuners aux-*

quels vous m'aviez convié pendant plusieurs semaines pour accroître la sympathie grandissante – et ceci toujours dans d'excellentes maisons pour satisfaire le petit point faible que j'ai toujours eu pour la gastronomie – vous m'avez progressivement expliqué que vous étiez accablé d'un grand souci... La plus généreuse bienfaitrice du *M.L.E.* se trouvait dans une situation intolérable : n'était-elle pas la victime d'un redoutable Sicilien, un certain Mario, qui la faisait chanter? Et vous en étiez arrivé à la conclusion que la seule façon de mettre fin à une pareille ignominie serait de faire disparaître ce maquereau que personne ne regretterait. Ce serait même un bienfait pour la société!

» ... Ayant appris, grâce à vos nombreuses invitations, à moins mal me connaître, vous avez découvert ce côté chevaleresque qui ne se cache guère en moi et qui m'a été transmis, sans aucun doute, par la longue lignée de mes ancêtres. Et vous avez pu vous rendre compte que ce n'était pas en vain que l'on s'adressait à un Wakenberg pour solliciter son concours dans le sauvetage d'une honnête femme en péril! Ce fut ainsi – et je n'en ai pas le moindre regret puisque nous nous trouvions effectivement en présence d'une crapule – que je vous ai aidé à empêcher le vaurien à continuer à nuire et ceci pour une durée définitive. La méthode, entièrement conçue par vous... fut des plus efficaces... Après m'avoir donné les coordonnées du personnage, vous m'avez accordé quelques subsides à titre de frais généraux pour me permettre d'entrer en contact avec lui. Ce ne fut guère difficile puisque lui et moi étions, à titres divers, des fervents d'hippodromes : lui, parce qu'il ne pensait qu'à des gains hypothétiques et moi tout simplement parce que j'aime les chevaux. Vous m'avez même apporté un précieux renseignement en me précisant que le voyou exerçait de préférence son activité dans les parages de

Vincennes, ce même champ de courses où vous aviez eu la gentillesse de me convier à déjeuner la première fois! Il y a comme cela de ces coïncidences qui finissent par jeter une certaine lumière sur les véritables raisons qui ont motivé un geste de mondanité...

» ... Reconnaissez que je n'ai pas perdu tellement de temps! Trois semaines plus tard, j'avais tellement bien repéré et identifié le beau Mario que lui et moi étions devenus d'aussi bons amis que nous le sommes, vous et moi, mon cher Athanase... J'ai copié votre méthode : moi aussi, je l'ai invité grâce aux fonds très discrets que vous aviez mis à ma disposition. J'ai joué les grands seigneurs... Ce qui l'a ébloui et surtout mis en confiance. Il m'a même fait quelques confidences que je vous ai d'ailleurs relatées en leur temps, me faisant notamment comprendre que bientôt il serait, lui aussi, un homme très à l'aise ayant sa propre écurie de courses grâce à un riche mariage. Ce fut le jour où je vous rapportais ces projets mirifiques que vous avez pris la décision de passer sans plus tarder à son exécution...

» Oh! mon rôle dans cette action directe fut tout à fait secondaire! Je revois très bien comment les choses se sont passées... C'était un dimanche en fin d'après-midi au moment où, la dernière course ayant eu lieu, les gens sortaient en foule de l'hippodrome et couraient vers leurs voitures, des taxis ou des transports en commun. Le temps était magnifique... Selon vos instructions, j'avais offert à l'ami Mario de le ramener à Paris et nous attendions, lui et moi, au bord du trottoir le taxi qui voudrait bien s'arrêter. Comme vous, je savais que ce serait long mais je n'étais nullement pressé!

» Ne m'aviez-vous pas dit quatre heures plus tôt, avant que la réunion hippique ne commençât et après m'avoir désigné l'endroit exact du trottoir où je devrais attendre avec le Sicilien : « *Soyez là au plus tard à dix-huit heures et parlez avec lui de façon à capter complètement son attention... Dans les deux ou trois minutes qui suivront, une voiture blanche, un coupé, qui arrivera sur votre gauche passera très vite en frôlant le trottoir. A l'instant même où elle sera à votre hauteur, vous pousserez de toutes vos forces Mario sur la chaussée. Ça ne vous sera pas difficile : vous êtes beaucoup plus grand et plus fort que lui... Ensuite, vous détalerez à toute vitesse dans la foule. Pour le reste, la voiture s'en chargera... Vous avez compris la manœuvre?* » J'avais très bien compris : je l'exécutai...

Il a roulé sous la voiture qui ne s'est pas arrêtée et a continué sa route pendant que des gens se précipitaient en criant vers le corps étendu... Tout cela fut fait tellement rapidement que je n'ai même pas eu le temps de voir le visage du conducteur! Mais, au fait – et c'est là une question que je m'étais toujours promis de vous poser – ce conducteur, n'était-ce pas vous, Athanase?

– Moi? Mais, mon cher prince, je n'ai même pas mon permis de conduire!

– Ce n'est pas là une preuve absolue d'innocence!

– Et j'avais ce jour-là à la même heure, au *M.L.E.*, une réunion de travail de la plus haute importance.

– Vous n'allez tout de même pas me faire croire que ce sont vos prières ou vos pénitences qui ont fait passer par là, à l'heure précise que vous m'aviez indiquée, la voiture blanche? Une voiture fantôme, peut-être? Seulement, elle a laissé des traces : un homme mort...

– Pourquoi vous appesantir sur de pareils détails? Cet homme ne valait rien, alors? Sachez aussi que l'on trouve toujours des individus pour remplir les basses besognes qui ne sont pas de notre ressort.

— Oh! je ne m'attendris nullement sur le sort de ce triste individu qui ne pouvait aller qu'en enfer... Seulement l'ennui, pour moi, c'est que vous m'avez fait participer à un meurtre dont vous avez été l'instigateur! Ça ne cadre pas du tout avec l'image de marque des Wakenberg! Et j'ai agi en idiot : comme si je partais à la croisade pour l'honneur d'une femme! Vous rendez-vous compte de ce qui se serait passé si un quelconque témoin m'avait vu accomplir le geste initial qui a tout déclenché?

— Vous avez eu de la chance, personne ne vous a vu! Ne perdons pas notre temps avec des « si »!

— Mais ma conscience, qu'est-ce que vous en faites, vous qui vous occupez de celles de tout le monde?

— Votre conscience, prince? La suite des événements m'a prouvé qu'elle pouvait être capable de se montrer assez élastique... C'est d'ailleurs l'un des côtés de votre personnalité qui m'a le plus séduit en vous! Enfin, ce n'est pas un meurtre que vous avez commis là, mais une bonne action qui vous sera comptée plus tard... Vous avez sauvé une femme de bien! A propos de cette dame, quand Mario vous faisait ses confidences, il ne vous a jamais dit le nom de celle qu'il devait soi-disant épouser?

— Non. C'était un méfiant. Sans doute a-t-il craint que je n'essaie de la lui chiper? Et pourtant! Vous voyez comme la vie est étrange, Athanase : je l'ai pourtant fait quelques années plus tard...

— Qu'est-ce que vous racontez?

— Ah, ça! Me prendriez-vous pour un demeuré? Quand vous m'avez lancé, longtemps après, dans les pattes de la richissime Eliane Dubois, qui était – et cela vous n'avez pas pu me le cacher! – l'admirable bienfaitrice de votre entreprise, la lumière s'est faite presque aussitôt dans mon esprit... Il n'y avait plus aucun doute à avoir! Tout avait été magnifiquement calculé... Pour atteindre la complète réussite qui a été la vôtre, il fallait d'abord vous débarrasser de l'amant qui était le grand obstacle. Ce ne serait qu'ensuite, quand ce premier exploit aurait été oublié, que vous pourriez seulement accéder à l'apogée : remarier la milliardaire avec quelqu'un que vous auriez bien en main... Et, ce quelqu'un, c'était moi, Serge de Wakenberg!

– Elle vous a donc parlé de lui?

– Jamais! C'était une femme trop exceptionnelle pour évoquer un passé dont elle ne pouvait qu'avoir horreur! Et je ne lui ai jamais non plus posé de questions à ce sujet pendant les quinze années où nous avons été mariés... Savez-vous pourquoi? Parce que j'ai fini par l'aimer, par l'idolâtrer même!

– Vous?

– Ça vous surprend? C'est cependant la vérité.

– Mais... ne me disiez-vous pas, au début de cet entretien, que cela vous avait été pénible de vivre avec elle?

– Au début oui, parce que tout cela avait été monté au moyen d'une fantastique comédie que vous aviez entièrement tramée, vous, le vrai monstre!

– Me traiter ainsi est bien mal me remercier de tout ce que j'ai fait pour vous!

– Qu'avez-vous fait pour moi? Rien! Vous ne m'avez toujours considéré que comme un pantin – et il en est toujours ainsi dans votre esprit – dont vous manœuvrez les fils à votre gré... Et j'ai été obligé de vous laisser faire parce que vous me teniez, bandit! Bien entendu, vous êtes trop intelligent pour m'en avoir reparlé mais, il n'y a pas une seconde, pas une heure, pas un jour où je n'ai senti planer la menace sourde... A tout moment, si cela vous avait paru nécessaire pour vos projets, vous pouviez lâcher ces simples mots en me désignant, vous le saint homme, l'homme à la vertu sans tache : « *C'est lui qui a précipité Mario sous la voiture... Ce brillant prince n'est qu'un assassin!* » Voilà... Vingt fois j'aurais dû crier la vérité, même à Eliane, mais je n'ai pas osé parce que je l'aimais et que je savais qu'elle m'adorait!

Il y eut, dans le cabinet de la *Fondation Princesse Eliane de Wakenberg*, un silence beaucoup plus lourd que tous ceux qui s'étaient déjà produits aussi bien entre Eliane et Athanase qu'entre elle et son mari. Le regard décidé de Serge ne quittait plus celui du petit homme en noir qui continuait à le fixer sans qu'aucun sentiment de haine ou de mépris parût s'y exprimer. Un regard neutre et calme qui s'harmonisait étonnamment avec la voix douce qui demanda :

– Ce que je ne comprends pas, c'est pourquoi vous ne m'avez pas dit tout cela le jour où nous nous sommes retrouvés dans le salon de Mme Dubois, après votre retour de cette croisière où vous aviez fait connaissance?

– Parce que je n'aimais pas encore Eliane à cette époque et surtout parce que vous me teniez encore un peu plus prisonnier qu'avant la mort du maquereau! Laissez-moi continuer à vous rappeler ce qui s'est exactement passé entre le moment de ce crime et celui où il fut question de mariage entre Eliane et moi... (Et il parla posément, continuant à scruter le visage hermétique de son vis-à-vis :) Comme toujours, Athanase, vous avez su vous montrer génial! D'ailleurs, j'ai souvent pensé que si un cerveau aussi bien organisé que le vôtre ne s'était appliqué qu'à se consacrer réellement au bien au lieu de faire le mal, vous auriez été l'un des hommes les plus admirables de notre temps! Malheureusement, ce n'a pas été le cas et ce ne le sera jamais! Je me souviens qu'une dizaine de jours après la fin de Mario, vous m'avez téléphoné et que nous avons déjeuné une nouvelle fois ensemble. Cette fois, ce n'étaient plus « deux amis », selon votre expression, qui se retrouvaient mais deux complices, rivés l'un à l'autre par un crime. Nous n'étions plus à Vincennes mais au fond de la salle d'un restaurant très discret où il n'y avait que nous. Vos premières paroles ont été :

– *Serrons-nous la main puisque tout s'est bien passé. La thèse de l'accident de circulation est admise : il n'y aura pas de suite.*

» ... Je me souviens très bien de ne vous avoir pas tendu alors la main. Ce qui a amené sur votre visage l'un de ces sourires tristes dont vous avez le secret avant que vous ne continuiez :

– *Je comprends très bien, prince, que vous soyez bouleversé. Moi aussi, je le suis, mais qu'est-ce que ça peut changer entre nous? Essayons d'oublier et occupons-nous plutôt de l'avenir, de votre avenir! Je ne suis pas un ingrat et j'ai toujours eu pour principe de récompenser les services, directs ou indirects, que l'on m'a rendus. Aussi ai-je beaucoup pensé à vous ces derniers jours... Je n'ai jamais oublié non plus ce que je vous avais dit la première fois où vous étiez venu me rendre visite. Vous cherchiez désespérément un emploi et je m'étais trouvé dans l'obligation de vous répondre alors, comme vous me l'avez rappelé tout à l'heure :* « *Je ne vois toujours pas comment je pourrai utiliser vos compétences dans l'administration même du M.L.E. mais, par contre, je suis à peu près certain de vous trouver ailleurs une situation qui soit digne de vous.* » *Eh bien, que vous le croyiez ou non, l'heure de cette certitude est enfin venue! J'ai pour vous une magnifique situation en perspective... Vous m'avez bien dit, n'est-ce pas, n'avoir jamais été marié?*

– *C'est exact. Cela s'explique par le fait que j'ai compris depuis longtemps que le mariage, chez un homme de mon rang, ne peut pas subir les effets désastreux de la médiocrité. N'ayant plus de fortune, il est donc indispensable pour moi de trouver la riche héritière et comme je la veux aussi agréable à regarder qu'aimable dans son comportement, cette perle rare est de moins en moins facile à trouver de nos jours!*

— *Ce n'est pas plus difficile que de dénicher pour cette femme un homme de votre genre... J'ai exactement l'épouse qui vous conviendra à tous les points de vue! Elle offre en plus l'inestimable avantage de ne pas être une petite dinde puisqu'elle est déjà veuve et de n'avoir aucun parent, ni héritier. Quant à sa fortune, elle est incommensurable! C'est la femme de rêve! Elle a tout pour elle!*

— *Mais, pourquoi ne vous réservez-vous pas une créature aussi rare?*

— *Moi? Je n'ai jamais été fait pour le mariage! Regardez-moi : je n'ai ni le physique ni l'allure d'un homme qui pourrait plaire! D'ailleurs le célibat est la seule condition qui puisse convenir à la sainte tâche que m'impose le* Mouvement de Libération de l'Esprit *grâce auquel j'ai pu faire la connaissance de cette personne à laquelle je pense très sérieusement pour vous... Oui, elle est l'une de nos plus importantes bienfaitrices...*

— *Généreuse aussi?*

— *Je suis sûr qu'elle vous comblera! Vous êtes l'homme qu'il lui faut! Si vous voulez bien m'écouter, le noble blason des Wakenberg pourrait être redoré comme aucun autre blason terni ne le fut.*

— *Et que me demanderez-vous en échange de vos bons offices, frère Athanase? Je me doute que si vous me parlez avec autant de chaleur de cette dame, vous avez bien une petite idée derrière la tête?*

— *Une grande idée, prince! Mais attention! Rien n'est encore fait! Ça pourra demander quelques années...*

— *Avant le mariage?*

— *Tout en étant déjà veuve, cette dame est encore jeune : trente et un ans...*

— Et alors? J'en ai quarante-trois : Ça me conviendrai parfaitement!

— Je reconnais que la différence d'âge est idéale, seulement cette dame se trouve encore actuellement sous le coup du très grand chagrin que lui a causé le décès de son époux qu'elle vénérait et qui, je m'empresse de vous le dire, était beaucoup plus âgé qu'elle, presque un vieillard!

— C'était lui qui avait de l'argent?

— Voilà... Aussi vous comprenez que, pour respecter les convenances et la décence, il faudra attendre quelque peu...

— Mais vous pourriez quand même déjà me présenter à elle?

— Ce serait une regrettable erreur! C'est beaucoup trop tôt! Laissons-la, pendant un certain temps, ressasser sa douleur et mesurer l'amertume de sa solitude...

— Et si quelqu'un d'autre profitait justement de cette période de dépression pour se dresser dans sa vie?

— N'ayez aucune inquiétude : je suis son unique confident! Elle n'écoute que moi et quand je la sentirai tout à fait mûre pour céder à votre charme, j'agirai sans hésiter! Je vous promets cette fabuleuse union! Vous l'aurez! Je vous la dois après le service insigne que vous m'avez rendu... Notez bien que je pourrais aisément chercher pour une occasion aussi rarissime un autre candidat, mais ce serait là une nouvelle erreur! Je commence à bien analyser le cœur et les pensées de cette dame qui n'a jamais connu jusqu'ici une existence très gaie ni même très brillante, malgré l'immense fortune dont elle vient d'hériter. Si je vous disais qu'elle ne sait même pas comment employer cette fortune!

— Vous connaissant mieux maintenant, Athanase, je suis convaincu que vous pourriez lui donner quelques judicieux conseils dans ce domaine?

— Je m'y suis déjà employé, et la dame a bien voulu

m'écouter... Incessamment, elle va faire un gros effort pour notre M.L.E.

— Frère Athanase, je vous sens venir...

— Effort qui ne modifiera en rien le projet de remariage que j'ai à son intention à condition, bien entendu, que vous y apportiez votre aimable adhésion? Union qui ne fera que renforcer ses généreuses intentions à notre égard.

— Et ce sera la vraie raison pour laquelle vous me ferez entrer dans la danse?

— Il est toujours agréable de travailler avec des gens qui comprennent vite! Mais votre discrète collaboration à l'égard du M.L.E. ne devra se faire sentir que quand vous serez déjà marié... Je vous expliquerai alors ce que vous devrez faire.

— Il ne s'agira quand même pas d'un nouvel assassinat?

— Oh, prince! Une pareille remarque me déçoit de votre part et me fait beaucoup de peine... Nous nous sommes débarrassés d'un démon alors que celle dont je vous parle est un ange! Votre action sera infiniment plus subtile et se résumera à quelques conseils que donnera à son épouse un mari aussi adoré qu'avisé...

— Ne pensez-vous pas que vos propres conseils pourraient continuer à lui suffire?

— Il arrive souvent que deux conseillers valent mieux qu'un mais nous verrons cela plus tard... L'important pour le moment est que vous soyez le nouvel époux qui est destiné à une femme aussi seule que charmante. Grâce à vous, elle verra la vie tout autrement! Vous saurez vous occuper d'elle, vous l'amuserez, vous développerez ses goûts pour le beau en lui faisant partager les vôtres, vous l'arracherez aussi à la médiocre existence de petite-bourgeoise qu'elle a menée jusqu'à ce jour, ses ambitions de femme seront accrues, en un mot, vous la valoriserez!

— *Tout cela est très bien, Athanase, mais si cette dame ne me plaît pas ?*

— *Elle ne peut pas ne pas vous plaire ! Sans être d'une grande beauté, elle possède un charme infini et puis... elle a tant d'argent ! N'est-ce pas la seule chose qui vous manque ?*

— *Hélas...*

— *Alors, nous sommes d'accord !*

— *Ça se passera quand, tout cela ?*

— *Pas tout de suite ! Ayons un peu de patience...*

— *C'est très joli, la patience, mais comment vivrai-je en attendant ?*

— *Je vous aiderai jusqu'à ce que le moment propice de la rencontre avec la dame se précise. A ce sujet, il me paraît de la plus haute importance de modifier votre façon de vivre actuelle qui ne s'explique que par le fait que vous êtes complètement démuni de moyens mais qui ne conviendrait plus à un prince de Wakenberg en quête d'un riche mariage... Sans vouloir vous adresser la moindre critique, vous ne pouvez plus continuer à fréquenter le bistrot de Palamède ni à y recevoir vos communications téléphoniques ! Il n'est pas question non plus que vous n'ayez pas de domicile fixe ni que vous répartissiez vos vêtements – qui sont, d'ailleurs, toujours d'excellente coupe – dans les placards de quelques belles amies d'occasion... Tout cela doit prendre fin au plus tôt ! Il ne faudra plus également continuer à traîner, à longueur d'après-midi, sur les hippodromes...*

— *J'avoue que ce serait plutôt ce qui me manquerait le moins : grâce à vous, j'en ai pris un certain dégoût !*

— *Il est indispensable qu'à défaut d'acheter une conduite, vous meniez désormais une existence à l'apparence digne et en parfaite harmonie avec le nom et le passé que vous représentez.*

— *Mais, mon bon frère, je ne demande que cela ! Seulement, « il faut » ce n'est pas pouvoir !*

— Le M.L.E., qui n'a toujours fait que se pencher sur la misère morale du prochain, va faire une exception en votre faveur : il veillera à ce que vous ayez les moyens de vivre, je ne dis pas luxueusement mais correctement pendant tout le temps où ce sera nécessaire en fonction de nos projets. Ceci à la condition formelle que vous ne révéliez à personne la véritable source d'où vous viennent vos moyens d'existence : tout le monde devra croire qu'il vous reste quelques bribes de capitaux provenant de votre fortune ancestrale et vous permettant de tenir encore le coup. Pour éviter toute indiscrétion, ce sera moi-même qui vous remettrai chaque mois une somme d'argent liquide qui ne paraîtra pas dans la comptabilité de notre mouvement. Naturellement, vous ne viendrez jamais chercher cet argent à notre siège où je ne veux pas vous voir. Officiellement, je vais devoir vous ignorer jusqu'au jour où aura lieu votre première rencontre avec celle que nous pourrions appeler dès maintenant la « dame de vos pensées ». Je vous apporterai les fonds quand nous nous verrons chaque mois pour déjeuner comme aujourd'hui. Ce sera une excellente raison de nous retrouver : vous me raconterez ce que vous faites et je vous dirai où j'en suis avec la dame.

— Si je vous comprends bien, vous allez m'entretenir ?

— Ce terme ne convient pas à un homme de votre qualité. Disons plutôt que je vais vous permettre d'attendre l'élue avec un peu plus de tranquillité.

— Devrai-je continuer à chercher un emploi pendant cette période ?

— Il n'en sera pas question ! Un prince de Wakenberg, dont le véritable destin est de séduire une riche veuve, ne travaille pas ! Tout en étant cultivé – ce qui est votre cas – et en connaissant une foule de choses qui rendent l'existence moins ennuyeuse, il ne sait rien faire de ses dix doigts. C'est un charmant oisif qui perd agréablement son temps en se passionnant pour tout ce qui peut paraître inutile aux yeux de beaucoup de gens comme les arts, les lettres, les mondanités mais qui lui constituera un bagage très précieux lorsqu'il s'agira de passer à la conquête de la dame!

— Voilà, frère Athanase, un programme qui m'enchante! A propos de la dame, pourrais-je connaître son nom?

— C'est là une surprise que je vous réserve pour plus tard.

— Son prénom, alors? Ça me permettrait déjà de rêver...

— Même pas!

— En somme, je ne connaîtrai que son confident : M. Athanase?

— Uniquement lui!

— Il faudra bien que je m'en contente... Puisque vous ne voulez même plus me laisser butiner de femme accueillante en femme accueillante, où devrais-je habiter?

— A l'hôtel. Pas un palace ni l'un de ces caravansérails pour touristes que l'on érige aujourd'hui un peu partout... Non, dans un hôtel modeste mais de bon aloi, pas trop neuf et ayant depuis longtemps une solide réputation. Vous devriez trouver ça plutôt sur la rive gauche.

— Je vois : du côté de Saint-Sulpice? Tout de même pas un hôtel pour ecclésiastiques ou pour dames bien pensantes?

— Je ne vous demande pas de pousser jusque-là votre besoin de retraite... D'ailleurs celle-ci risque peut-être de se prolonger plus longtemps que vous ne le pensez.

— Ce ne sera pas très gai pour moi!

— Vous n'en apprécierez que davantage le luxe dont vous profiterez ensuite. Vous voulez réussir, oui ou non?

— C'est mon plus cher désir...

— Alors, faites ce que je vous dis! Voici une enveloppe dans laquelle se trouvent les fonds de votre première mensualité. J'ai calculé exactement ce qu'il vous fallait : cela comprend le prix de la chambre avec salle de bains, de vos repas et aussi de quelques sorties indispensables.

— Je l'accepte. Mais, dites-moi : que se passerait-il si je disparaissais brusquement, nanti de ce pactole ?

— Il ne se passerait rien parce que j'arriverais certainement à vous retrouver et, franchement, ce serait très bête de votre part : vous passeriez à côté du beau mariage...

— Vous avez raison : je serai sage.

— Vous redeviendrez ce vrai prince dont j'ai besoin...

— Ce qui me sauvera, c'est que j'adore la lecture.

— Vous aurez tout le temps de lire à votre hôtel dont vous aurez l'extrême obligeance de me communiquer l'adresse et le numéro de téléphone dès que vous l'aurez trouvé.

— Comptez sur moi : j'y serai dès demain.

— C'est bien : vous devenez raisonnable. Nous sommes aujourd'hui le 8. Nous nous retrouverons donc le 8 du mois prochain et à la même heure, ici, dans ce même restaurant. Ça vous convient ?

— Ce sera parfait.

— Vous recevrez alors votre deuxième enveloppe.

— Et d'enveloppe en enveloppe, nous finirons bien un jour par rencontrer la dame ?

— C'est certain, mais rassurez-vous : ce ne sera pas ici ! Il faudra que ça se passe dans un lieu idéal et d'une façon totalement imprévue. Rien ne vaut le hasard délicieux d'une rencontre pour faire naître un grand amour...

— Vous avez de ces façons de faire surgir l'imprévu qui m'enchantent...

— N'est-ce pas ainsi, mon cher Athanase, que les choses se sont passées dans la salle du petit restaurant où vous m'aviez entraîné pour m'expliquer qu'il était indispensable que je redevienne rapidement le parfait homme du monde que je n'aurais jamais dû cesser d'être?

— Maintenant que c'est fait, vous avez quelque chose à redire?

— Je préfère ne pas répondre à cette question et continuer à égrener nos souvenirs communs... Après le déjeuner je n'ai plus eu qu'à attendre le grand jour annoncé par vous! Vous m'aviez prévenu que ça pourrait demander du temps mais je n'aurais jamais cru que cela dure aussi longtemps! Des années pendant lesquelles j'ai vécu « correctement », selon votre expression, grâce aux subventions savamment dosées que vous me remettiez le 8 de chaque mois avec une ponctualité prouvant que vous aviez réellement de la suite dans les idées! Chaque fois que je vous posais une question sur celle que vous m'aviez promise, vous me répondiez assez évasivement par des : « *Elle se porte comme un charme... Je trouve même qu'elle embellit... Elle ne pense plus trop à son deuil parce que j'ai réussi à lui trouver d'autres occupations...* » Parbleu! Ces « occupations » étaient les grands travaux d'édification de la fondation! Seulement moi, pendant tout ce temps, je me sentais vieillir bêtement...

— Vous venez de faire là un petit mensonge de coquetterie! Encore aujourd'hui, à soixante-six ans, vous êtes un homme magnifique qui a tout pour plaire.

— Auriez-vous l'intention de me faire convoler une seconde fois comme vous l'avez fait pour la veuve d'Aristide? Une fois m'a suffi, d'autant plus qu'en fin de compte vous aviez raison quand vous me vantiez les innombrables avantages que représentait Eliane. Je ne trouverai jamais mieux qu'elle!

— C'est bien mon avis : donc contentez-vous maintenant de votre veuvage.

— Je le ferais volontiers s'il ne vous était pas venu l'idée saugrenue de diminuer mon train de vie!

— Il le faudra pour votre bien.

— Vous feriez mieux de réduire celui de votre sacré mouvement! Mais, nous nous égarons... Revenons à un certain déjeuner qui s'est passé, comme tous les autres pendant cette période d'attente, dans ce même petit restaurant de nos confidences. Ce jour-là, vous aviez un drôle de sourire... Je vous l'ai déjà dit : je n'aime pas beaucoup vous voir sourire, Athanase! Ça ne vous convient pas! Plus vous souriez, moins vous êtes rassurant. Donc, ce jour-là, vous m'avez presque donné l'impression d'être un homme gai... Gaieté qui provenait de ce que vous pouviez m'annoncer que j'allais enfin rencontrer celle dont je finissais par me demander si elle existait ou si elle n'était que le fruit de votre imagination. Annonce que vous fîtes d'une façon assez détournée :

— *J'espère, mon cher prince, que vos papiers sont en règle?*

— *Comment, mes papiers?*

— *Je veux parler de votre carte d'identité et de votre passeport : ils ne sont pas périmés?*

— *Cette question! Je ne tiens pas à avoir d'ennuis.*

— *Si je vous ai posé cette question, c'est parce que j'ai une bonne nouvelle pour vous : vous allez partir en croisière sur un excellent navire de luxe qui vous fera faire un périple en Méditerranée. Connaissez-vous les îles grecques?*

— *Ma foi non et je m'en passe très bien!*

— *On dit ça mais quand on les a vues! Et Chypre? Et le Bosphore? Votre voyage durera un mois... Je sais que votre garde-robe est aussi variée que raffinée mais il ne faudra pas omettre de vous munir d'un ou deux smokings blancs ainsi que de vêtements légers. A cette époque de l'année, il fait très chaud dans ces contrées... Une cabine de luxe est déjà réservée à votre nom : tout est réglé d'avance. L'embarquement a lieu dans une semaine. Avouez que cela va vous faire quand même du bien de quitter votre hôtel pendant un bon mois ?*

— *Je ne peux plus le voir, cet hôtel ! J'ai l'impression de faire partie de ses meubles ! Evidemment, depuis le temps que j'y réside, je m'y sens tout à fait chez moi mais un hôtel sera toujours un hôtel !*

— *Savez-vous qui sera à bord, occupant la cabine de luxe voisine de la vôtre ? Elle...*

— *Vous vous fichez de moi ?*

— *Je vous ai dit, il y a longtemps déjà, qu'il était indispensable que la rencontre se passât dans un endroit de rêve... Où peut-on mieux rêver que sur un paquebot qui flâne en Méditerranée ? Donc « elle » sera là ! Vous n'aurez plus qu'à agir selon votre inspiration et, disons-le, selon votre tempérament. Ça ne vous sourit pas ? Le grand moment se rapproche... Je vous donne carte blanche pour réussir car il n'est pas question que cette aventure se solde par un échec ! Je ne vous le pardonnerais pas ! C'est la chance de votre vie, celle après laquelle vous courez depuis tant d'années ! Bientôt, vous aurez cinquante-deux ans et elle quarante : l'âge pour vous deux de faire, en même temps qu'une fin glorieuse, un commencement... Après, ce serait trop tard !*

» ... *Si j'étais à votre place, je ne perdrais pas de temps pour passer à l'attaque dès que je la rencontrerai à bord : ce qui ne saurait tarder puisque vous serez voisins ! Ensuite... Eh bien, si le destin vous est favorable, n'hésitez pas ! Il sait généralement se montrer propice quand on sait l'orienter... J'ai apporté dans cette enveloppe beaucoup plus qu'il ne vous en faut habituellement pour assurer vos fins de mois. N'est-il pas normal qu'un prince de Wakenberg en croisière sache se montrer généreux à l'égard d'une femme exquise et ceci particulièrement aux escales qui seront nombreuses ? Des cadeaux typiques glanés d'île en île et de port en port favorisent la sympathie grandissante...*

» ... *Je compte également sur vous pour qu'au cours de ce voyage, vous ne disiez pas un seul mot de moi ! N'oubliez jamais que nous ne nous connaissons pas... Laissez la dame vous parler de son vieil ami Athanase – elle le fera sûrement ! – ainsi que de la fondation à laquelle elle s'intéresse... Le cas éventuel, n'hésitez pas à vous montrer passionné par tout ce qu'elle vous dira sur le* Mouvement de Libération de l'Esprit *et même à lui confier que vous seriez ravi de pouvoir un jour visiter les futurs locaux de la fondation. Autrement dit, encouragez-la dans la bonne voie charitable où elle a déjà mis les pieds depuis quelques années. C'est d'ailleurs la vraie raison pour laquelle votre attente a été aussi longue... Je ne pouvais vous la présenter que quand tout serait déjà solidement organisé : ce qui est le cas. Comme il lui est maintenant impossible de faire marche arrière dans cette affaire, il est temps, non pas qu'elle se désintéresse de l'œuvre mais qu'elle s'y intéresse un peu moins... Ce qui me laissera les coudées franches pour mieux mener l'entreprise à ma guise.*

» ... *Il est donc urgent que je lui trouve un autre dérivatif : je n'en vois pas de plus puissant pour elle qu'une idylle, suivie d'un beau mariage, avec un prince authentique qui saura la faire rêver... N'oublions pas qu'elle est toujours une femme seule ! Le veuvage prolongé, ça pèse ! C'est quand elle s'approche de la quarantaine qu'une femme encore belle et désirable en ressent le plus les effets ravageurs. Il lui faut absolument le compagnon de route qui lui apporte le simulacre bienfaisant de la protection... Je compte cependant sur vous pour que tout cela soit fait avec un extrême discernement et une prudence infinie ! Je vous connais suffisamment maintenant pour présu-*

239

mer que vous saurez avoir la manière... Ce mois de navigation ensoleillé pendant lequel la partie se jouera devrait nous être bénéfique. Arrangez-vous pour qu'au retour votre conquête soit déjà follement amoureuse de vous sans cependant que vous ayez – pardonnez-moi cette expression un peu triviale – mis les bouchées doubles. Sachez vous faire désirer... Ce n'est pas si fréquent qu'une femme rencontre un homme de votre qualité!

» ... Un prince, ça doit savoir se faire attendre, surtout quand il a patienté aussi longtemps que vous avant de se marier! C'est très difficile, un prince! C'est prudent et circonspect... Ça n'est pas prêt à donner son nom à tout le monde... Ça réfléchit, ça soupèse le pour et le contre... C'est terrible, un prince, mais c'est passionnant! Le jour où vous reviendrez en France, il faudra qu'elle réalise que vous n'êtes pas encore tout à fait décidé et que des adieux faits sur un quai peuvent être définitifs si l'on ne fait pas tout pour courir après l'amour qui s'éloigne... Alors elle n'aura plus qu'une idée en tête : vous revoir au plus vite et, par voie de conséquence, vous présenter à son fidèle confident, Athanase... Ce qui nous permettra, à vous et à moi, de faire officiellement connaissance en sa présence et uniquement parce qu'elle l'aura voulu! Nous nous sommes bien compris?

— Je le crois.

— Il ne me reste plus grand-chose à vous dire, sinon de vous souhaiter un merveilleux voyage!

— En admettant que les événements se déroulent comme vous semblez les avoir prévus et que ça finisse par le mariage, je reviens à une question que je vous ai déjà posée : qu'exigerez-vous de moi en échange?

— Pour le moment, rien de plus que ce que je viens de vous dire... C'est-à-dire de continuer à l'encourager à soutenir le M.L.E. Ce ne sera que beaucoup plus tard – quand votre union sera tellement bien consoli-

dée qu'elle ne pourra plus se défaire – que je vous demanderai peut-être un autre petit service...
– Si petit que cela? Ça m'étonnerait!
– Si cela vous fait plaisir, disons que ce sera pour l'avenir de la fondation un réel service... Mais n'anticipons pas! Quand le moment sera venu, je vous expliquerai... Aujourd'hui, ce serait prématuré : le mariage n'a pas encore été célébré, mon cher prince! Maintenant, il n'y a plus que vous qui puissiez jouer : je vous ai mis les cartes en main. Tout dépend de vous et de votre charme. Bonne chance!

– Pourquoi revenir, Athanase, sur ce qui a suivi? Tout s'est passé exactement comme vous l'aviez voulu. Quatre mois plus tard, Eliane et moi étions mariés.
– Et vous avez su la rendre très heureuse!
– Elle aussi parce qu'elle a fait preuve à mon égard de beaucoup d'indulgence. C'est ce qui a fait que si, au début de notre union, les choses n'allaient pas toutes seules de mon côté, elles finirent par s'arranger... Malgré tous les éloges que vous m'aviez faits d'elle avant que je ne la rencontre, vous n'avez jamais connu véritablement Eliane! Votre psychologie, pourtant redoutable, a été en défaut à son égard, uniquement parce que vous n'avez toujours vu en elle – comme vous l'avez d'ailleurs fait face à la majorité de ceux qui se sont trouvés sur votre route diabolique – qu'une proie qu'il fallait exploiter. Idée que vous pensiez m'avoir bien ancrée dans la tête pendant la longue attente mais qui n'a pas tardé à s'évanouir quand j'ai pu apprécier les qualités rares de cette femme qui n'était que bonté et n'a toujours pensé qu'à s'occuper des autres en leur rendant service... Toute son existence le prouve : sa vocation d'infirmière, la façon dont elle a soigné la première épouse d'Aristide Dubois, son mariage *in extremis* avec ce dernier auquel elle a consenti

beaucoup plus pour satisfaire le dernier désir d'un mourant que parce qu'elle avait des visées personnelles sur sa fortune, la sollicitude dont elle a su faire preuve envers son neveu Sébastien et sa belle-sœur Catherine qui ne lui en eurent aucune reconnaissance, la générosité enfin qu'elle n'a jamais cessé de manifester à l'égard de votre *M.L.E.* et ceci jusque dans la rédaction même de son testament.

» ... De plus, je puis vous garantir qu'elle était une amante-née : c'est la seule explication de sa regrettable liaison de jeunesse, mais je vous jure qu'avec moi elle s'est rachetée en se donnant comme aucune des innombrables maîtresses que j'ai connues ne l'a fait! Elle m'a tout apporté : son amour, sa tendresse, sa fidélité, sa fortune... Et tout cela pourrait, maintenant qu'elle n'est plus, constituer pour moi la plus exaltante somme de souvenirs si ce n'était pas un misérable de votre espèce qui avait été l'intermédiaire de ces largesses. A tout instant, vous avez réussi à prélever votre pourcentage sur ce qu'elle et moi nous estimions être notre droit absolu au bonheur. C'est pourquoi, Athanase, plus mon amour pour ma femme a grandi, et plus je vous ai haï! Vous le sentiez d'ailleurs très bien et vous vous en moquiez : quand on a bâti sa réussite sur le sentiment de culpabilité universel, on n'a que faire de la reconnaissance des gens!

» ... Lorsque vous m'aviez confié, avant que je ne m'embarque pour la croisière, que vous ne me demanderiez sans doute un autre service que quand nous serions mariés, j'étais un peu inquiet... Et puis, le temps a passé... Eliane et moi étions heureux... Je me suis dit que vous aviez sans doute oublié votre projet et je m'en félicitais... J'avais tort! C'était bien mal vous connaître, Athanase! C'était oublier surtout qu'il ne vous est jamais arrivé de faire un cadeau pour rien! Vous m'aviez entretenu pendant des années en remerciement de l'aide que je vous avais apportée dans l'exécution de Mario et, maintenant que vous m'aviez offert pour épouse une Eliane Dubois, il vous paraissait tout à fait juste que je vous rende un nouveau service... La loi de la jungle! Mais, vous avez eu, une fois de plus, l'intelligence de savoir attendre pour choisir le bon moment. Ce n'est qu'après cinq années de mariage sans histoire et alors que l'inauguration de la fondation avait eu lieu depuis longtemps, que vous m'avez dit un jour, hors de la présence de mon épouse :

— *Mon cher prince, je crois que le moment de me rendre ce petit service dont je vous avais parlé est arrivé... Mais, rassurez-vous : ce sera le dernier que je vous demanderai... Après, j'estimerai que nous sommes quittes l'un vis-à-vis de l'autre.*

— *J'en accepte l'augure! De quoi s'agit-il?*

— *Maintenant que la princesse ne pense plus que par vous...*

— *Vous êtes trop modeste, Athanase : vous vous oubliez!*

— *Disons « par nous deux » mais dans l'affaire qui se présente, ce serait assez délicat pour moi d'intervenir... Il vaudrait mieux que ce soit vous, l'époux bien-aimé! J'en viens au fait : ne trouvez-vous pas assez déplacé que celle qui porte un nom aussi prestigieux que le vôtre continue à présider aux destinées d'une marque de conserves? Etant trop accaparée par l'existence mondaine dont vous avez su lui donner le goût, elle n'a même pas le temps de s'en occuper! Et il faudrait éviter que les gens ne continuent à associer financièrement les Wakenberg à un commerce alimentaire! Cela produit un effet déplorable...*

— *Mais, en me disant cela, Athanase, c'est à moi que vous rendez service! Ces conserves me font horreur! On voit leur publicité partout dans les journaux, sur les murs, à la télévision! Pour moi, c'est un cauchemar de penser que la princesse et moi continuons à profiter de ce genre de revenus alors que ma femme a déjà une très grosse fortune personnelle.*

— Fortune qui se grossirait de l'apport considérable dû à la vente de l'affaire Dubois... Mais, comme elle y tient sentimentalement en souvenir de son premier époux, je ne vois que vous, prince, à être assez bien placé pour lui conseiller de conclure rapidement cette vente.

— Je le lui dirai dès ce soir.

— Bien entendu, comme toujours, vous ne lui parlez pas de moi! Pour rien au monde il ne faudrait qu'elle puisse supposer qu'il est dans mes intentions de lui demander de profiter de ces nouvelles rentrées pour apporter encore une aide à la fondation! Je suggère même qu'au cas où elle déciderait de procéder à cette vente, vous lui déconseilliez formellement d'allouer un centime de la somme perçue à la fondation! Comme cela, elle aura la conviction que l'idée est venue de vous seul... Elle se réjouira même en se disant qu'elle a un vrai mari qui défend ses intérêts.

— C'est très habile. J'agirai comme vous le dites.

» ... C'était tellement habile, Athanase, qu'une fois de plus je vous ai écouté : les Conserves Dubois *ont été vendues au prix fort et savez-vous ce qu'est devenu tout cet argent? Il s'est ajouté, avec les intérêts qu'il a produit entre-temps, à la fortune que ma femme a léguée à la fondation! Qui a été le petit malin dans tout cela et qui en profite? Athanase... Qui a été le gros dindon auquel on cherche encore aujourd'hui à arracher ses dernières plumes en ne lui versant plus qu'une portion congrue? Le prince de Wakenberg... Franchement, mon bon* frère, *que pensez-vous de tout ce bilan?*

— Je pense que vous avez assez bien résumé la situation. Evidemment, pour vous, elle n'est pas tellement brillante...

— Tout à l'heure, vous étiez insolent, maintenant, vous devenez cynique... Pourquoi n'essaieriez-vous pas de dire la vérité au moins une fois dans votre vie? Avouez que ma présence vous gêne et que vous auriez préféré de beaucoup que ce soit moi qui parte avant ma femme... Une nouvelle fois, elle aurait été veuve, mais quelle veuve! La princesse Eliane de Wakenberg et non plus la veuve Aristide Dubois! J'ai très bien compris pourquoi vous avez voulu que le grand nom remplace l'autre plus obscur pour s'inscrire en lettres d'or sur la façade de votre fondation : n'est-ce pas le couronnement de toute l'escroquerie? Son apothéose aurait été que ce soit la princesse qui vous ferme les yeux, quand vous auriez été au moins centenaire, en chantant les louanges de l'admirable *frère* Athanase qui aurait eu des funérailles grandioses, entouré de la pieuse cohorte de ses petits *frères* et de ses petites *sœurs* qui se seraient lamentés en psalmodiant les versets de « l'Appel » conçu par le maître... Peut-être même que, dans son aveuglement à votre égard, ma pauvre femme vous aurait fait élever une statue sous le péristyle à cet emplacement même où je rêvais de voir la sienne! Malheureusement pour vous, c'est moi, le prince, qui suis resté et qui vous fermerai les yeux... Mais oui, Athanase, j'en ai la conviction absolue! Seulement, avant que ne survienne ce moment qui ne sera pas une *Libération de l'Esprit*, mais l'éclatement de la joie de milliers de braves gens qui se sentiront enfin libérés d'une crapule, nous avons encore un compte à régler...

— Ce n'est donc pas fini? Auriez-vous d'autres reproches à me faire?

— Un seul mais il est de taille! Cela vous ennuie peut-être mais je m'en moque éperdument : en venant ici ce soir j'étais décidé à ce que vous m'écoutiez jusqu'au bout! C'est pourquoi je continue... Que vous cherchiez maintenant à m'acculer à la misère, c'est normal de la part d'un personnage tel que vous. Votre raisonnement est très simple. Vous vous dites : « Quand il ne pourra plus vivre que dans une demi-indigence, il ne pourra le supporter! Il n'a que trop connu la faim et la pauvreté avant que je ne le prenne sous ma protection pour le préparer à devenir le guignol d'apparat dont j'avais besoin... Et, grâce à moi, il a connu quinze merveilleuses années de confort, d'aisance et même d'amour... C'est déjà énorme, quinze années de bonheur dans la vie d'un même homme! Il ne faut pas exagérer... Maintenant qu'il ne peut plus m'être utile, pourquoi continuerais-je à jouer les bons Samaritains? Il n'y a qu'à lui couper progressivement les vivres : il disparaîtra de lui-même, happé par sa morgue qui ne pourra plus s'étaler et submergé par la honte de ne plus pouvoir briller. Et cela m'évitera ainsi de le faire exécuter à son tour aussi brutalement que Mario jadis... »

» ... Raisonnement qui peut se défendre, Athanase, mais qui ne s'applique pas à un Wakenberg! La devise de ma famille est : « *Fais ce que tu peux!* » C'est vous dire que, si nous chérissons le luxe, nous ne redoutons pas autrement la misère. Nous prenons la vie comme elle vient! Donc, puisque vos projets actuels à mon égard ne peuvent pas me convenir, je ne vous les reproche pas et je ne m'en soucie guère... Par contre, ce que je vous reproche et que je ne vous pardonnerai jamais, c'est la façon dont vous vous êtes comporté vis-à-vis d'Eliane. Je vous accuse formellement de l'avoir empoisonnée!

— Prince!

— Je sais peser mes mots aussi bien que vous, Athanase... Il ne s'agit pas d'un empoisonnement physique quelconque dû à l'absorption d'une drogue ou du contenu d'une fiole mais d'un empoisonnement moral qui a duré vingt-cinq années, c'està-dire approximativement le même temps que celui pendant lequel nous nous sommes connus, vous et moi... Ne trouvez-vous pas que c'est étrange? La seule différence vient de ce que je n'ai rencontré Eliane que dix ans après vous. Et croyez bien que je le regrette amèrement! Car, si elle et moi nous nous étions connus dix années plus tôt, je vous garantis qu'il n'y aurait jamais eu de FONDATION PRINCESSE ELIANE DE WAKENBERG et que votre *Mouvement de Libération de l'Esprit* aurait disparu depuis longtemps! J'aurais mis bon ordre à tout cela.

» ... Vous avez commencé à vous attaquer moralement à Eliane au moment tragique du suicide de son neveu. Vous saviez très bien ce que vous faisiez en continuant à utiliser le mécanisme de la culpabilité latente que vous prétendez se trouver en chacun de nous et qui vous avait déjà si bien réussi pour lancer votre mouvement. Et vous avez enfoncé dans l'âme d'Eliane la pensée qu'elle seule était la véritable responsable de la mort de Sébastien parce qu'elle était venue vous supplier de l'exclure de votre mouvement. Ensuite est survenue la folie de Catherine : folie qui a été suivie de son décès dans la maison de repos où on l'avait internée. Une nouvelle fois, vous avez fait croire à Eliane qu'elle était également la responsable de ce décès qui n'aurait pas eu lieu si Sébastien n'avait pas attenté à ses jours.

» ... Entre-temps – c'est elle-même qui m'a avoué vous l'avoir raconté –, vous avez trouvé dans le fait qu'Eliane ait pratiqué l'euthanasie à l'égard de la première femme d'Aristide Dubois une autre source de culpabilité. Et de prétendue faute en prétendue faute, vous êtes parvenu à vos fins en mettant dans la tête de ma pauvre épouse l'idée complètement insensée qu'il n'y avait pour elle qu'un seul moyen de racheter ses fautes : payer! Ce qu'elle a fait pendant des années et même pendant tout le restant de sa vie puisque vous ou le *M.L.E.*, ce qui revient au même, êtes ses seuls héritiers. C'est cela votre escroquerie monumentale! Votre combinaison diabolique! Ne croyez-vous pas qu'Eliane aurait eu une existence infiniment plus heureuse si elle ne vous avait pas rencontré?

— Si cela avait été, elle ne vous aurait pas non plus trouvé et elle n'aurait pas connu le grand amour que vous lui avez fait vivre.

— Taisez-vous! En vous entendant parler ainsi, j'éprouve l'épouvantable sensation que vous blasphémez sur notre amour... Vous n'avez pas le droit de parler de quelque chose que vous ignorez : il existe entre ceux qui ont su devenir des amants un secret qui n'appartient qu'à eux! Jusqu'à présent, ça vous a toujours réussi de profiter des querelles des autres ou des discussions familiales pour vous engraisser financièrement. C'est votre méthode favorite pour arracher à leur entourage normal ceux que vous appelez vos *frères* ou vos *sœurs* et qui ne sont, en réalité, que vos victimes inconscientes. Aucun d'eux ou d'elles n'est coupable : les fautes dont vous les accablez pour les manœuvrer, les dominer et les faire payer, eux aussi, selon leurs possibilités, n'existent pas et n'ont jamais existé! Elles ne sont dans leur imagination que grâce à votre volonté démoniaque... Et vous en vivez royalement! Vous êtes, Athanase, un personnage néfaste qui a causé le malheur de milliers de gens pour pouvoir assurer ce qu'il estime être son bonheur à lui... Personnage qu'il faut abattre parce qu'il est nuisible. C'est ce que je vais faire... (Il avait sorti de la poche de son veston un revolver qu'il braqua en direction de l'homme en noir en continuant d'une voix calme :) Ne bougez pas! Vous ne vous attendiez pas à cela, n'est-ce pas? Moi aussi, vous ne m'avez pris que pour un imbécile... Seulement moi, je n'ai jamais cru aux bienfaits de votre mouvement! Vous avez le visage déjà tellement blême à l'état naturel qu'on en arrive à se demander si vous avez peur?

— Je n'ai peur de rien! La seule chose qui m'inquiète, au cas où vous commettriez une folie, est de savoir ce que deviendrait cette fondation qui porte le nom de votre épouse.

— Tout n'est-il pas déjà prévu dans le testament d'Eliane? Comme vous n'avez pas de successeur et qu'il n'a jamais été dans vos intentions d'en désigner un parce que vous pensiez bien durer encore très longtemps, si vous mourez aujourd'hui ce sera l'Etat qui héritera. Ce qui ne me déplaît pas! Après tout, les bâtiments de cette fondation et le capital qui en assure le fonctionnement n'existent que parce qu'il y a eu un Aristide Dubois et pas un Wakenberg! Je n'ai donc rien à voir avec tout cela!

— Et que deviendrez-vous?

— Je ne me débrouillerai pas plus mal qu'au temps où je vivotais avant de faire votre connaissance.

— Et le *Mouvement de Libération de l'Esprit*?

— Ne me faites pas rire en essayant de me faire croire que vous vous souciez réellement de son avenir! Vous vous en fichez complètement! Ce qui est certain, c'est que ça m'étonnerait que l'Etat continue à utiliser le capital dont il va hériter pour financer une aberration pareille! Vous qui avez pris soin de relire dans le testament le codicille me concernant, peut-être avez-vous également relu le tout? En ce qui concerne le legs à l'Etat, il y est spécifié que celui-ci ne peut être effectué qu'à deux conditions : *l'Etat s'engage à respecter le but philanthropique pour lequel a été créée la fondation et, en aucun cas le nom* Fondation Princesse Eliane de Wakenberg *ne pourra être modifié.* « Philanthropique » est un terme assez vaste en soi pour pouvoir être interprété de la façon la plus large... Qui dit philanthropie dit amour de l'humanité... J'ai tout lieu de penser que les éminents conseillers qui se pencheront sur le problème de cette succession n'hésiteront pas à considérer que ce ne sera pas trahir la volonté de la bienfaitrice que d'englober sous le nom de cette fondation toutes les formes de charité et d'aide spirituelle... Pourquoi, par exemple, ne pas remplacer le *M.L.E.*, qui n'est pas explicitement nommé dans le testament et dont la véritable utilité peut paraître des plus contestables, par une association d'entraide morale, infiniment plus justiciable, pour des infirmes ou pour des handicapés mentaux?

— Enfin, prince, vous n'ignorez pas que votre épouse n'a financé cette fondation que pour pouvoir racheter ses fautes de son vivant?

— Ses fautes? Je vous répète, Athanase, que ma femme n'en a pas commis! C'est vous qui les lui avez injustement imputées... Le seul coupable, c'est vous : c'est pourquoi vous allez expier... Debout, Athanase! Je me lève bien, moi, pour vous abattre... A moins que vous ne préfériez mourir assis? A mon avis, ça ne conviendrait pas à l'illustre fondateur du *Mouvement de Libération de l'Esprit*! Vous voyez cette arme? Elle est équipée d'un silencieux, ce qui fera que personne n'entendra le coup de feu... Oui, ayant appris à ne pas trop mal tirer dès ma jeunesse — le métier des armes était l'un des privilèges de nos familles — j'ai bien l'intention de n'utiliser qu'une seule balle pour vous expédier chez ce Créateur universel dont vous nous avez rebattu les oreilles... Quand ce sera fait, je m'en irai doucement, sans même me faire remarquer dans cette grande bâtisse. Ce ne sera pas difficile : on ne m'y connaît pratiquement pas! C'était vous la vedette... Maintenant, il fait nuit : en partant, j'éteindrai l'électricité et vous resterez sans doute là jusqu'à demain matin... La *sœur*, chargée de faire le ménage dominical, vous trouvera égal à vous-même, dans vos vêtements de deuil et le regard fixé vers une forme de « libération » que vous n'aviez pas du tout prévue pour vous et votre esprit malfaisant... Il y aura une enquête et savez-vous ce que l'on croira ? Que vous avez dû être tué par l'un de vos fidèles adhérents qui n'en pouvait plus d'avoir été mené en bateau pendant des années par un exploiteur de la crédulité publique... Entre nous, n'avez-vous pas l'impression que chacun d'eux aurait légitimement le droit d'accomplir ce geste ?

Athanase s'était dressé derrière le bureau qu'il commença à contourner lentement pour pouvoir se ruer sur son visiteur. Mais, au moment même où il allait bondir, il s'abattit, frappé d'une balle, une seule, en plein cœur. Sans même jeter un regard vers le corps, Serge de Wakenberg enfonça son arme dans sa poche avant de se diriger sans hâte vers la porte qu'il ouvrit et referma sur ses pas après avoir appuyé sur le commutateur électrique.

En bon héritier, l'Etat trouva judicieux de ne pas ébruiter les circonstances dans lesquelles *frère* Athanase avait trouvé la mort. Trop de gens ayant pu l'assassiner, le coupable ne fut jamais retrouvé. Et cela ne fut-il pas préférable pour le bon renom de la fondation ? Un administrateur provisoire fut nommé qui ne mit pas longtemps à se rendre compte que, sans la présence de son fondateur, le *M.L.E.* ne serait pas long à péricliter. Un par un les membres, dont beaucoup furent horrifiés par la fin de celui qu'ils avaient presque cru comme devant être immortel, se dispersèrent pour aller s'agglutiner à d'autres mouvements ou à d'autres sectes, tellement était impérieux en eux le besoin de croire et de se vouer à n'importe quoi !

La seule chose qui n'ait pas bougé est la fortune accumulée par Athanase grâce au système de pénitence permanente et placée sous le compte numéroté en Suisse. Bien administrée, elle s'est même amplifiée mais ne profite à personne d'autre qu'à la banque puisque son dépositaire n'avait pas d'héritier. Comme d'innombrables autres fortunes ainsi camouflées et oubliées, elle contribue à consolider la confiance qu'une foule de capitalistes prudents continuent à avoir dans le secret bancaire le mieux gardé au monde.

Quand les immenses locaux de la fondation furent déserts, on se demanda ce qu'on pourrait bien en faire. La difficulté était de respecter l'esprit de la donation. Mais comme, faute de combattants, il n'y avait plus de *Mouvement de Libération de l'Esprit*, on pouvait tout envisager à condition que la nouvelle organisation qui occuperait les lieux n'ait qu'un but charitable. Finalement, après mille et une délibérations en haut lieu on opta pour un musée... Mais, un musée très spécial! Ce serait le « Musée des Musées », en ce sens qu'il accueillerait dans ses vastes pièces tous les tableaux et toutes les statues provenant de donations faites également à l'Etat et dont aucun musée déjà existant ne voulait parce que les tableaux n'étaient que des croûtes et les blocs sculptés des horreurs. C'est dire que la fondation fut vite meublée. C'était aussi une façon comme une autre de faire la charité en rendant hommage à des artistes dont la bonne volonté avait tenu lieu de talent.

Comme on savait ce qu'elle contenait, les visiteurs se faisaient assez rares. Pourtant, ceux qui avaient le courage d'y entrer étaient accueillis par un vieillard de noble prestance, portant une casquette galonnée et un uniforme aux boutons dorés dont la coupe était sans défaut, ce qui est plutôt rare chez un gardien de musée.

Lorsque la visite touchait à sa fin, le vieux guide ne manquait jamais de dire :

— Ces messieurs-dames désirent-ils aussi jeter un coup d'œil sur la piscine du sous-sol?

— La piscine! s'extasiait-on en groupe. Pourquoi une piscine dans ce musée?

— Parce que, initialement, cette fondation n'était pas un musée mais un lieu de méditation et de recueillement. On pouvait également s'y détendre par des exercices de culture physique ou par la natation.

Il était rare que le visiteur poussât la curiosité jusqu'à descendre dans les sous-sols pour y admirer la piscine, mais l'offre très aimable du gardien avait l'avantage de faire tomber dans la main calleuse qu'il tendait un pourboire un peu plus substantiel que ne le voulait la coutume. Si au moment où le visiteur, se retrouvant dans la rue et admirant la façade, demandait encore :

— Mais, qui était donc cette princesse Eliane de Wakenberg?

— Une très grande dame dont la bonté et la générosité furent sans limites, répondait le guide.

— Vous l'avez connue?

— Très bien, monsieur. Elle a été ma femme.

Et le prince Serge, Wladimir, Oskar de Wakenberg – qui avait enfin réussi à trouver une situation – refermait doucement la grande porte du sanctuaire pour y demeurer seul avec ses souvenirs...

Vous voulez tout savoir sur le cinéma, en découvrir les coulisses, parcourir les plateaux, admirer les stars, les fantaisies d'une vedette, la vie de votre acteur préféré...
Voici J'ai lu Cinéma. Pour chaque titre, une centaine de photos et des textes passionnants. Un panorama du cinéma mondial au format de poche.

LES GRANDS ACTEURS

COHEN Georges	Romy Schneider	7002/6*
SPADA J. & ZENO G.	Marilyn Monroe	7003/6*
COHEN Georges	Gérard Depardieu	7004/6*
BERTONI Aline	Clint Eastwood	7005/6*
PÉRISSET Maurice	Simone Signoret	7007/6*
GUÉRIF François	Steve McQueen	7008/6*
COHEN Georges	Grace Kelly	7011/6*
GRESSARD Gilles	Christophe Lambert	7012/6*
MERRICK Hélène	Elizabeth Taylor	7016/6*
PÉRISSET Maurice	Gérard Philipe	7015/6*
ALION Yves	Brigitte Bardot	7021/6*
ZIMMER Jacques	Marlon Brando	7020/6*
DURANT Philippe	Jean-Paul Belmondo	7023/6*
PÉRISSET Maurice	Jean Gabin 7025/6* (Avril 90)	

LES GRANDS GENRES

ZIMMER Jacques	Le cinéma érotique	7006/6*
GRESSARD Gilles	Le film de science-fiction	7010/6*
ROSS Philippe	Le film d'épouvante	7014/6*
GUÉRIF François	Le film policier	7018/6*
DUPUIS Jean-Jacques	Le western	7022/6*

LES GRANDS RÉALISATEURS

ZIMMER Jacques	Alfred Hitchcock	7009/6*
GRESSARD Gilles	Sergio Leone	7013/6*
MERRICK Hélène	François Truffaut	7017/6*

LES GRANDS FILMS

ZIMMER Jacques	Autant en emporte le vent	7001/6*
ZIMMER Jacques	James Bond Story	7019/6*
ROSS Philippe	Dracula	7026/6*

J'ai lu la vie !

Une collection originale en couleurs, consacrée aux loisirs, pour découvrir et mieux profiter de tous les plaisirs de la vie. Conseils, astuces et informations pratiques en plus !

DARMANGEAT Pierre	Vivre avec son chat	8001/7*
ANDRÉ Myriam	Changeons de petit déjeuner	8002/7*
BUISSON Dominique	Papiers pliés : des idées plein les mains	8003/7*
POLÈSE Jean-Marie	Promenade au fil des saisons	8004/7*
DEVAUX Simone	La cuisine aux herbes	8005/7*
DROULHIOLE Michel	À chacun sa pêche	8006/7*
LAUROY Nicole	Oiseaux des rues et des jardins	8007/7*
GRANT A. & M'BAYE A.	La gym douce	8008/7*
COLLION Roland	Nouveaux sports aériens	8009/7*
MIGNOT Catherine	Les enfants et leurs animaux familiers	8010/7*
DARMANGEAT Pierre	À chacun sa chasse	8011/7* (Mai 90)
JOUVE Franck	Fruits de mer	8013/7*
DARMANGEAT Pierre	Aquariums : la nature mise en scène	8014/7*
JOUVE Franck	Pleins feux sur les œufs	8015/7* (Avril 90)
CELLIER A.-M. & STAROSTA P.	Les secrets de l'orchidée	8016/7*
ATTALI Danielle	La passion des collections	8017/6*
ZANIN P. & SLED P.	Un sport pour votre enfant	8018/7*
BROUSSE Adeline	Le vrai plaisir du vin	8019/7*
FRACHON Geneviève	Les fruits, délices du jardin	8020/7*
D'ALEYRAC Evelyne	Le plaisir féminin	8012/6*
DEVAUX Simone	Les épices dans la cuisine	8023/6*

Impression Brodard et Taupin
à La Flèche (Sarthe) le 22 mars 1990
1668C-5 Dépôt légal mars 1990
ISBN 2-277-21880-4
1er dépôt légal dans la collection : sept. 1985
Imprimé en France
Editions J'ai lu
27, rue Cassette, 75006 Paris
diffusion France et étranger : Flammarion